HELENA MARCHMONT

Bunburry – Ein Idyll zum Sterben
Schlechter Geschmack ist tödlich & Tod eines Charmeurs

Über die Autorin

Helena Marchmont ist das Pseudonym von Olga Wojtas. Die schottische Schriftstellerin hat 2015 den Scottish Book Trust New Writers Award gewonnen. Die Cosy-Crime-Serie »Bunburry. Ein Idyll zum Sterben« ist ihre erste auf Deutsch erhältliche Reihe.

Helena Marchmont

Bunburry
Ein Idyll zum Sterben

Schlechter Geschmack ist tödlich
Tod eines Charmeurs

Aus dem Englischen von Sabine Schilasky

lübbe

MIX
Papier aus verantwortungsvollen Quellen
FSC® C014496
www.fsc.org

Dieser Titel ist auch als Hörbuch und E-Book erschienen

Vollständige Taschenbuchausgabe
der bei Bastei Lübbe erschienenen E-Book-Ausgabe

Titel der englischen Originalausgaben: »A Taste of Murder« / »Death of a Ladies' Man»

Für diese Ausgabe:

Umschlaggestaltung: Kirstin Osenau unter Verwendung
von Illustrationen von © shutterstock: JeniFoto j FreeProd33 j Canicula j
Sk_Advance studio j ivangal j Nikola Barbutov j aleksa__ch
Satz: 3w+p GmbH, Rimpar (www.3wplusp.de)
Gesetzt aus der Sacred Bridge
Druck und Verarbeitung: GGP Media GmbH, Pößneck

Printed in Germany
ISBN 978-3-404-18070-7

2 4 5 3 1

Sie finden uns im Internet unter www.luebbe.de
Bitte beachten Sie auch: www.lesejury.de

Helena Marchmont

Schlechter Geschmack ist tödlich

Aus dem Englischen von Sabine Schilasky

1. Das Paket

Alfie saß bei einem Kaffee in der grellbunt gefliesten Küche, als der Halleluja-Refrain erscholl. Die ohne Zweifel ungewöhnlichste Türklingel in den Cotswolds erschreckte ihn jedes Mal aufs Neue, trotzdem hatte er nicht vor, sie gegen eine gängige auszutauschen. Tante Augusta hatte sie ausgesucht, und er betrachtete dieses Cottage nach wie vor als ihres.

Er ging zur Haustür, die aus demselben Grund immer noch in Tante Augustas typischem dunklem Lila gehalten war, und wurde von der Postbotin begrüßt.

»Ein weiteres Paket von Ihrem Freund Oscar in London«, sagte sie. »Er ist sehr nett zu Ihnen, nicht wahr? Wir sind nicht sicher, was es ist, aber wenn man es ordentlich schüttelt, hört es sich nach Rumbakugeln an.« Zum Beweis hielt sie das Paket neben sein Ohr und schüttelte es. »Es hat aber das falsche Format für Rumbakugeln. Machen Sie es auf, und geben Sie uns Bescheid, was es ist, ja? Ach, und richten Sie Oscar aus, dass wir immer herzlich über die Adresse lachen. Bye!«

»Bye«, antwortete Alfie benommen, als sie durch die kleine Straße zurückging. Im Vergleich zur Anonymität der Großstadt kam ihm das Leben auf dem Dorf immer noch sehr befremdlich vor. In Bunburry schien jeder alles über jeden zu wissen, und was die Leute nicht wussten, dachten sie sich kurzerhand aus.

Seit Oscar mitbekommen hatte, dass in einem so kleinen Ort sämtliche Postsendungen, auf denen Alfies Name stand, korrekt zugestellt wurden, kreierte er zusehends absurdere Adressen. Den eigenen Namen, Oscar de Linnet, sowie seine Postleitzahl in Belgravia hatte er auf der Rückseite des Pakets in seiner gestochen scharfen Handschrift richtig wiedergegeben. Doch als Empfänger stand da »Alfie McAlister Esq., Zum maroden Schuppen, Ende der Welt«, gefolgt von der richtigen Postleitzahl.

Oscar und ihn verband eine außergewöhnliche Freundschaft, denn Oscar war ein Müßiggänger mit Eton-Ausbildung, der in ein Leben voller Privilegien hineingeboren worden war, während Alfie mit einer alleinerziehenden Mutter aufgewachsen und auf eine staatliche Gesamtschule gegangen war, bevor er sich aus dem Nichts ein Vermögen erarbeitet hatte. Zusammengeführt hatte sie die Liebe zum Theater. Sie waren in derselben Laienschauspielgruppe gewesen, wo sie die beiden männlichen Hauptrollen in Oscar Wildes *Ernst sein ist alles* gespielt hatten. Alfie wurde als der Lebemann Algernon Moncrieff besetzt, und Oscar spielte Jack Worthing, den Filou mit dem Doppelleben. Es war außerdem Oscar gewesen, der Alfie vor zwei Jahren mit Vivian verkuppelt hatte. Doch nun war Vivian tot, und Alfie hatte sich nach Bunburry davongemacht.

Seitdem tat Oscar alles in seiner Macht Stehende, um seinen Freund zurück nach London zu locken.

Zunächst hatte er dies versucht, indem er ihm eine Predigt hielt. »Du kannst nicht im Cottage einer alten Frau mitten in der Einöde leben.«

»Es ist keine Einöde, sondern der Dorfrand von Bunburry, das sogar auf Landkarten verzeichnet ist. Und es ist nicht das Cottage einer alten Frau, sondern meines, das mir von meiner Tante vererbt worden ist.«

Zugegeben, Windermere Cottage hatte seine Makel, beispielsweise eine psychedelische Tapete im Wohnzimmer und ein in Avocado-Grün gestaltetes Badezimmer. Doch Alfie fehlte die Energie für eine Renovierung, zumal er noch nicht sicher war, ob er in den Cotswolds bleiben sollte. Was er Oscar gegenüber nicht zugeben würde, der sich mittlerweile auf subtilere Überredungsstrategien verlegt hatte.

Anschließend waren nämlich die Programmhefte vom National Theatre, dem Barbican, dem Globe, dem Royal Opera House und der Albert Hall gekommen, begleitet von handgeschriebenen Briefen, in denen jede Aufführung hymnisch gelobt und zu dem Besten erklärt wurde, was Oscar je gesehen hatte.

Als Nächstes benutzte er greifbarere Lockmittel. Im ersten seiner Pakete war Achiote-Paste und dazu ein handgeschriebenes Zitat von Oscar Wilde: »Ich kann Menschen nicht leiden, die die Mahlzeiten nicht ernst nehmen.« Eine Woche später folgte Zitronengras, danach kamen schwarzer Knoblauch, koreanisches Gochujang-Gewürz, gemahlenes Baobab und Acaifrüchte.

Alfie war hinter all diesen Zutaten her gewesen, als er noch in London lebte. Er hatte es geliebt, für Vivian zu kochen, dafür zu sorgen, dass sie nach stundenlangen Proben oder anstrengenden Aufführungen etwas Vernünftiges aß. Wenn sie nicht arbeitete, schlenderten sie beide oft über die Lebensmittelmärkte und schnappten neue Ideen auf.

Oscars unterschwellige Botschaft war natürlich, dass Alfie leichten Zugriff auf derlei Dinge hätte, würde er einfach nach London zurückkehren. Doch ohne Vivian begeisterte Alfie sich nicht mehr fürs Kochen. Es schien ihm zu aufwendig. Außerdem konnte er zum Drunken Horse Inn gehen, wo sie eine exzellente Küche mit regionalen Produkten boten.

Zu dieser Zeit hatte er die neue Oscar-Wilde-Biografie gelesen – ein Geschenk seines Freundes – und darin ein passendes Zitat gefunden. Das schrieb er auf die Rückseite einer Postkarte mit einer Abbildung des idyllischen Bunburrys inmitten sanfter Hügel: »Ich hätte bedenken müssen, dass man, um ein gänzlich neues Leben zu führen, regelmäßige und nahrhafte Mahlzeiten braucht.« Dieser Einsicht fügte er die

Feststellung hinzu: »Die hiesige Gastronomie wird meinen diesbezüglichen Bedürfnissen bewundernswert gerecht.«

Aber Oscar hatte sich geweigert, den Wink zu verstehen. Alfie nahm jetzt das neueste Päckchen, dessen Inhalt tatsächlich entfernt nach Rumbakugeln klang, und öffnete es vorsichtig. Chia-Samen, ein ganzes Kilo. Damit würde er tun, was er mit allen exotischen Nahrungsmitteln getan hatte. Natürlich nicht, ohne Oscar anzurufen und sich zu bedanken.

Natürlich telefonisch und natürlich übers Festnetz. Einer von Oscars zahlreichen Spleens war, dass er zwar gern Textnachrichten schrieb und bekam, jedoch nur via Festnetz telefonierte. Und diesmal griff sein Freund erst am Sonntagvormittag nach dem Hörer, obwohl Alfie zuvor schon mehrfach versucht hatte, ihn zu erreichen.

»Und, warst du gestern Abend wieder bei einer sagenhaften Kulturveranstaltung?«, fragte er.

»Es war überragend. Wärst du doch nur dabei gewesen. Du verpasst so viel auf dem Lande, und du hättest es geliebt. Wir waren hinterher im Club.« Oscar gähnte. »Ich bin noch im Bett.«

Alfie blickte auf seine Uhr: halb elf. Er war seit ein paar Stunden auf und nicht im Bett, sondern saß auf dessen Kante. Er hatte sich angewöhnt, Oscar von Tante Augustas Festnetztelefon aus anzurufen, das auf dem Nachttisch stand. Dies war sein Lieblingszimmer – ganz in Lavendelblau, Grau und Weiß gehalten. Als er sich auf dem Bett zurücklehnte, sah er durch das Fenster nichts als Bäume und hörte nichts als das sanfte Zwitschern der Vögel. Im Moment zog es ihn überhaupt nicht ins lärmige London zurück.

»Was hast du gesehen?«

»Brechts *Der kaukasische Kreidekreis*«, antwortete Oscar. »Ein absoluter Triumph, erhebend für die Seele. Und du hängst dort in der Wildnis fest.«

Alfies Stimme war seidenweich, als er antwortete: »Oscar,

selbst in der Wildnis kann ich online auf Informationen zugreifen und Zeitungen bekommen. Ist das die Inszenierung, die tatsächlich jeder einzelne Kritiker verrissen hat – und wo dringend geraten worden ist, man solle sich das Geld für die Theaterkarte lieber sparen?«

»Ah«, sagte Oscar. »Ja, das könnte sie gewesen sein. Deshalb waren wir anschließend im Club; wir brauchten große Mengen Alkohol, um die Erfahrung auszulöschen.«

»Du hast mich belogen, Oscar. Jetzt werde ich dir nie wieder vertrauen können.«

Oscar schien kein bisschen beschämt, dass er ertappt worden war. »Es geschah nur zu deinem Besten, das mir stets am Herzen liegt. Aber es mag sein, dass das Landleben seine Vorzüge hat. Wie geht es deinem Harem?«

»Das wirst du eher beantworten können als ich, handelt es sich bei dem doch um ein Produkt deiner Fantasie«, entgegnete Alfie trocken.

»Ganz und gar nicht. Meiner Berechnung nach bist du jetzt bei sechs. Die beiden Miss Marples, die Polizistin, die Baumherzerin, die Bardame Edith und die temperamentvolle Carlotta. Dein kultivierter Großstädtercharme wirkt wie Katzenminze auf die schlichten Mädchen vom Lande.«

Alfie legte sich aufs Bett und rieb sich die Augen. »Lass mich dir noch einmal erklären, Oscar. Ich mache es auch ganz langsam, und ich möchte, dass du dich diesmal konzentrierst. Liz und Marge mögen mich, weil Tante Augusta ihre beste Freundin war. Sie hegen keinerlei romantisches Interesse an mir. Allerdings denken sie, dass ich ideal für Liz' Nichte wäre, Police Constable Hollis, die jedoch ebenfalls nicht das geringste romantische Interesse an mir hat. Edith wiederum ist keine gewöhnliche Barbedienung, sondern die Mutter des Wirtes vom Drunken Horse und müsste an die siebzig sein, mithin ebenfalls desinteressiert an mir. Kannst du mir noch folgen?«

Oscar stieß einen Laut aus, der alles Mögliche bedeuten konnte.

»Carlotta ist glücklich mit dem Besitzer des Drunken Horse verheiratet und hat entsprechend auch kein romantisches Interesse an mir. Überdies ist sie nur gelegentlich temperamentvoll, gemeinhin dann, wenn ihre Schwiegermutter Edith ihre italienische Küche als ›Mafiakost‹ bezeichnet, die Gerichte aber trotzdem verschlingt.«

»Ach ja«, sagte Oscar. »Nach einem guten Dinner kann man jedem vergeben, sogar der eigenen Verwandtschaft. Du bist jedoch verdächtig still, was die Baumherzerin angeht.«

Alfie war ein klein wenig froh, dass Oscar über sein angebliches Liebesleben scherzte. Noch vor wenigen Monaten, als Alfie ohnmächtig vor Kummer gewesen war, hätte er nicht im Traum daran gedacht, so etwas zu empfinden. Oscar musste glauben, dass es ihm besser ging. Tat es nicht; er war nur besser darin, es zu verbergen. Dennoch war Oscars launiges Necken eine willkommene Ablenkung.

»Ich bin still, weil es nichts zu erzählen gibt. Edith ist grundlos der Überzeugung, Betty Thorndike und ich wären ein Paar, nur weil ich zu ihren Versammlungen der Grünen gehe. Ms Thorndike kommt übrigens aus Washington, D.C. und hat demzufolge genug großstädtische Kultiviertheit für uns beide, indes auch nicht den geringsten Funken romantisches Interesse an mir.«

»Nehmen wir mal an, sie sind wirklich nicht an dir interessiert – bei welcher der Damen schlägt dein Herz schneller?«

»Ganz klar bei Edith, der besten Köchin Englands«, antwortete Alfie. »Übrigens muss ich jetzt Schluss machen. Treib du nur weiter, was kultivierte Großstädter sonntags so treiben – ich treffe mich mit Liz und Marge im Horse zum besten Sonntagslunch im Umkreis von fünf Grafschaften.«

2. Der Sonntagslunch

Alfie nahm das Päckchen Chia-Samen mit und gab es Liz und Marge, die ihnen bereits einen Tisch im vollen Pub gesichert hatten.

Marge beäugte das Paket finster. »Oh«, sagte sie. »Das ist nicht, was ich mir erhofft hatte.«

Alfie setzte sich ihr gegenüber hin. »Das ist Superfood«, erklärte er. »Voller Proteine, Ballaststoffe und gesunder Fette. Man kann es auf Cornflakes streuen oder in Smoothies.«

»Ich weiß, was Chia-Samen sind, vielen Dank«, entgegnete sie spitz. »Aber wir hatten auf der Post gewettet. Ich dachte, dass es Wildreis ist, und Liz hat auf Macadamia-Nüsse getippt. Jetzt sehe ich meine fünfzig Pence nie wieder.«

»Ich glaube, keiner hat auf Chia-Samen gewettet«, sagte Liz. »Das Geld wandert folglich in die Spendendose.«

Alfie starrte die beiden an. »Verzeihung, es lief eine Wette auf den Inhalt von Oscars Paket?«

»Da laufen immer welche«, antwortete Marge. »Seit Dorothy gesagt hat: ›Ich wette, das ist Zitronengras‹, und es stimmte. Wie wäre es, wenn du dir nächstes Mal vorher von Oscar verraten lässt, was er dir schickt, und wir teilen uns den Gewinn?«

Liz hüstelte warnend. »Marge, meine Liebe, denk an die Regeln. Jeder, der mit Alfie über die Pakete redet, wird sofort disqualifiziert.«

Marge tätschelte Alfies Hand. »Na gut, dann sag kein Wort darüber. Schreib mir einfach eine Textnachricht. Und du kannst Oscar ausrichten, er soll nicht so unverschämt bei der Adresse sein. Was hat er diesmal geschrieben? Zum maroden Schuppen? So darf man nicht von Windermere Cottage reden. Ginge es um Betty Thorndikes Haus, ja dann …«

Alfie warf ihr einen prüfenden Blick zu, doch sie sah wie der Inbegriff der Unschuld aus. Ediths Fantasiegespinst, Betty wäre seine Freundin, hatte im Dorf die Runde gemacht. Und Alfie hatte gegenüber Liz und Marge diesem Gerücht nicht widersprochen, weil er hoffte, dass sie dann aufhören würden, ihn mit Emma verkuppeln zu wollen.

»Was stimmt damit nicht?«, fragte er.

»Na, passend zu ihren Ansichten ist es, als würde man wieder im 19. Jahrhundert leben. Lauter Wachskerzen und keine modernen Geräte, die einem die Arbeit im Haus erleichtern. Mich wundert, dass wir sie nicht unten am Fluss ihre Wäsche waschen sehen.«

»Oder, noch besser, sich selbst«, murmelte Alfie gerade laut genug, dass sie ihn hören konnten. Dann ergänzte er in normaler Lautstärke: »Ich glaube nicht, dass eine Parteimitgliedschaft bei den Grünen automatisch bedeutet, man müsse im 19. Jahrhundert verharren. Heutzutage gibt es grüne Energie. Aber ist es nicht irgendwie bewundernswert, wenn jemand seine Bequemlichkeit zugunsten seiner Prinzipien opfert?«

Marge schniefte. »Du nennst es bewundernswert, ich nenne es bekloppt. Dann magst du ihr Cottage also?«

Alfie hatte kein Problem damit, sie in die Irre zu führen, aber die Vorstellung, sie geradewegs anzulügen, gefiel ihm überhaupt nicht.

»Ich kenne es nicht«, gestand er und wappnete sich für den triumphierenden Blick, den die Damen gleich wechseln würden.

Doch Liz war abgelenkt. »Marge, meine Liebe«, flüsterte sie, »wer ist das da bei Emmas furchtbarem Sergeant?«

Es verblüffte Alfie immer wieder, welche offene Verachtung Liz, einer der sanftesten und freundlichsten Menschen, denen er je begegnet war, für den hiesigen Polizisten an den Tag legte. Nicht, dass er widersprechen würde; er konnte Sergeant Harold Wilson genauso wenig leiden – erst recht nicht, seit der ihn verhaftet hatte.

Marge wandte sich um und starrte zu dem Polizisten und seinem Tischnachbarn, wobei sie vorgab, das Gemälde von den Jagdhunden an der Wand zu betrachten, das sie an die tausendmal gesehen haben dürfte. Dann drehte sie sich wieder um und schnalzte mit der Zunge. »Also wirklich, Liz, erkennst du ihn denn nicht wieder?«

»Nein, meine Liebe, sonst würde ich ja nicht fragen«, entgegnete Liz, die wieder ruhig und gefasst wie üblich klang.

»Das ist Nigel, der Junge von Norman Edwards«, antwortete Marge.

Nun blickte sich auch Alfie verstohlen um. Die beiden Männer saßen in einer der kleinen Nischen hinten im Pub, die durch halbhohe Holzwände voneinander abgetrennt waren, und schienen in ein Gespräch vertieft. Jeder hatte bereits ein leeres Pint vor sich stehen und das zweite fast geleert. Und sie passten zusammen, fand Alfie: Nigel, der »Junge«, war wie der Sergeant in den Fünfzigern – und ebenso rotgesichtig mit schütterem Haar und harten Zügen. Nigel war nicht so übergewichtig wie der Sergeant, aber auch nicht direkt dürr.

Wilson bemerkte, dass Alfie zu ihnen sah. Daraufhin erhob Alfie die Hand ein wenig, um ihn zu grüßen. Das ignorierte Wilson und redete weiter.

»Du meine Güte, stimmt, das ist Nigel Edwards«, sagte Liz mit einem gewissen Unterton. »Ich frage mich, wie man so ein Paar wohlgenährter, verschlagener Kerle nennt.«

Marge kicherte, während Alfie sich nach wie vor schwer damit tat, wie sehr sich Liz' Persönlichkeit veränderte, sobald es um Sergeant Wilson ging. Und er fragte sich, was Nigel Edwards verbrochen haben mochte, um mit ihm über einen Kamm geschoren zu werden.

»Wann übernimmt er die Farm?«, fragte Liz.

»Himmel, Clarissa, versuch mal, auf dem Laufenden zu bleiben«, seufzte Marge. »Norman ist vor Ewigkeiten zu seiner Tochter gezogen, und seitdem leitet Nigel schon alles.«

»Die Tochter wohnt in Hartlepool, oder? Ist ihr Mann nicht bei der Brauerei?«

»Stimmt.«

»Auf der Farm müssen sie Norman schrecklich vermissen«, vermutete Liz. »Es gab einige entsetzliche Geschichten über Nigel, der sich aufspielte und wollte, dass alle machten, was er sagte, weil er der Sohn vom Chef war. Und dabei hatte er nicht den geringsten Schimmer, was er tat. Norman musste dauernd alle beruhigen. Vielleicht hat Nigel ja endlich dazugelernt, denn ich habe schon lange nichts mehr von der Farm gehört.«

Alfie staunte immer noch, wie viel jeder in Bunburry über jeden anderen wusste. Wenigstens wussten sie nichts über ihn, abgesehen von dem, was jeder bei Wikipedia gelesen zu haben schien. Niemand ahnte etwas von Vivian, und sie alle nahmen an, dass er Tante Augusta nahegestanden hatte. Aber welches Wissen über seine Familie hatten sie ihm voraus? Waren Marge und Liz in Bunburry gewesen, als sein Vater seine Mutter verließ? Hatte Edith es miterlebt?

Als hätte er sie mit seinem Gedanken heraufbeschworen, kam Edith, trotz ihres Alters adrett und flink, mit ihrem Notizblock herbeigeeilt. »Entschuldigt die Verspätung. Wir haben heute volles Haus. Was kann ich euch bringen?«

Marge stieß einen kleinen Schrei aus. »Wir haben uns so nett unterhalten, dass ich noch gar nicht in die Karte sehen konnte.« Sie griff nach der ledergebundenen Karte im Ständer auf dem Tisch.

»Es ist Sonntag, meine Liebe«, sagte Liz freundlich. »Wir kommen eben aus der Kirche. Du brauchst nicht in die Karte zu schauen.«

Alfie fand die Selbstbeherrschung beachtlich, mit der sie sich ein »Himmelherrgott, Margaret, versuch mal mitzudenken!« verkniff.

Er nahm Margaret die Karte ab und stellte sie zurück. »Bitte dreimal Ihren guten Sonntagsbraten, Edith«, sagte er lächelnd.

Edith tätschelte seine Wange. »Ich notiere mir, dass Sie Extra-Yorkshire-Pudding bekommen – Sie sind zu dürr. Ihre Vegetarierfreundin gibt Ihnen anscheinend nichts Anständiges zu essen. Nur Karotten und Salat, vermute ich.«

»Sie ist nicht meine Freundin«, widersprach Alfie und begriff zu spät, dass er mit Liz und Marge am Tisch saß, von denen er doch hoffte, dass sie genau das dachten.

»Wie dem auch sei«, fuhr er fort, »keine Frau im Land könnte mich so gut ernähren wie Sie.«

»Hey!« Carlotta, die gleichfalls Bestellungen aufnahm, näherte sich ihnen von hinten. »Was ist mit mir?«

»Du?«, höhnte ihre Schwiegermutter. »Alfie braucht englischen Braten, nicht deine Mafiakost.«

Carlotta schien einem Wutausbruch bedenklich nahe zu sein, und Alfie überlegte, wie er die Situation entschärfen könnte, als die Tür des Pubs aufflog. Herein kam eine Frau in Jeans, einem Leinenhemd und Wanderstiefeln, die sehr entschlossen dreinblickte und einen Schwung Papiere in der Hand hielt.

»Meine Damen und Herren!«, rief sie mit einem amerikanischen Akzent, der in diesem durch und durch englischen Pub befremdlich wirkte. Die Leute merkten auf und ermahnten sich gegenseitig, ruhig zu sein. »Bevor Sie Ihr Mittagessen bestellen, sollten Sie etwas wissen.« Sie begann die Flugblätter auf den Tischen zu verteilen.

Edith schob ihren Notizblock in ihre Schürzentasche und trat vor. »Was ist los, Betty?«

»Edith.« Betty Thorndike kam quer durch den Pub und

hielt ihr ein Blatt entgegen. »Du vor allem musst hiervon erfahren. Du, William und Carlotta – ihr seid schließlich stolz darauf, regionale Produkte zu verwenden.«

»Und ob wir das sind«, bekräftigte Edith, und Carlotta stellte sich solidarisch neben ihre Schwiegermutter.

»Dann wisst ihr wahrscheinlich nicht, dass euer Lieferant auf Massentierhaltung umgestellt hat und seine Tiere unter erbärmlichen, unhygienischen und unmenschlichen Bedingungen hält. Das hier ist kein Biofleisch mehr, wie ihr denkt.«

Edith starrte benommen auf das Blatt. »Edwards' Farm?«, fragte sie.

Nun begannen die Leute, sich zu Nigel Edwards umzudrehen. Der sprang auf. »Keinen interessiert eine Predigt von einer verrückten amerikanischen Vegetarierin«, sagte er. »In diesem Land essen wir, was wir wollen!«

Allgemeine Ausrufe der Zustimmung, wie zum Beispiel »Er hat recht!« und »Jawohl!«, schallten durch den Saal, und jemand knallte die Faust auf den Tisch.

Bettys Stimme übertönte den Lärm. »Ich halte niemanden davon ab, irgendwas zu essen. Aber ihr habt ein Recht zu erfahren, was ihr esst, damit ihr eure Entscheidung auf der Grundlage von Informationen treffen könnt.«

Andere Leute begannen zu nicken, und jemand rief: »Dann erzähl mal, Betty!«

»Esst dieses Fleisch nicht, wenn euch auch nur ein klein wenig am Wohl der Tiere liegt«, sagte sie. »Auf Edwards' Farm quetschen sie so viele Tiere in die Mastanlage, wie sie können.«

»Hört nicht auf diesen Blödsinn!«, brüllte Nigel Edwards. »Ich produziere hochwertiges Fleisch. Diese Kühe sind draußen aufgewachsen.«

»Einige von ihnen«, erwiderte Betty laut und verteilte weiter ihre Flugblätter. »Und auch nur, bis sie sechs Monate alt waren. Die meisten stehen dicht an dicht drinnen im Stall und sehen nie natürliches Tageslicht.«

Edith hatte sich auf einen freien Stuhl gesetzt und starrte ungläubig auf das Flugblatt. Carlotta hockte sich neben sie und legte tröstend einen Arm um ihre Schultern.

»Und selbst wenn euch das Wohl der Tiere nicht interessiert, dann solltet ihr zumindest an eure eigene Gesundheit denken«, sagte Betty laut. »Diese Kühe müssen mit Antibiotika vollgepumpt werden, damit sich keine Krankheiten unter ihnen ausbreiten.«

»Das ist Verleumdung!«, schrie Edwards. »Ich verklage Sie!«

»Nur zu«, entgegnete Betty. »Ich wiederhole gerne alles vor Gericht. Sie können mich nicht einschüchtern, Mr Edwards, und Sie können mich auch nicht feuern wie Ihren Verwalter.«

Edwards, der mittlerweile hochrot im Gesicht war, begann auf sie zuzustampfen. »Das ist eine glatte Lüge!« Er baute sich vor ihr auf, und sein Doppelkinn schwabbelte. »Wer hat Ihnen das erzählt? Hat er das gesagt? Dann verklage ich euch beide!«

Alle anderen im Pub waren vollkommen still geworden; jeder richtete seine Aufmerksamkeit auf das Spektakel. Alfie machte sich bereit einzugreifen, doch Betty blieb unerschütterlich und zeigte keinerlei Anzeichen von Angst – nur Wut. Sie wedelte mit den restlichen Flugblättern vor Nigel Edwards' Gesicht herum.

»Sie sind eine Schande«, fauchte sie, »eine Schande als Farmer und eine Schande als Mensch. Die armen Tiere zu opfern, um Ihren Gewinn zu maximieren. Ich hoffe, dass Sie eines Tages so leiden, wie Sie die Tiere leiden lassen.«

Nigel Edwards drehte sich zu seinem Trinkkumpan um. »Sie bedroht mich! Du hast es gehört, Harry.« Er blickte sich im Pub um. »Ihr habt es alle gehört.«

Sergeant Wilson hievte sich mühsam von seinem Stuhl

hoch. »Das reicht jetzt, mein Mädchen. Sie sind kurz davor, wegen öffentlicher Ruhestörung verhaftet zu werden. Ich rate Ihnen, unverzüglich rauszugehen.«

Betty rang empört nach Luft. »Ich bin nicht Ihr Mädchen! Und ich gehe verdammt noch mal, wenn ich es will.«

»Na gut, das war's«, verkündete Wilson. »Betty Thorndike, ich –«

Alfie sprang auf. »Schon okay«, unterbrach er den Polizisten. »Alles okay. Wir sind bereits so gut wie draußen.« Er schätzte, das Letzte, was Wilson wollte, war, an seinem freien Sonntag eine Verhaftung vorzunehmen, und dass der Sergeant sich schlicht verpflichtet fühlte, den Farmer zu unterstützen.

Er nahm sanft Bettys Arm. »Gehen wir hinaus und reden über Taktik«, flüsterte er ihr zu. Und zu seiner Erleichterung kam sie ohne Protest mit zur Tür.

Doch kurz vor dem Ausgang wandte sie sich um und rief: »Glauben Sie ja nicht, dass es vorbei ist!«

Sie stürmte hinaus, und Alfie holte sie auf dem Parkplatz ein, wo sie an einem schlammbesprühten Geländewagen lehnte, die Hände in die Hüften gestemmt.

»Also, über was für Taktiken reden wir hier?«, zischte sie.

Ihre Augen glänzten verdächtig, und Alfie vermutete, dass sie hauptsächlich aggressiv war, um nicht zu weinen.

»Vielleicht sollten wir warten, bis Philip sich zu uns gesellt und wir eine richtige Diskussion führen können«, schlug er vor.

»Ja, ja.« Sie nickte energisch, sodass ihr blondes Haar um ihr Gesicht herumflog. »Warten wir auf den Vikar. Warten wir, bis Betty sich beruhigt hat und nicht mehr peinlich ist.«

»Du bist nicht peinlich«, versicherte er. »Aber wir mussten da raus. Wilson war drauf und dran, dich festzunehmen.«

»Denkst du, das interessiert mich? Denkst du, mich kümmert, was mit mir passiert? Mir geht es um die Kühe. Es ist einfach so …«

Sie wandte den Kopf zur Seite und wischte sich mit dem Handrücken die Augen. »Wir brauchen ein anständiges Kennzeichnungssystem, damit die Leute sehen, welche Tiere draußen grasen durften und welche in Mastanlagen steckten«, sagte sie entschlossen.

Und dann schien ihre Kraft plötzlich erschöpft. Ihre Schultern sackten nach unten, und sie ließ den Kopf hängen, sodass ihr das Haar vors Gesicht fiel. »Man denkt, es ist alles gut, weißt du? Da ist Edwards' Farm, wo die Tiere über Jahre anständig behandelt worden sind – und dann ist auf einmal all die artgerechte Haltung, der ganze humane Farmbetrieb dahin. Und es gibt so viel anderes zu tun. Dauernd ist es ein Schritt vor und drei zurück. Es bricht einem das Herz …«

Alfie empfand aufrichtiges Mitgefühl. Sie hatte sich Nigel Edwards entgegengestellt, aber so tough, wie sie klang, war sie gar nicht. Er fragte sich, ob er sie tröstend in die Arme nehmen sollte.

Sie stieß einen lang gezogenen Klagelaut aus und hob die geballten Fäuste gen Himmel, als wollte sie irgendeine Naturgöttin anflehen. Ja, sie konnte eindeutig eine Umarmung brauchen, und er würde sie in die Arme nehmen. Sollte sie jedoch auch nur einen Anflug von Unbehagen signalisieren, würde er sie gleich wieder loslassen. Alfie schritt auf sie zu – und ächzte, als die geballten Fäuste auf seine Schultern niederschmetterten.

»Keiner hat gesagt, dass es fair wäre, aber ich hätte nie gedacht, dass es so unfair sein würde«, sagte sie mehr zu sich selbst.

Alfie, dessen Schultern pochten, konnte ihr nur zustimmen. Ihr war anscheinend gar nicht bewusst, dass sie ihn geschlagen hatte; er war sozusagen die Mauer gewesen, gegen die sie boxen wollte. Nur hatten Backsteinwände nicht so viele Nervenenden.

»Taktik«, murmelte sie. »Wenn es Gerechtigkeit gibt, wenn es Karma gibt, wird Nigel Edwards bekommen, was er verdient.«

Sie ging zwischen den parkenden Autos hindurch zur High Street. Alfie folgte ihr nicht, rief ihr nicht mal einen Abschiedsgruß nach, denn sie hatte ihn offenbar völlig vergessen und war ganz in ihre Gedanken vertieft.

Er kehrte in den Pub zurück, wo er sich sofort Sergeant Wilson gegenüberfand, als hätte der ihm aufgelauert.

»Ihre Freundin hat Glück, dass sie jetzt nicht in einer Zelle sitzt«, sagte der Sergeant. »Halten Sie die lieber an der kurzen Leine.«

Alfie lächelte ihn freundlich an. »Ich habe noch nie das Bedürfnis verspürt, andere Leute zu kontrollieren. Deshalb zog ich auch nie eine Laufbahn bei der Polizei in Betracht.«

Wilson sah ihn unsicher an.

»Und ich glaube, ich sagte Ihnen bereits«, fuhr Alfie unverändert freundlich fort, »dass sie nicht meine Freundin ist.« Er war die Unterstellungen des Sergeants leid, dass er seine Zeit damit verbrachte, Betty und Emma nachzustellen.

»Hey, Harry, Futter ist da!«, rief Nigel Edwards, und Alfie sah, dass Edith zwei Teller mit Braten, Yorkshire-Pudding, gerösteten Kartoffeln, Brokkoli, Blumenkohl, Erbsen und Karotten zusammen mit Soßenschüsseln voller Braten- und Meerrettichsoße auf ihren Tisch stellte.

Alfie lief das Wasser im Mund zusammen. Er setzte sich wieder zu Marge und Liz, als Carlotta auch schon mit drei Tellern zu ihnen kam.

»Und hier ist Ihr Essen«, sagte sie.

Alfie sah auf die Teller – und schaute gleich nochmals hin. »Bitte, was?«, fragte er.

»Oh, Alfie«, erklärte Liz, »nachdem wir auf dem Flugblatt

gelesen haben, wie schlimm die armen Tiere behandelt werden, mussten wir unsere Bestellung ändern, und wir wussten, dass du es auch wollen würdest. Also haben wir jetzt Carlottas wunderbares Pilzrisotto.«

»*Buon appetito!*«, wünschte Carlotta mit strahlender Miene.

»Danke«, sagte Alfie und betrachtete unglücklich den farblosen Berg auf seinem Teller. »Ich könnte wohl nicht zufällig etwas Yorkshire-Pudding bekommen?«

3. Der nächste Morgen

Am nächsten Morgen war Nigel Edwards noch schlechter gelaunt als sonst. Er trommelte seine Arbeiter zusammen und stellte zufrieden fest, dass sie zwar mürrisch wirkten, aber auch verängstigt.

Der alte Herr hatte nie die Peitsche knallen lassen, sie nie richtig auf Trab gebracht. Kein Wunder, dass der Laden nie profitabel gewesen war. Nigel hatte das geändert, als er übernahm. Er hatte die nutzlosen Leute entlassen und dafür gesorgt, dass die, die er behielt, ordentlich arbeiteten. Aber anscheinend war einigen von ihnen immer noch nicht klar, was er erwartete.

»Ich habe gestern eine kurze Mittagspause gemacht«, begann Nigel.

Der neue Lehrling hüstelte, und Nigel sah ihn erbost an, doch es wirkte halbwegs echt. Der Junge hielt sich verlegen die Hand vor den Mund.

»Aber die wurde unterbrochen von dieser irren Amerikanerin, die reinplatzte und wilde Sachen herumschrie.« Er beobachtete sie alle aufmerksam, um zu sehen, ob irgendeiner betroffen aussah oder gar schuldig wirkte. Doch keiner verzog eine Miene.

»Sie hat einen Haufen verleumderischer Anschuldigungen über das Wohl der Tiere auf dieser Farm von sich gegeben. Hat hier irgendwer ein Problem damit, wie ich die Sachen handhabe? Irgendwer? Nein? Das ist gut. Gut aus eurer Sicht, meine ich.«

Er senkte die Stimme zu einem warnenden Zischen. »Denn falls ich herausfinde, dass einer von euch außerhalb der Farm über meine Geschäfte redet, wird er es bitter bereuen. Was hier drinnen passiert, ist Geschäftsgeheimnis, und ich kann euch versprechen, dass ich jeden sofort verklage, der irgendwelche Informationen rausgibt. Verstanden?«

Er hatte keine Ahnung, ob er sie verklagen könnte oder nicht, war sich jedoch recht sicher, dass sie es ebenso wenig wussten. Der Lehrling sah entsetzt aus, und die anderen wirkten auch nicht froh.

»Sie hat unter anderem behauptet«, fuhr Nigel fort, »dass ich meinen Verwalter gefeuert habe.«

Er blickte sie alle an. Der Lehrling nickte eifrig.

Nigel näherte sich ihm, und die anderen Arbeiter rückten weg. »Du nickst, Junge«, sagte er gefährlich beiläufig. »Weshalb?«

Der Lehrling schluckte. »Ich habe Ihnen zugestimmt. Sie haben Peter Harrison gefeuert.«

Nigel packte ihn bei den Schultern und schob ihn gegen den Holzzaun. Er fühlte, wie der Bursche zitterte. »Ich habe nichts dergleichen getan.«

Der Junge wand sich. »Haben Sie. Ich habe es gehört. Haben wir alle.«

Nigel zog ihn ein Stück vor und rammte ihn mit Wucht gegen den Zaun. Es ertönte ein Knacken, und eine der Latten zerbrach.

»Herrgott noch mal!«, schrie Nigel. »Wieso zur Hölle habt ihr den Zaun nicht längst repariert? Der Laden hier geht vor die Hunde!«

Der Lehrling rieb sich die Schulter und schien zu glauben, dass die Frage an ihn gerichtet war. »Peter … hat auf alles … ein Auge gehabt«, stammelte er. »Das war eine von den Sachen, die er regeln wollte, bevor er …« Er brach nervös ab und plapperte dann los: »Und die Pforte da drüben und das Problem mit Buchtkanten im Melkstall. Da war jemand aus Bunburry hier …«

»Ich verplempere mein Geld nicht an irgendwelche Leute aus Bunburry!«, brüllte Nigel. »Und damit das allen klar ist: Egal was ich zu Peter Harrison gesagt habe oder nicht, er ist nicht gefeuert worden, klar?«

»Und warum ist er nicht mehr hier?«, murmelte eine Stimme hinter ihm.

Er ließ den Lehrling halb los und drehte sich um, konnte jedoch nicht erkennen, wer gesprochen hatte. »Wer hat das gesagt?«, verlangte er zu wissen. Sie alle starrten ihn jedoch ausdruckslos an. »Peter Harrison ist nicht gefeuert worden. Er ist gegangen, weil er sich neuen Herausforderungen stellen wollte. Wer dem nicht zustimmt, kann gerne jetzt gleich gehen. Keiner? Gut.«

Er schritt vor ihnen auf und ab wie ein General bei der Truppeninspektion. »Und noch etwas. Ich will, dass ihr auf Eindringlinge achtet. Falls diese Amerikanerin aufkreuzt oder irgendwer sonst, der hier nichts zu suchen hat, schmeißt ihr die raus. Nein, besser noch, bringt sie zu mir, und ich kümmere mich um sie.«

Die Amerikanerin hätte schon längst abgehakt sein sollen, dachte er. Harry Wilson hätte sie verhaften müssen. Diese Typen, die für Tierrechte kämpften, waren gefährlich. Wahrscheinlich plante sie schon, den Laden in die Luft zu jagen. Der Alte war fast genauso schlimm gewesen, hatte das Vieh praktisch wie Haustiere behandelt, Land verschwendet, um die Viecher grasen zu lassen. Dabei konnte man den Gewinn verdoppeln, verdreifachen, wenn man sie in die Ställe packte. Der Alte hatte überhaupt nie einen Sinn fürs Geschäft gehabt.

Er wandte sich wieder an die Arbeiter.

»Und hört ihr irgendwen was sagen, das ihm nicht zusteht, und das schließt euch mit ein, kommt ihr auch zu mir. Man kann nie wissen, ob nicht ein paar Pfund für euch drin sind.«

Wären sie nicht. Er würde diesem Haufen von Tagedieben

kein Geld mehr hinterherwerfen. Aber »Teile und herrsche« – so machte man das.

Was Nigel Edwards nicht wusste, war, dass sich sehr bald ein Eindringling der Farm nähern und ihn keiner seiner eingeschüchterten Arbeiter aufhalten würde.

Am selben Tag erwachte Alfie mit einem solch intensiven Gefühl der Trauer, dass es beinahe körperlich war. Er konnte nichts essen, kochte sich nur Kaffee und saß anschließend mit einem Becher am Küchentisch.

Allein Oscar hatte ihm nie gesagt, die Zeit würde alle Wunden heilen. Tat sie auch nicht. Zumal niemand wusste, was wirklich an dem Tag geschehen war, als Vivian zu Tode kam. Alfie stellte seinen Kaffeebecher ab und steuerte Tante Augustas Hausbar an. Dann rief er sich zur Räson. Das würde nichts lösen. Ein Spaziergang. Er sollte spazieren gehen.

Der Nachteil beim Leben auf dem Dorf war, dass man Leuten begegnete, die man kannte, wenn man mit keinem reden wollte. Alfie zog seine Jacke über, entschied, die High Street zu meiden, und machte sich durch ein Gewirr von Nebenstraßen auf den Weg hinauf nach Wildshaw Woods.

Als er an der Kirche vorbeikam, sah er Tom Lindsay in der Ferne, der auf ihn zugehumpelt kam. Der alte Mann hatte ihn noch nicht erspäht, doch wenn er es tat, würde er darauf bestehen, dass Alfie ihm sagte, was er von der erbärmlichen Busversorgung hier hielt, der dürftigen Müllabfuhr und dem abscheulichen Benehmen der jungen Leute heutzutage. Und das mindestens eine Viertelstunde lang.

Rasch stieß Alfie die überdachte Friedhofspforte auf und betrat den von Unkraut überwucherten Kirchhof mit seinem Gewirr aus wettergegerbten, windschiefen Grabsteinen. Er gab sich nicht der Hoffnung hin, dass die Kirche gerade geöffnet war, aber zumindest könnte er sich auf der Rückseite verstecken, bis der alte Tom weg war.

Als Junge hatte er diese Kirche gehasst, weil seine Großeltern ihn zwangen, hier zum Religionsunterricht zu gehen, während er prima draußen hätte spielen können. Der schlichte steinerne Bau mit dem hohen Turm hatte etwas Grimmiges und Bedrohliches für ihn gehabt. Heute hingegen konnte Alfie die Architektur bewundern: die langen, rechtwinkligen Fenster, die in den lokaltypischen honigfarbenen Stein gesetzt waren, und die Kirchturmspitze aus schwarzem Schiefer, die eine Entsprechung zum Dach der Friedhofspforte darstellte.

Liz und Marge waren regelmäßige Kirchgängerinnen. Liz spielte die Orgel und leitete den Chor, während Marge für den Blumenschmuck und den Putzplan zuständig war. Alfie hatte keine Ahnung, ob sie gläubig waren oder die Kirche einfach eine wichtige Rolle im Dorfleben einnahm. Er war den Einladungen des Vikars bisher mit dem Hinweis ausgewichen, dass er kein Kirchgänger sei. Und obwohl er Philip regelmäßig bei Bettys Treffen der Grünen begegnete, wo sie die einzigen Anwesenden waren, kam das Thema dort nie auf.

Nun, da er sich der Kirchentür näherte, bemerkte er, dass sie ein wenig offen stand. Er ging hinein und rechnete damit, dass das Innere des Gotteshauses dunkel und beklemmend war. Aber entweder spielte ihm seine Erinnerung Streiche, oder hier war alles im Zuge einer Renovierung dramatisch verändert worden.

Alfie setzte sich in die hinterste Kirchenbank und schaute sich um. Die Wände zwischen den Säulenreihen waren verputzt und weiß gestrichen, und auf ihnen funkelten die hellen Lichtspiegelungen der Buntglasfenster. Der Altar war von dunkelgrünem Samt verhüllt, bestickt mit einem goldenen Kreuz. Und an seinen beiden Seiten gab es große Blumenarrangements, bei denen es sich wahrscheinlich um Marges Werk handelte.

Ein Schaben auf dem Boden verkündete, dass eine Tür hinter ihm geöffnet wurde, und Alfie sprang auf. Er sah den alten Vikar, der in sein übliches klerikales Schwarz gekleidet war, aus der Sakristei treten.

»Hallo, Alfie«, grüßte er ihn. »Schön, dich zu sehen.«

»Tut mir leid, Philip«, antwortete Alfie, der das seltsame Gefühl hatte, als wäre er bei irgendwas erwischt worden. »Ich wollte dich nicht stören.«

»Ganz im Gegenteil, würde ich meinen«, erwiderte der Vikar. »Mir tut leid, dass ich dich in deiner stillen Einkehr gestört habe.«

»Nein, ich …«, begann Alfie. Er wollte schon sagen: *Ich bete nicht*, als würde er dem Manager eines Privatclubs erklären, dass er sich nicht eingeschlichen hatte, um unbefugt die Räumlichkeiten zu nutzen. »Ich bin nur hergekommen, um mir die Kirche mal anzusehen.«

»Hier ist es immer noch kühl, obwohl draußen die Sonne scheint«, sagte der Vikar in einem Plauderton. »In der Sakristei erfriert man. Ich wollte gerade zurück ins Pfarrhaus auf ein heißes Getränk. Möchtest du mitkommen?«

Alfie überlegte, wie er höflich ablehnen könnte, als der Vikar hinzufügte: »Schön! Du hast Glück, denn ich habe einiges an Gebäck von den Damen der Gemeinde, das ich allein nicht schaffe.«

Ehe er sichs versah, wurde Alfie zum Pfarrhaus geschleppt, einem kastenförmigen, zweigeschossigen viktorianischem Haus, nur wenige Minuten Fußweg von der Kirche entfernt.

Der Vikar führte ihn in den ersten Stock. »Das Erdgeschoss überlasse ich den diversen Gruppen in der Gemeinde, daher wohne ich hier oben.«

Alfie setzte sich auf ein recht unförmiges Sofa, das von einer Baumwolldecke mit afrikanischem Muster verhüllt war, und beobachtete, wie Philip einen kleinen Klapptisch für den Tee herrichtete. Der Geistliche holte einen Victoria Sponge Cake und einen Berg Haferriegel aus der Küchennische.

»Iss, so viel du magst«, ermunterte der Vikar ihn. »Wäre

diese Gemeinde kleiner, sodass ich nicht so viel gehen müsste, wäre ich inzwischen so breit wie dieses Haus.«

Alfie nahm sich ein Stück von dem Kuchen, aus dem Schlagsahne und Beeren quollen, und probierte einen Bissen.

Philip schenkte den Tee ein und lehnte sich auf einem wackligen Holzstuhl zurück. »Hat dich heute etwas Bestimmtes zur Kirche geführt?«, fragte er.

»Ehrlich gesagt, bin ich hineingegangen, um dem alten Tom auszuweichen. Ich war froh, dass die Tür offen stand.«

Er erwartete, dass Philip lachte, doch der blieb still.

»Ich wollte nicht mit Tom reden«, gestand Alfie unwillkürlich.

»Möchtest du jetzt reden?«, erkundigte sich der Vikar.

Alfie wollte die Frage zunächst mit einer oberflächlichen Bemerkung abtun, aber dann wurde ihm klar, dass Philip es ernst meinte. Vielleicht würde es ja eine Erleichterung sein, mit ihm zu sprechen. Alfie war daran gewöhnt, eine heitere Miene aufzusetzen, doch es kostete ihn einiges. Er ahnte, dass der Vikar ihn so viel oder so wenig sagen lassen würde, wie er wollte. Und was man einem Vikar erzählte, musste der doch für sich behalten, oder?

»Ich habe das in Bunburry gegenüber niemandem erwähnt«, sagte er.

»Dann werde ich es auch nicht«, versprach Philip mit einem kleinen Lächeln.

Alfie legte das Kuchenstück zurück auf den Teller. Der Vikar hatte keine Servietten gedeckt, deshalb holte Alfie sein Taschentuch aus der Hosentasche und wischte sich damit die Sahne und den Puderzucker von den Fingern. Wo sollte er anfangen? Er holte tief Luft.

»Ich habe jemanden verloren, der mir nahestand, und je mehr Zeit vergeht, desto schwieriger wird es für mich, nicht einfacher.«

Philip nickte, als wäre es vollkommen einleuchtend.

»Es war meine Freundin … meine Lebensgefährtin.« Er hasste beide Ausdrücke; der erste war zu schwammig, der zweite zu förmlich. *Wir sind nicht verheiratet!*, hatte sie ihn angeschrien.

»Sie hatte einen Autounfall … und war auf der Stelle tot.«

»Das tut mir leid«, sagte Philip. Er sah mitfühlend, aber auch wohltuend neutral aus.

Alfie hatte die Reaktionen seiner Freunde und Bekannten in London kaum ertragen, weil sie übertrieben erschüttert taten. *Alfie, es tut mir so, so leid. Das ist zu schrecklich, und ich kann mir gar nicht vorstellen, was du durchmachst. Deine süße Vivian, und auch noch so jung.*

»Deshalb bin ich hergekommen. Bin vor unserem Zuhause in London geflohen.«

Er sah Philip an, prüfte die Reaktion des Vikars.

Wieder nickte der Geistliche verständig. »Doch obwohl du hergekommen bist und sie nie hier war, fühlst du den Verlust immer noch.«

»Die ganze Zeit«, offenbarte Alfie. »Manchmal vergesse ich beim Aufwachen für einen kurzen Moment, dass sie fort ist. Und dann ist es so, als würde ich mich dem allen von Neuem stellen müssen; und alles ist wieder ganz frisch.« Er blickte zum Teppich. »Manchmal hoffe ich beim Einschlafen, dass ich nie wieder aufwache.«

»Jeder Verlust ist schwer zu verkraften. Aber wenn es die Person trifft, die uns am nächsten ist …« Philip ließ das Satzende offen.

»Es ist sogar noch schlimmer«, sagte Alfie. Er rang so sehr um einen ruhigen Tonfall, dass er vollkommen gefühllos klang. »Wir hatten gerade erfahren, dass sie schwanger war.«

Und dann, während Philip weiterhin schweigend dasaß, ertappte Alfie sich dabei, wie er erstmals laut aussprach, womit er sich selbst hundertmal am Tag quälte.

»Vivian … Sie ist wegen mir gestorben.«

4. Vivian

Alfie sah sich eine deprimierende Doku über die Umweltschäden durch Plastikmüll an und bemerkte kaum, dass Vivian da war.

Sie nahm die Fernbedienung von der Sofalehne und schaltete den Fernseher aus. »Habe ich deine Aufmerksamkeit?«, fragte sie.

»Immer.« Er klopfte auf das Polster neben sich, damit sie sich zu ihm setzte, doch das tat sie nicht.

»Ich bin schwanger«, sagte sie.

Es folgte ein Moment, in dem er ihre Worte verarbeiten musste, und dann empfand Alfie eine überwältigende Freude. Eine Familie. Sie würden bald eine Familie sein. Es würde all die Verluste wettmachen. Den seines Vaters, der vor Alfies Geburt verschwand; den seiner Großeltern, die bei einem Unfall starben, als er zwölf war; den seiner Mutter, die an Krebs starb, noch bevor er zwanzig war.

Jeder hielt sein Leben für traumhaft, weil er ein Vermögen gemacht hatte, doch er würde all den materiellen Erfolg für eine Familie hergeben. Und nun geschah es. Seit Vivians Einzug war er nie glücklicher gewesen. Sie hatten vage über Kinder gesprochen, darüber, dass sie vielleicht heiraten sollten, wenn sie welche bekamen. Aber Vivian war erst achtundzwanzig, und auch wenn Alfie keiner von den Vätern werden wollte, die zu alt waren, um mit einem Kind Fußball zu spielen, machte er ihr keinen Druck.

»Bist du sicher?«, brachte er heraus.

Sie hielt drei Finger in die Höhe. »Ich habe den Test gemacht, dreimal. Jedes Mal positiv.«

Er sprang vom Sofa auf, packte sie an der Taille und wirbelte sie begeistert herum. Dann stieß er einen gedämpften Laut aus, hielt sie fest und half ihr in einen Sessel. »Entschuldige! Wie fühlst du dich überhaupt? Ist dir schlecht?«

»Nur, wenn mich ein Irrer wie einen Kreisel durch die Luft dreht. Mir geht es gut. Wie immer.«

Sanft legte er eine Hand auf ihren Bauch. »Du wirst Mutter. Das ist unglaublich. Es ist das Wunderbarste auf der Welt.«

Verärgert schlug sie seine Hand weg. »Es ist alles andere als wunderbar. Das ist eine totale Katastrophe.«

»Was meinst du damit? Stimmt etwas nicht?«

»Etwas stimmt ganz und gar nicht. Ich bin schwanger«, sagte sie matt.

»Ich verstehe nicht.«

»Alfie, bist du blöd? Ich fange in drei Monaten an zu filmen.«

Er hockte sich auf die Fersen zurück. »Äh, ja, natürlich. Du darfst dich nicht überanstrengen. Ich besorge einen Arzt, der bei dir ist und dafür sorgt, dass du nicht zu viel arbeitest.«

Sie starrte ihn an, als wäre er ein Alien. »Ich werde tun, was ich tun muss. Dies ist mein erster großer Film. Er ist das, was ich mir mein Leben lang gewünscht habe. In drei Monaten wird man meinen Bauch sehen können, und es ist kein Film über eine Schwangere.«

Für sie war es eine riesige Veränderung, das sah Alfie ein; aber es gab für alles eine Lösung. »Keine Sorge«, beruhigte er sie. »Sicher findet sich ein Weg. Sie können dich von der Hüfte aufwärts filmen, und wenn alle Stricke reißen, können sie ein Körperdouble nehmen.«

Wieder dieser Blick. »Hast du überhaupt den leisesten Schimmer, wovon du redest? So etwas würden sie vielleicht in Erwägung ziehen, wenn ich ein Star wäre, auf den sie nicht verzichten können. Aber das bin ich nicht. Sie werden mich schlichtweg rauswerfen und sich eine andere suchen, die nicht so bescheuert war, schwanger zu werden.«

»Und was ist mit deinem Vertrag? Der muss dir doch die Rolle garantieren, oder nicht?«

Sie lachte verbittert. »Ich bin mir ziemlich sicher – wenn jemand vertragsbrüchig geworden ist, dann ich.«

Er kniete sich neben ihren Sessel und legte die Arme um sie. »Ich weiß, dass du das Timing nicht ideal findest, aber ich könnte gar nicht glücklicher sein. Wir werden eine richtige Familie sein. Und niemand zweifelt an deinem Talent. In einem oder anderthalb Jahren kannst du dich nach anderen Möglichkeiten umsehen.«

Sie befreite sich aus seiner Umarmung und stand auf. »Mich interessieren keine anderen Möglichkeiten. Ich habe diese, und die werde ich nutzen.«

Sie ging zu den Balkontüren und drückte die Bedienung für die Vorhänge. Sie glitten auf, und Vivian blickte hinaus zu den Lichtern der Schiffe auf der dunklen Themse.

»Aber du hast gesagt, dass du es nicht kannst, weil sie dich feuern würden.«

Sie verschränkte störrisch die Arme vor der Brust und lehnte die Stirn an die Glasscheibe. »Ich habe gesagt, das würde passieren, wenn ich schwanger wäre.«

»Also willst du sie bitten, die Filmaufnahmen zu verschieben?«

»Warum machst du das hier schwieriger, als es sein muss? Wie kann ich sie bitten, die Dreharbeiten zu verschieben?«

Sie war enttäuscht, wütend und traurig; das sah er. Sicher brauchte sie nur Zeit, sich mit dem Gedanken vertraut zu machen.

»Alles wird gut«, sagte er sanft. »Falls du früher wieder arbeiten willst, holen wir uns alle Hilfe, die nötig ist. Und ich werde der engagierteste Vater sein, den du je gesehen hast. Ich verspreche, dass ich mich ganz diesem Baby widme.«

Sie erwiderte etwas darauf, doch sie sprach recht leise und war nach wie vor von ihm abgewandt, sodass er ihre Worte nicht verstand.

»Wie bitte?« Er ging auf sie zu.

In dem Moment drehte sie sich zu ihm um. »Ich habe gesagt, dass es kein Baby geben wird.«

Er erstarrte. »Das kannst du nicht ernst meinen. Wir haben darüber geredet. Du hast immer gesagt, dass du Kinder willst.«

»Ja, irgendwann. Aber nicht in absehbarer Zeit.« Die Worte sprudelten aus ihr heraus. »Ich habe dir gesagt, dass ich mich nicht aushalten lasse. Ich will arbeiten, etwas erreichen. Du hast deine Karriere gehabt, hast gemacht, was du wolltest. Du hast so viel Geld verdient, dass du nie wieder arbeiten musst. Ich werde mein Leben nicht auf Pause stellen, weil du glückliche Familie spielen willst.«

»Du hörst mir nicht zu«, entgegnete er. »Du musst dein Leben nicht auf Pause stellen. Was immer du willst, was immer du brauchst, ich organisiere es.«

Wieder verschränkte sie trotzig die Arme vor der Brust. »Du hörst mir nicht zu. Was ich will und brauche, ist dieser Film. Und das bedeutet, dass ich nicht schwanger sein darf. Tut mir leid, Alfie. Ich weiß, dass du dringend eine Familie gründen willst – aber jetzt noch nicht. Dies ist nicht der richtige Zeitpunkt.«

Mit drei Schritten war er bei ihr. »Nein«, sagte er. »Nein, das kannst du nicht machen. Du kannst unser Kind nicht umbringen.«

Sie wandte sich von ihm ab und erneut zum Fenster. Dann legte sie die Hände flach an das Glas, als müsste sie sich stützen, um nicht das Gleichgewicht zu verlieren. »Es ist kein Kind. Es ist nicht mal ein Embryo, sondern lediglich eine willkürliche Zellansammlung.«

Er packte sie beim Arm und drehte sie zu sich. »Dies ist

auch mein Baby. Du hast kein Recht dazu«, sagte er lauter als beabsichtigt.

»Nein, du hast kein Recht dazu – wir sind nicht verheiratet!«, schrie sie und versuchte, sich von ihm loszureißen.

Er hielt sie noch stärker fest. »Ich lasse dich das nicht tun.«

»Du lässt mich nicht?«, wiederholte sie ungläubig. »Weißt du, in welchem Jahrhundert wir leben? Nimm die Finger von mir!«

Mit einem Ruck befreite sie sich von ihm und verließ das Zimmer. Er holte sie in der Diele ein, wo sie sich ihre Jacke anzog.

»Wo willst du hin?«, fragte er.

»Oh, keine Sorge, für solche Sachen muss man einen Termin machen«, antwortete sie.

Er konnte nicht glauben, dass sie so gefühllos war. Er öffnete ihr die Tür. »Wenn du das ernsthaft vorhast, brauchst du nicht wiederzukommen.«

Alfie saß im Pfarrhaus von Bunburry und blickte in seinen Teebecher. »Ich war so wütend. Ich wollte sie verletzen, weil sie mich verletzt hatte. Und ich bin immer noch wütend. Ich liebe sie, und sie fehlt mir. Dennoch bin ich so wütend, dass sie auch nur daran denken konnte, unser Baby loszuwerden.«

»Es ist vollkommen verständlich, dass du wütend bist«, sagte Philip.

Damit hatte Alfie nicht gerechnet. Er hatte gedacht, es gäbe jetzt eine Predigt darüber, dass man seinen Mitmenschen vergeben müsste.

Er trank einen Schluck Tee. Der war eiskalt, denn Alfie hatte ihn während seiner Schilderung jener Ereignisse nicht angerührt. Nun stellte er den Becher zurück auf den Klapptisch.

»Ich frische den mal auf«, sagte der Vikar und brachte die beiden Becher zur Kochnische.

Alfie fragte sich, ob Philip ihm bewusst Raum gab, um sich von seiner Beichte zu erholen. Oder musste sich vielleicht der Vikar selbst davon erholen? Vielleicht hatte er aufgehört zuzuhören und reagierte deshalb so ruhig.

Aber diese Vermutung war falsch, wie sich herausstellte, als der Vikar mit dem frisch aufgebrühten Tee zurückkehrte.

»Du hast gesagt, dass Vivian wegen dir gestorben wäre. Warum denkst du das?«

»Ich hatte ihr gesagt, dass sie nicht wiederzukommen braucht.«

»Wir alle sagen eine Menge Dinge. Das bedeutet nicht, dass wir von Ursache und Wirkung sprechen können.«

»Mir war nicht klar, dass sie die Autoschlüssel genommen hatte. Ich dachte, sie wollte einfach nur spazieren gehen. Ihr war nie wohl dabei, meinen Wagen zu fahren – sie empfand ihn als zu groß –, aber sie erlaubte auch nicht, dass ich ihr einen kleineren kaufte.« Wieder sah er nach unten, weil er den Blick des Vikars meiden wollte. »Ich weiß nicht, ob sie sich das Leben genommen hat.«

»Nein, das weißt du nicht«, stimmte der Vikar ihm zu. »Doch aller Wahrscheinlichkeit nach nicht. Sie hatte sich auf die Dreharbeiten gefreut, konzentrierte sich auf ihre Zukunft.«

»Aber selbst wenn es so war: Ich habe sie in Aufregung versetzt, und zwar mit voller Absicht. Vielleicht hat sie geweint – oder nur über das nachgedacht, was ich gesagt hatte – und hat deshalb die Kontrolle über den Wagen verloren.«

»Vielleicht, vielleicht auch nicht. Es ist sinnlos, sich wegen etwas zu quälen, das möglicherweise gar nicht geschehen ist. Es war ein Unfall, und du hast ihn nicht verursacht. Die Welt ist ein komplizierter Ort, Alfie, und wir kennen kaum die Ursachen von irgendwas. Außerdem sind Beziehungen selten einfach, und Trauer kann eine Vielzahl von Gefühlen aufwühlen. Du hast eben gesagt, dass du sie liebst. Erzähl mir mehr von ihr! Wie habt ihr euch kennengelernt?«

Der Regisseur ihrer Laien-Theatergruppe hatte eine junge Schauspielerin eingeladen, Vivian Templeton. Sie hatte einen festen Händedruck und ein freches Lächeln.

Sie sollte ihnen Nachhilfe in Sachen Oscar-Wilde-Theater geben, und Oscar war ganz hingerissen, als er feststellte, dass sie beinahe so viel über seinen Namensvetter wusste wie er.

»Freut mich, dich kennenzulernen, Alfie«, sagte sie, als dieser ihr vorgestellt wurde. Alfie war groß, doch das war Vivian ebenfalls, nur einen Kopf kleiner als er selbst. »Warte kurz«, sagte sie, kramte in ihrem Rucksack herum und holte einen Pashmina-Schal hervor. Den steckte sie in den Bund ihrer Jeans, um den Anschein zu erwecken, einen langen Rock zu tragen. Dann raffte sie das schulterlange Haar zu einem Zopf, drehte ihn einige Male und wickelte ihn mit einem unglaublichen Trick zu einem eleganten Knoten auf. Mit ihrer ernsten, geraden Körperhaltung wirkte sie durch und durch viktorianisch. »Okay, fangen wir an.«

Alfie ging in Position und sprach seine erste Textzeile: »Ich bin gradezu verliebt in Cecily, und nur darauf kommt es an.«

Sie gelangten zu der Stelle, an der die Regieanweisungen verlangten, dass er sie küsste. Der Regisseur hatte gesagt, dass es sich um einen keuschen Wangenkuss handeln sollte. Vivian war unfassbar kokett als Cecily, blickte verführerisch zu ihm auf. Er trat näher an sie heran, reckte den Kopf nach vorn und auf ihr Gesicht zu – doch sie drehte sich im letzten Moment herum, tänzelte von ihm weg und streckte ihm den Arm hin, sodass er lediglich ihre Fingerspitzen küssen konnte.

Alle lachten über seine Niederlage, und er hoffte, dass sie sein Unbehagen für gut gespielt hielten.

»Wir können es auch auf eine andere Weise versuchen«, schlug Vivian vor.

Diesmal war Alfie auf der Hut und fragte sich, was sie vorhatte. Er näherte sich ihr zögerlich – doch sie packte ihn unvermittelt, legte die Hände an seine Wangen und küsste ihn.

Nun musste er noch lächerlicher ausgesehen haben, denn das Lachen war sogar lauter als beim ersten Mal.

»Nein!«, rief der Regisseur. »Nein, Vivian, das ist völlig unmöglich. Keine junge Dame hätte zu der Zeit so etwas getan.«

»Doch die Überraschung macht es gerade witzig«, sagte Oscar plötzlich.

»Ich opfere die Authentizität nicht für billige Lacher«, widersprach der Regisseur.

»Oscar hat recht; es war großartig. So sollten wir es aufführen«, sagte einer der anderen Darsteller.

Ein Streit entbrannte, aus dem Alfie sich heraushielt. Der Kuss musste leidenschaftlich und hingebungsvoll ausgesehen haben, aber Vivians Hände hatten vor dem Publikum verborgen, dass es fast gar kein Kuss gewesen war, ihre Lippen sich kaum berührt hatten. Für einen Moment war er verblüfft, und dann überkam ihn der überwältigende Drang, sie richtig zu küssen. Er hörte nicht mehr zu, was irgendwer sagte, sondern beobachtete nur noch Vivian.

Nach der Probe half er den anderen, die Stühle wegzuräumen und aufzustapeln sowie die Requisiten einzupacken. Er sah, dass der Regisseur Vivian umarmte und ihr einen Umschlag gab.

»Du scheinst sehr angetan von der jungen Miss Templeton zu sein«, murmelte Oscar.

»Ich?«, entgegnete Alfie. »Nein. Ich meine, es war eine interessante Probe, aber –«

»Alfie, dir hängt die Zunge aus dem Mund, und du kannst nicht aufhören, sie anzusehen. Lade sie auf einen Drink ein.«

»Sei nicht albern!«

»Komm schon, Alfie. Was wäre das Schlimmste, das passieren kann? Sie könnte sagen: ›Ich würde nicht mal mit dir etwas trinken, wenn du der letzte Mann auf Erden wärst‹, und dich mit Pfefferspray blenden. Aber ich glaube nicht, dass sie so eine ist. Du bist ziemlich gut für einen Laienschauspieler. Warum spielst du nicht, selbstsicher und unwiderstehlich zu sein?«

Vivian hatte sich inzwischen verabschiedet, ihr Haar wieder gelöst und war auf dem Weg zur Tür, wobei sie den Pashmina-Schal zu einem übergroßen Halstuch wand.

»Beeil dich, Alfie! Das ist deine Chance.«

»Oscar, nicht so laut!«

Oscar trat vor, um Vivian abzufangen. »Das war hervorragend. Vielen Dank.«

»War mir ein Vergnügen. Viel Glück bei der Aufführung!«

»Alfie und ich wollten noch etwas trinken gehen«, fuhr er geschmeidig fort. »Möchtest du dich uns anschließen?«

»Ja, warum nicht?«

Alfie konnte nicht erkennen, ob sie gerne Zeit mit ihnen verbrachte oder einfach einen Drink wollte.

»Ich kenne einen Pub in einer der Seitenstraßen hier«, sagte Vivian, während sie gelassen losging.

Alfie fühlte, wie Oscar ihn wiederholt knuffte. Er hatte keine Ahnung, warum er angestoßen wurde, also ignorierte er es.

»Wohnst du hier in der Gegend?«, fragte Oscar.

Sie schüttelte den Kopf. »In Brixton.«

Alfie fragte sich, wo genau. In Brixton gab es gute und schlechte Ecken.

»Wir haben die Probe sehr genossen«, sagte Oscar. »Du bist eine begabte Schauspielerin. Willst du ins West End oder nach Stratford?«

»Weder noch«, antwortete sie. »Ich mache ein bisschen Theater, aber ich habe schon fürs Fernsehen gedreht und würde gerne in der Filmbranche Fuß fassen.«

»Irgendwelche TV-Produktionen, in denen wir dich gesehen haben könnten?«, fragte Oscar.

»Einige, aber da habt ihr mich sicher nicht bemerkt. Ich bin das Fernsehpendant zur Statistin – die junge Anwältin, die dem Chef Papiere reicht, eine Schwester, die den Sanitätern die Tür aufhält. Hier wären wir – lasst mich die Tür für euch aufmachen, ich habe Übung darin.«

Sie führte sie in einen altmodischen Pub. Es waren zwar keine Sägespäne auf dem Boden ausgestreut, aber es sah auch nicht aus, als wäre hier seit den Siebzigerjahren renoviert worden. An einer Wand verlief eine blassgrün gepolsterte Bank, vor der ein halbes Dutzend kleine runde Tische standen. In der Mitte waren noch mehr Tische mit schäbigen Holzstühlen, und vor der Bar reihten sich hohe, lederbezogene Hocker aneinander. Die Wände waren halbhoch mit zerkratztem dunklem Holz verkleidet, und darüber prangte eine gelb gemusterte Tapete.

Oscar schwankte leicht, fing sich wieder und fragte: »Was möchtest du trinken.«

»Ich übernehme das«, erwiderte Vivian, griff in ihre Tasche und holte den Umschlag hervor, den der Regisseur ihr gegeben hatte.

Erstmals sagte Alfie etwas: »Das kannst du nicht machen. Es ist dein Lohn für heute Abend.«

Sie sah ihn kühl an. »Und wie heißt es bei Shakespeare in *Die lustigen Weiber von Windsor*? ›Hier ist Geld; verwendet es; verwendet noch mehr.‹ Das habe ich vor. Also, was kann ich euch holen?«

Alfie war nicht sicher, ob Oscar nicht Champagner verlangen würde.

»Danke, ich nehme ein halbes Pint London Pride«, antwortete er hastig. »Und Oscar auch, nicht wahr, Oscar?«

Oscar blinzelte. »Ja, du hast mir die Worte aus dem Mund genommen.«

»Okay«, sagte Vivian und nahm einige Scheine aus dem

Umschlag. »Sucht ihr schon mal einen Tisch, und ich bringe gleich die Drinks.«

Es gab einen freien Tisch hinten im Raum. Oscar setzte sich vorsichtig hin und beäugte angewidert die klebrige Tischplatte. »Du bestellst mir ein Bier in einer Art Arbeiterkneipe. Wie herrlich antibürgerlich!«

»Es wird dir guttun, mal zu sehen, wie die andere Hälfte der Bevölkerung lebt. Und wenn Vivian wiederkommt, musst du aufpassen, was du sagst.«

»Ich bin eindeutig der Einzige, der irgendwas sagt. Den ganzen Weg hierher habe ich versucht, dich dazu zu bringen, dass du mit ihr sprichst, aber anscheinend willst du den starken, schweigsamen Mann spielen. Sollte sie sich aufgrund meiner spritzigen Konversation am Ende in mich statt in dich verlieben, hast du das ganz allein verschuldet.«

»Oscar, ich erwarte nicht, dass sie sich in jemanden verliebt«, erwiderte Alfie, als Vivian auf sie zuschritt. Gekonnt balancierte sie drei halbe Pints und zwei Tüten Chips.

»Cheers.« Oscar trank zögerlich einen Schluck von dem London Pride. »Also, Vivian, arbeitest du schon lange als Schauspielerin?«

»Seit ich meinen Abschluss am Drama Centre gemacht habe.«

»Drama Centre? Eindrucksvoll. Waren da nicht Colin Firth und Paul Bettany?«

Sie riss eine Chipstüte auf und legte sie zwischen sich und Alfie. »Ja, und Penelope Wilton, Helen McCrory und Pierce Brosnan. Mit dem einzigen Unterschied, dass sie es geschafft haben – und ich nicht.«

Oscar lächelte ihr aufmunternd zu. »Du bist noch jung. Wie alt bist du eigentlich?«

»Sechsundzwanzig. Und du?«

»Vierzig. Genauso wie Alfie.«

Alfie stöhnte innerlich. Den großen Altersunterschied zu betonen war wenig hilfreich.

Vivian sagte dazu nichts, sondern angelte sich einige Chips aus der Tüte und knabberte sie.

»Also, das Verbindungsstück zwischen sechsundzwanzig und vierzig ist sehr bedeutsam in der Numerologie«, fuhr Oscar fort.

»Ach ja?«, fragte Vivian. »Wieso?«

»Na ja, das ist vierzehn, nicht? Und vierzehn ist durch zwei und sieben teilbar.«

Sie lachte laut. »Oscar, du solltest auf der Bühne stehen.«

Oscar blickte auf seine Uhr und riss die Augen weit auf vor Schreck. »Oh nein, ich sollte längst im Zug sitzen. Ich hatte keine Ahnung, dass es schon so spät ist. Ich muss mich beeilen.« Er schnappte sich seine Jacke von der Rückenlehne des Stuhls und ging rasch fort.

Vivian sah ihm nach, als er sich zwischen den anderen Gästen hindurchdrängte, und drehte sich dann wieder zu Alfie um.

»Was habe ich gesagt, das ihn so verschreckt hat?«

»Nichts«, antwortete Alfie und hoffte, dass es überzeugend und gelassen klang. »Er muss bloß einen Zug erwischen.«

»Und er hat sein Bier kaum angerührt. Ein Jammer drum.« Sie verteilte den Inhalt von Oscars Glas auf Alfies und ihres, nahm noch einen Kartoffelchip und kaute nachdenklich. »Nur dass er mit keinem Zug fährt, oder?«

»Warum sagst du das?«, erwiderte Alfie ausweichend, um nicht zugeben zu müssen, dass Oscar sich keinem Bahnhof nähern, sondern ein Taxi heranwinken würde.

»Er spielt den Jack Worthing recht gut, aber das eben war die schlechteste Laiendarstellung, die ich je gesehen habe. Es war fast so, als wäre er weggegangen, damit wir beide allein zusammen sind.«

Alfie verließ das Pfarrhaus ein wenig benommen. Von dem Moment an, als die Polizei gekommen war, um ihm die Nachricht von Vivians Unfall zu bringen, hatte er sich eingeredet, es wäre seine Schuld. Aber nun hatte ihn der Vikar davon praktisch freigesprochen. Konnte er das so annehmen?

Ziellos wanderte er durchs Dorf und stellte nach einer Weile fest, dass er sich dem Café von Bunburry näherte, in dem Liz' selbst gemachtes Karamell verkauft wurde. Ein Pawlowscher Impuls lockte ihn hinein. Er unterstützte das Geschäft der beiden Damen gern, auch wenn es sich so anhörte, als kämen sie auch ohne seine Hilfe glänzend zurecht.

Drinnen war nur ein Tisch frei, der allerdings noch abgeräumt werden musste, und die Bedienung wirkte gehetzt.

»Einen Augenblick, ich habe den Tisch gleich für Sie fertig«, sagte sie.

»Ist nicht nötig«, beruhigte Alfie sie. »Ich bin nur für meine tägliche Karamelldosis hier und habe es nicht eilig.«

Er wartete am Tresen, während sie die Bestellung eines Gastes notierte.

In dem Moment kam eine junge Frau im Teenageralter hereingestürmt, als wären sämtliche Dämonen der Hölle hinter ihr her. Sie trug schwarze Leggings und eine Bomberjacke, ihr Gesicht war gerötet, und sie sah aus, als hätte sie geweint oder stünde kurz davor, es zu tun. Sie sah den freien Tisch, schritt darauf zu und setzte sich hin.

»Geben Sie mir eine Sekunde«, sagte die Bedienung gereizt und eilte mit der neuen Bestellung in die Küche. Dann kehrte sie zurück, um den Tisch abzuräumen und sauber zu wischen, und gab der jungen Frau eine Karte.

»Nein, ich will nur … Kann ich einen Tee haben? … Nein, einen Americano, schwarz, ohne Milch«, stammelte das Mädchen. Sie sprach kultiviert mit einem Hauch jenes Akzents, wie ihn die Kinder von Migranten oft hatten.

Die Kellnerin zückte ihren Notizblock. »Einen Americano ohne Milch. Irgendeinen Kuchen? Scones?«

»Nein. Nein, nichts, danke. Eigentlich … Nein, Entschuldigung …« Die Stimme der jungen Frau kippte. Sie sprang auf und rannte aus dem Café.

Die Bedienung kam herüber zu Alfie. »Hat mit ihrem Freund Schluss gemacht, schätze ich. Junge Liebe, was?«

»Einer von Ihren Cream Teas hätte ihr gebrochenes Herz schneller geflickt als alles andere«, meinte Alfie. »Zwei Tüten Karamell, bitte.«

»Dann haben Sie offensichtlich kein gebrochenes Herz, das geflickt werden muss«, bemerkte die Bedienung verschmitzt, während sie die Einkäufe in die Kasse tippte.

»Offensichtlich nicht«, sagte Alfie lächelnd. Er hatte nicht vor, auch ihr von seinem Kummer zu erzählen.

Anschließend ging er zurück zum Windermere Cottage und dachte über die junge Frau nach. Sie hatte Panik gehabt, keinen Liebeskummer, als würde sie vor etwas weglaufen.

Gerade als er seine Haustür öffnete, klingelte das Telefon: Tante Augustas Festnetzapparat im Schlafzimmer. Er ging davon aus, dass es Oscar war, doch am anderen Ende war Marge, atemlos und aufgeregt.

»Oh, Alfie, bin ich froh, dass du da bist! Wir haben es eben gehört und dachten, dass du es sofort erfahren musst. Betty Thorndike ist verhaftet worden – wegen Mordes an Nigel Edwards.«

5. Die Polizeiwache

Alfie drückte auf die Klingel der Polizeiwache.

Es war Emma, die ihm öffnen kam, in ihrer Uniform aus schwarzer Hose, langärmliger weißer Bluse und schwarz-weiß karierter Krawatte. Alfie vermutete, dass die Krawatte zum Anklemmen war, um auszuschließen, dass sie damit gewürgt werden konnte. Emma musste beim Friseur gewesen sein, denn ihr dunkler Bob war kürzer als bei ihrer letzten Begegnung. Sie strahlte Professionalität und Autorität aus, und obwohl Alfie sie inzwischen recht gut kannte, fand er sie immer noch ein wenig einschüchternd.

»Alfie«, grüßte sie ihn kurz und knapp, ohne einen Hauch von Überraschung in der Stimme. »Was kann ich für dich tun?«

»Ich möchte etwas mit dir besprechen – eine Polizeiangelegenheit. Darf ich reinkommen?«

Sie trat beiseite, um ihn hineinzulassen, und die Tür fiel hinter ihm ins Schloss. Er folgte Emma in ein kleines Büro, wo ihre Mütze auf dem Schreibtisch neben ihrem Computer lag. Von Sergeant Wilson war nichts zu sehen, wofür Alfie maßlos dankbar war. Marge behauptete stets, Emma wäre die Einzige, die tatsächlich auf der Wache arbeitete.

Emma stellte einen Plastikstuhl vor ihren Schreibtisch. »Nimm Platz! Also, was ist das für eine Polizeiangelegenheit?«

»Habt ihr Betty Thorndike verhaftet?«

Diesmal schien sie überrascht. »Die Bunburry Broadcasting Corporation arbeitet gut, wie ich sehe. Ja, Betty ist gegenwärtig in Gewahrsam.«

»Hier?«

»Ja.«

Alfie lief ein Schauer über den Rücken. Er erinnerte sich an seine Stunden in der winzigen, muffigen Zelle, die er wegen Sergeant Wilsons übereifriger Fantasie dort verbracht hatte. Und jetzt steckte Betty dort. Aber war es Emma gewesen, die sie verhaftet hatte?

»Und sie wird wegen Mordes angeklagt?«

»Noch wird sie wegen gar nichts angeklagt. Sie ist im Zusammenhang mit einer laufenden Ermittlung in Gewahrsam genommen worden.«

»Der Ermittlung zum Mord an Nigel Edwards«, bohrte er nach. »Was ist passiert? Wie wurde er ermordet?«

Emma atmete hörbar aus. »Alfie, du weißt, dass ich mit dir nicht über eine laufende Ermittlung reden darf. Also, gibt es sonst noch etwas?«

Sie stand auf und wollte ihn offenbar zur Tür bringen.

Alfie blieb sitzen. »Kannst du mir bitte nur sagen, ob sie schon vernommen wurde?«, fragte er.

»Noch nicht. Sergeant Wilson hatte sie verhaftet, aber er musste weg und befragt sie, wenn er wieder hier ist. Hör mal, Alfie, es ist nett, mit dir zu plaudern, aber ich muss arbeiten. Worum geht es?«

Er holte tief Luft. »Weiß sie, dass sie das Recht auf einen Anwalt hat?«

»Entschuldige, aber ich muss bedauerlicherweise das Memo übersehen haben, in dem mitgeteilt wurde, dass du zur unabhängigen Prüfinstanz für korrektes polizeiliches Verhalten ernannt wurdest.« Sie stand stramm, die Schultern gestrafft, die Hände an ihren Seiten, als würde sie jetzt offiziell Meldung machen. »Miss Thorndike wurde gemäß Erlass zur Ermittlung und Beweissicherung von 1984 in Haft genommen und über ihre Rechte informiert, wie es Paragraf 3.2 des Code of Practice C vorschreibt. Dies beinhaltet den Hinweis auf ihren Anspruch, sich einen Rechtsbeistand zu nehmen oder einen kostenlosen Pflichtverteidiger …«

Alfie hielt eine Hand in die Höhe. »Ja, schon gut, tut mir leid. Ich wollte nicht andeuten, dass du deinen Job nicht anständig machst. Aber ich muss ihr etwas sagen, ehe sie befragt wird. Kann ich sie sehen?«

Emma setzte sich wieder hin und blickte ihn ungläubig an. »Sie ist wegen Mordverdachts in Untersuchungshaft. Nein, Alfie, du kannst sie nicht sehen.«

»Komm schon, Emma! Mir ist egal, was für Beweise ihr zu haben glaubt. Wir wissen beide, dass Betty keine Mörderin ist.«

»Ich habe dir bereits gesagt, dass ich darüber nicht mit dir reden kann, solange wir mitten in einer –«

»Wenn ich sie nicht sehen kann, darf ich ihr wenigstens eine Nachricht zukommen lassen?«

»Was für eine Nachricht?«

Emma war ziemlich rot geworden, woran Alfie erkannte, dass er sie massiv beleidigt haben musste, indem er ihr anscheinend unterstellte, ihren Job nicht anständig zu machen. Was überhaupt nicht seine Absicht gewesen war. Er hätte lieber direkt ausgesprochen, was er sagen wollte. Dann hätte er möglicherweise das Missverständnis vermieden.

»Richte ihr bitte aus, dass ich für die Anwaltskosten aufkomme. Oder ich schreibe ihr eine kurze Nachricht, falls du einen Zettel für mich hast.«

Es musste am Licht liegen, denn es sah aus, als wäre Emma noch röter geworden. »Sie kann sich glücklich schätzen, dass du so für sie sorgst.«

Alfie schüttelte den Kopf. »Fang du nicht auch noch an! Ich habe schon genug Ärger, weil dein Sergeant Ediths Unsinn glaubt, dass Betty und ich ein Paar sind. Wir sind befreundet, weiter nichts.«

Emma zog die Augenbrauen hoch. »Bist du bei all deinen Freunden so großzügig?«

»Ich hoffe doch, dass ich ihnen immer helfe, wenn ich kann. Und ich würde ganz bestimmt dasselbe für dich tun, wärst du wegen Mordverdachts in Haft.«

»Sehr nett von dir; allerdings rechne ich vorerst nicht damit, dass das geschieht.«

»Ich bin ziemlich sicher, dass Betty das auch nicht erwartet hatte«, entgegnete Alfie trocken. »Also, kannst du es ihr ausrichten? Dass ich ihr einen Anwalt besorge?«

Emma lächelte spöttisch. »Du kommst zu spät.«

»Was soll das heißen?«

»Sie hat sich schon einen Anwalt besorgt.«

Alfie seufzte gereizt. »Ich weiß, dass sie Anspruch auf einen kostenlosen Rechtsbeistand hat. Aber ich will nicht, dass man sie einem Pflichtverteidiger zuteilt, der frisch von der Uni kommt. Ich besorge ihr einen guten Strafverteidiger.«

Er hatte keine Ahnung, wen er beauftragen sollte, aber sicher würden seine Firmenanwälte jemanden wissen. Und wenn Betty bereits nach einem Anwalt verlangt hatte, dann war sie fürs Erste sicher, denn Wilson durfte sie nicht befragen, ehe der Rechtsbeistand da war. Alfie musste nur dafür sorgen, dass sie wartete, bis sie einen guten Anwalt an ihrer Seite hatte.

»Also, kannst du den wieder zurückpfeifen, den ihr gerufen habt, und Betty sagen, sie soll warten, bis ich ihr jemanden schicke?«, fuhr er fort.

»Wie gesagt, du bist zu spät.« Emma grinste immer noch schief. »Wir mussten keinen Pflichtverteidiger rufen. Betty wusste gleich, wen sie anrufen wollte, und ihre Wahl hört sich wahrlich nicht wie frisch examiniert an.«

Alfie bemühte sich, sein Staunen zu verbergen. Woher wusste Betty, an wen sie sich wenden sollte? Er hoffte, dass Emma und der Sergeant es nicht verdächtig fanden, wenn sie auf mehr als der grundlegendsten Hilfe bestand. Und wie konnte sie sich das leisten? Bei Marge hörte es sich an, als würde sie sehr ärmlich leben, und Alfie wusste aus Erfahrung, dass mittelmäßige Anwälte hohe Honorare verlangten, gute hingegen das Zehnfache.

Er hörte, wie die Eingangstür aufging, und Sergeant Wilson mürrisch rief: »Hollis! Ist Thorndikes Rechtsverdreher schon aufgetaucht? Haben Sie was gehört?«

»Nein, nichts, Sarge«, antwortete sie laut. »Aber …«

Bevor sie mehr sagen konnte, betrat der Sergeant das Büro. Er stank nach Tabak, und Alfie nahm an, dass er hinten auf dem Polizeiparkplatz geraucht hatte. Er fragte sich, ob der Sergeant auch einen Flachmann bei sich hatte: Vermutlich besaß nicht einmal Wilson die Unverfrorenheit, in Uniform zum Trinken ins Horse zu gehen.

Wilson gab sich übertrieben erschrocken ob Alfies Anblick. »Sieh mal an, wenn das nicht Mr McAlister ist. Sind Sie hier, um sich nach Ihrer Freundin zu erkundigen?«

»Miss Thorndike ist nicht –«, begann Alfie, als Emma ihn unterbrach.

»Verzeihung, Sarge. Alfie ist hergekommen, um mir etwas von Tante Liz auszurichten, und da haben wir uns verquatscht. Er wollte gerade gehen.«

»Es mag Sie überraschen, Hollis, aber diese Wache dient nicht als Erweiterung Ihres Privatlebens.«

»Weiß ich, Sarge. Kommt nicht wieder vor. Alfie, ich bring dich nach draußen.« Sie stand auf und ging voraus zur Tür.

»Einen Moment«, sagte Sergeant Wilson und stellte sich Alfie in den Weg. »Ich nehme an, Mr McAlister hat nichts gegen eine kurze Unterhaltung. Vollkommen freiwillig natürlich.«

»Natürlich«, stimmte Alfie zu. Er war zu dem Schluss gelangt, dass man mit Wilson am besten fertig wurde, indem man sich nicht von ihm provozieren ließ. »Wie kann ich helfen, Sergeant?«

»So haben wir es gern, dass die Zivilbevölkerung kooperativ ist. Dürfen wir Ihnen einen Tee anbieten? Unsere Hollis kocht einen recht passablen.«

»Danke, ich brauche keinen.«

»Dann nur einen, Hollis. Milch, zwei Würfel Zucker.«

Emma ging gehorsam aus dem Raum, und Sergeant Wilson setzte sich an seinen Schreibtisch. »Also, was war diese ach so dringende Nachricht für Hollis?«

»Nichts, was Sie betrifft, Sergeant«, antwortete Alfie höflich. »Es war eine private Mitteilung über eine Familienangelegenheit.«

»Und ich habe doch tatsächlich geglaubt, dass Sie gekommen sind, um Ihrer Freundin einen Kuchen mit einer Feile drin zu bringen. Wäre nett zu dem Tee gewesen. Ah, ich vergesse immer wieder, dass sie nicht Ihre Freundin ist, obwohl Sie das anscheinend ein bisschen zu oft betonen.«

Der Sergeant lachte herzhaft, und Alfie rang sich ein mattes Lächeln ab.

»Vielleicht ist Ihnen klar geworden, dass Miss Thorndike ›lebenslänglich‹ bekommen könnte, und da dachten Sie, Sie sehen sich mal nach einem Ersatz um. Bei schwachem Licht sieht Hollis nicht schlecht aus.«

Es kostete Alfie sein gesamtes schauspielerisches Können, seine wahren Gefühle für sich zu behalten.

Emma kehrte mit einem Becher Tee zurück, den sie auf den Schreibtisch des Sergeants stellte.

Er nahm laut schlürfend einen Schluck. »Warum musste Tante Marge Ihnen so dringend eine Nachricht zukommen lassen?«, fragte er.

Alfie sah keine Möglichkeit, sie wissen zu lassen, was er gesagt hatte. Sergeant Wilson mochte faul sein, aber diese Szene verdeutlichte, dass man ihn nicht unterschätzen durfte.

»Verzeihung, Sarge, aber das war eine Familienangelegenheit.«

Wilson war sichtlich enttäuscht, dass Alfies Worte bestätigt wurden. »Na gut. Mr McAlister, lassen Sie uns diese Unterhaltung führen. Es macht Ihnen doch nichts aus, wenn Hollis Notizen macht, oder?«

»Ganz und gar nicht.«

Wilson lehnte sich auf seinem Stuhl zurück und verschränkte die Hände hinter seinem Kopf. »Sie waren in dem Pub, als Betty Thorndike Mr Edwards gedroht hat.«

»Sie hat ihm nicht gedroht«, widersprach Alfie. »Sie war bloß wütend.«

»Tja, das ist eine komische Sache, aber mir ist in diesem Job aufgefallen, dass Leute manchmal Morde begehen, wenn sie wütend sind. Sicher wird Hollis mir da zustimmen, nicht wahr, Hollis?«

Emma murmelte etwas Unverfängliches.

»Ich meine«, erklärte Alfie, »dass sie aufgebracht war.«

Wilson tippte sich mit einem Stift an die vom Nikotin vergilbten Zähne. »Aufgebracht. Ja, ich kenne Leute, die morden, weil sie aufgebracht sind. Wie ich mich entsinne, haben Sie danach Miss Thorndike aus dem Pub geleitet und sind eine Weile fort gewesen. Sind Sie bei ihr geblieben, als Sie draußen waren?«

»Ja.«

»Und welchen Eindruck hat sie gemacht?«

»Sie war wü…, sie war erschüttert. Der Gedanke, dass die Tiere nicht anständig behandelt werden, erschütterte sie.«

»Und was genau hat sie gesagt?«

»Dass sie sich ein richtiges Kennzeichnungssystem für Fleisch wünscht.«

»Ach wirklich? Was für ein bemerkenswert praktischer Vorschlag von jemandem, der vermeintlich erschüttert ist.«

»Es ist ein Problem, über das sie viel nachgedacht hat.«

Wilson nickte. Plötzlich lehnte er sich vor und blaffte: »Was hat sie über Nigel Edwards gesagt?«

Alfie erinnerte sich an jedes ihrer Worte und an die Vehemenz, mit der sie ausgesprochen wurden. *Wenn es Gerechtigkeit gibt, wenn es Karma gibt, wird Nigel Edwards bekommen, was er verdient.*

Hatte der Sergeant es auch gehört? Als Alfie in den Pub zurückkam, war Wilson dort gewesen und hatte offenbar auf ihn gewartet. Er könnte an der Tür gestanden und gelauscht haben.

Bettys Worte konnten sie schwer belasten. Alfie dachte kurz nach und machte sich bewusst, dass er momentan weder vernommen wurde noch unter Eid stand.

Er runzelte die Stirn. »Ich erinnere mich, dass sie von Kennzeichnungen für Lebensmittel sprach, ja, und eine Parteiversammlung einberufen wollte, um das Problem des Tierwohls mit dem Vikar und mir zu besprechen.« Es wurde Zeit, in die Offensive zu gehen. »Tatsächlich könnten Sie keine unwahrscheinlichere Verdächtige als Betty haben, Sergeant. Ich weiß, dass sie nicht dazu imstande ist, jemanden umzubringen.«

Wilson schüttelte in gespielter Bewunderung den Kopf. »Es muss sagenhaft sein, solch einen Einblick in die menschliche Psyche zu haben, Sir. Wie viel einfacher würde es unseren Job machen, könnten wir, wie Sie, sagen: ›Ich weiß, Sie waren es‹, oder: ›Ich weiß, Sie waren es nicht.‹« Wilson schaffte es, das Wort »Sir« mit einem Höchstmaß an Verachtung auszusprechen.

»Ich würde meinen, dass der offensichtlichste Tatverdächtige der Verwalter ist, den Nigel Edwards gefeuert hat«, sagte Alfie.

Sergeant Wilson riss übertrieben weit die Augen auf und täuschte so Verwunderung vor. »Würden Sie das wirklich annehmen? Ein Amateurfehler, wenn Sie mir die Bemerkung erlauben, Sir. Wie sich herausgestellt hat, war das eine Verleumdung von Miss Thorndike, und zweifellos ist der Verwalter nicht gefeuert worden. Gott sei Dank haben wir einige Erfahrung in Sachen Ermittlungen und nehmen nicht alles gleich für bare Münze.«

Er nahm eine Akte von seinem Schreibtisch und begann darin zu blättern. »Aber vielen Dank für Ihre Zeit! Hollis, würden sie den Herrn bitte zur Tür begleiten?«

Emma stand auf. »Hier entlang.«

»Danke, dass du ihm nicht erzählt hast, warum ich hergekommen bin«, sagte Alfie leise, als sie den Türöffner drückte.

»Es ist sinnlos, die Gerüchte zu befeuern«, murmelte Emma. »Der Sarge würde eh nicht begreifen, dass man nur gut miteinander befreundet sein kann.«

Alfie verließ das Revier, ohne eine Ahnung zu haben, ob sie sich über ihn lustig machte oder nicht.

Als Nächstes ging er zum Zeitungsladen und hielt auf dem Weg dorthin nach unbekannten Wagen Ausschau. Im Kiosk kaufte er sich die wöchentliche Ausgabe der Lokalzeitung und eine Autozeitschrift. Dann fand er eine Bank mit Blick auf die Einfahrt des Polizeiparkplatzes, setzte sich hin und begann zu warten.

Der *Bunburry Bugle*, von Einheimischen *Der Quietscher* genannt, beschäftigte ihn nur wenige Minuten. Das Blatt war am treffendsten mit dem Adjektiv »angenehm« zu beschreiben, denn es konzentrierte sich auf das Positive und Herzerwärmende. Alfie selbst war schon einmal auf der Titelseite gewesen, nachdem er geholfen hatte, einen Mörder zu fassen. *Der Quietscher* hatte damals unschöne Aspekte des Mordes ausgelassen und sich stattdessen mit dem befasst, was dem Schreiber zufolge eine Heldentat von Alfie gewesen war. Danach hatte Alfie zwei Wochen voller peinlicher Momente durchlitten, denn Passanten wollten ihm die Hand schütteln und Gäste im Horse ein Bier spendieren.

Er nahm sich die Autozeitschrift vor, konnte sich jedoch nicht recht auf die Lektüre konzentrieren. Warum hatte Betty gesagt, dass der Verwalter gefeuert wurde, wenn es nicht stimmte? Er schätzte sie nicht als jemanden ein, der willentlich lügen würde. Und dann war da noch das Rätsel mit ihrem Anwalt. War es verdächtig, dass sie ihre Verteidigung so gut organisiert hatte? Zwar hatte er steif und fest behauptet, dass Betty keine Mörderin sein könnte, doch wie gut kannte er sie wirklich?

Aus dem Augenwinkel bemerkte er etwas Rotbraunes und blickte auf. Ein Wagen bog lautlos auf den Parkplatz ein. Ein Lexus. Ein Lexus, der eindeutig kein Motorbrummen von sich gab, was bedeutete, dass es sich um einen Hybrid handeln musste: ein Auto mit Benzin- und Elektromotor. Bettys Anwalt? Alfie stand auf und ging über die Straße zu einer Stelle, wo er ungesehen auf den Parkplatz blicken konnte. Der Wagen und dessen Insasse faszinierten ihn gleichermaßen.

Eine Frau in einem eleganten dunklen Kostüm stieg auf der Fahrerseite aus. Während Alfie zuschaute, verschwand sie plötzlich hinter der Beifahrertür. Sie tauchte erneut auf und verschwand nochmals unvermittelt. Beim zweiten Auftauchen wirkte sie größer als vorher.

Als sie vom Parkplatz ging, wurde alles klar. Sie hatte ein Paar schwindelerregend hohe Schuhe an, fraglos Designerschuhe, und musste zuvor flacheres Schuhwerk zum Fahren getragen haben. Die Frau wirkte durch und durch elegant, erfolgreich und professionell – nicht die Sorte Frau, mit der Alfie in Bunburry rechnete.

Bevor sie um die Ecke bog, hinter der sich der Eingang der Wache befand, trat Alfie auf sie zu. Sie war in den Vierzigern, wie er annahm; aufgrund des geschickt aufgetragenen Makeups war ihr Alter jedoch schwer einzuschätzen.

»Entschuldigen Sie«, sagte er. »Vertreten Sie Betty Thorndike?«

Sie gab sich kein bisschen erschrocken oder überrascht, sondern musterte ihn lediglich und fragte: »Und Sie sind?«

»Mein Name ist Alfie McAlister. Ich bin ein Freund von Betty. Allerdings nennt sie mich Al.« Er vermutete, dass die Anwältin nicht hören wollte, warum Betty ihn umgetauft hatte – weil sie *Alfie – Der Verführer lässt schön grüßen* hasste, einen Film aus den Sechzigerjahren, der von einem zynischen Frauenhelden handelte. »Moment …« Er kramte nach seiner Brieftasche. »Hier ist meine Karte.«

Er hielt sie ihr hin, und sie nahm sie mit makellos manikürten Fingern an, wobei sie ihn noch einmal kurz musterte. Sie stellte sich nicht vor, beobachtete ihn bloß wie ein mittelmäßig interessantes Tier in einem Zoo.

»Sind Sie Bettys Anwältin?«, fragte er.

»Ja.« Immer noch keinerlei Anzeichen dafür, dass sie sich ihm vorstellen wollte.

»Großartig. Das ist gut. Es ist nur … Ich wollte sagen Das heißt, Ihr Honorar, irgendwelche Zusatzausgaben – egal was, ich komme dafür auf. Es ist kein Problem. Bitte tun Sie, was immer nötig ist, um bestmögliche Arbeit zu leisten.«

»Danke, ich habe schon alles, was ich brauche, um die bestmögliche Arbeit zu leisten«, entgegnete sie und tippte sich mit einem scharlachroten Fingernagel an die Stirn.

»Ja, natürlich.« Er lachte unsicher. »Aber falls sonst noch etwas ist, ganz gleich was, zögern Sie bitte nicht, mich zu kontaktieren.«

»Das wird nicht nötig sein, Mr McAlister.« Sie gab ihm seine Visitenkarte zurück. »Guten Tag!«

6. Die Anwältin

Die Manolos anzuziehen war eine sehr gute Idee gewesen. Martha Renton überragte den dienstfertigen, übergewichtigen Sergeant Wilson, als der sich abmühte, den Schlüssel ins Zellenschloss zu bekommen. Alles an seinem Verhalten legte nahe, dass er sich unwohl fühlte, weil er es mit einer Frau zu tun hatte, und sie genoss es, ihm die Situation so unangenehm wie möglich zu machen.

Beim dritten Anlauf gelang es ihm, die Tür zu öffnen. Aus der Zelle kam ein ranziger, abstoßender Geruch. Die blonde Frau drinnen lehnte lässig an der hinteren Wand, als wäre sie nirgends lieber. Martha gefiel ihre Haltung, denn sicher wäre es dem Sergeant lieber gewesen, wenn sie wie ein Häufchen Elend schluchzend in der Ecke gehockt hätte.

Marthas Absätze klackerten auf dem Estrich, als sie auf die Frau zuging und ihr die Hand hinstreckte.

»Ich bin Martha Renton. Freut mich.«

»Betty Thorndike.«

Martha hatte nicht mit einem amerikanischen Akzent gerechnet.

»Tja, dann lasse ich die Damen mal allein«, sagte der Sergeant.

Martha schnaubte ungläubig. »Entschuldigung, Sergeant, wollen Sie damit ernsthaft andeuten, dass ich mich mit meiner Mandantin hier drinnen berate?«

Der Sergeant zuckte mit den Schultern. »Sie haben ja selbst gesehen, dass dies eine sehr kleine Polizeiwache ist.«

»Aber Sie haben ein Befragungszimmer, nicht wahr?« Marthas Tonfall war schneidend. »Selbstverständlich würde ich mich mit einem Klienten auch in einer Zelle besprechen, hätten wir es hier mit einer Haftanstalt zu tun. Aber dies hier ist nicht Wormwood Scrubs. Eine Beratung in einer Polizeizelle? Wohl kaum. Miss Thorndike, wenn Sie bitte …« Sie bedeutete Betty, ihr vorauszugehen. »Nun, Sergeant, bringen Sie uns bitte zum Verhörraum.«

Der Sergeant zögerte, doch Martha und Betty waren bereits aus der Zelle. Also führte er sie den Korridor hinunter zu einem kleinen, mit Teppichboden ausgelegten Raum, der mit einem Tisch, vier Stühlen und einem Aufnahmegerät ausgestattet war.

»Sehen Sie, das ist doch um einiges angemessener«, sagte Martha. »Und könnten Sie uns Tee bringen? Ach, und einige Kekse, falls eine solch kleine Wache welche hat. Sicher könnte Miss Thorndike ein wenig Stärkung vertragen. Und ich habe eine lange Fahrt hinter mir.«

Der Sergeant machte auf dem Absatz kehrt, stürmte zurück durch den Korridor und brüllte: »Hollis!«

Martha ging auf Zehenspitzen zur Tür und schloss sie leise.

Betty grinste sie an. »Das war es fast schon wert, verhaftet zu werden.«

Martha erwiderte ihr Grinsen.

»Im Ernst, ich kann Ihnen gar nicht genug danken«, fügte Betty hinzu.

»Ist nicht nötig. Sie bekommen zu gegebener Zeit meine Rechnung.«

»Aber es muss Ihnen einige Unannehmlichkeiten bereiten, so kurzfristig den weiten Weg nach Bunburry machen zu müssen.«

»Ein Ausflug aufs Land ist immer ein Vergnügen«, tat Martha es lässig ab. »Und ich sollte Ihnen danken. Sie haben keine Vorstellung, wie viele Pluspunkte es mir bei meiner

Mutter einbringt, der Partei zu helfen. Obwohl ich gestehen muss, dass ich kein Mitglied bin.«

»Wem sagen Sie das?«, seufzte Betty. »Ich bin das einzige Grünenmitglied in Bunburry. Für Ihre Mutter in London muss es wunderbar sein – sie kann wirklich etwas bewegen. Ich kann nur davon träumen, eine offizielle Oppositionsführerin im Stadtrat zu sein.«

»Meine Mutter spricht in den höchsten Tönen von Ihnen. Sie ist überzeugt, dass auch Sie einiges erreichen. Aber nun zum vorliegenden Fall. Sie sind wegen Mordverdachts festgenommen worden, und mein Rat an Sie ist sehr, sehr einfach: Sagen Sie nichts!«

Betty blinzelte. »Ehrlich? Okay. Doch ich erzähle Ihnen …«

Martha schüttelte den Kopf. »Nicht mal zu mir.«

»Müssen Sie denn nicht …?«

»Nein.« Wieder schüttelte Martha den Kopf, doch sie lächelte diesmal dabei. »Ich muss nichts wissen. Es liegt bei unserem Freund, dem Sergeant, eine Anklage aufzubauen, nicht bei Ihnen, sich zu verteidigen.«

Es klopfte an der Tür.

»Herein!«, rief Martha, und eine junge Polizistin betrat den Raum. Sie balancierte ein Tablett mit zwei Bechern Tee, einem Milchkännchen, einer Zuckerdose und einem Teller mit einem halben Dutzend Schokoladenkeksen darauf.

Martha hatte kein Problem mit ihr. »Ah, wunderbar, das ist sehr freundlich. Sagen Sie dem Sergeant bitte, dass wir jetzt bereit für ihn sind. Und wenn er sich benimmt, geben wir ihm vielleicht einen Keks ab.«

Die Polizistin versuchte, nicht zu schmunzeln, als sie das Tablett auf den Tisch stellte. »Ich gebe ihm Bescheid. Also, dass Sie bereit sind.«

Sie ging und schloss die Tür hinter sich. Martha war aufgefallen, dass die Polizistin jeden Blickkontakt mit Betty gemieden, sie praktisch nicht zur Kenntnis genommen hatte. Seltsam … diese übertriebene Form von professioneller Diskretion.

Martha reichte Betty gerade das Milchkännchen, als ohne irgendeine Vorankündigung die Tür aufgestoßen wurde und der Sergeant hereinstolzierte, gefolgt von der Polizistin, die ein Set zum Abnehmen von Fingerabdrücken und DNS-Proben dabeihatte.

»Okay«, sagte er mürrisch, rückte zwei Stühle ihnen gegenüber hin und schaltete das Aufnahmegerät ein.

Martha holte ein DIN-A4-Notizbuch aus ihrer Aktentasche, schlug es auf und nahm ihren Stift in die Hand. Sie saß still da, während Betty ihren Namen sowie ihre Anschrift nannte und abermals über ihre Rechte informiert wurde. Anschließend nahm man ihr die Fingerabdrücke sowie eine Speichelprobe ab.

Der Sergeant bewegte seinen breiten Hintern hin und her, um eine bequemere Position auf dem Stuhl zu finden.

»Na gut, Betty«, sagte er. »Geben Sie zu, dass Sie Nigel Edwards in der Bar des Drunken Horse bedroht haben?«

Betty öffnete den Mund, um zu antworten.

Doch Martha lehnte sich vor und legte eine Hand auf ihren Arm. »Antworten Sie darauf nicht«, riet sie ihr.

Ein amüsierter Ausdruck huschte über die Züge der Polizistin.

»Kommen Sie schon«, sagte der Sergeant streng. »Es ist keine schwierige Frage. Ich war da, wissen Sie noch? Ich habe gehört, wie Sie Nigel Edwards angeschrien haben, wie Sie drohende und beleidigende Ausdrücke benutzt haben. Hätte Ihr Freund Sie nicht nach draußen gebracht, ich hätte Sie gleich dort an Ort und Stelle verhaftet.«

Betty rang nach Luft. »Er ist –«

»Meine Mandantin hat nichts zu sagen«, unterbrach Martha sie prompt.

»Ist dem wirklich so? Für mich hat es sich gerade so angehört, als wollte sie uns etwas erzählen. Also raus damit, Betty! Sie haben Nigel Edwards Gewalt angedroht, nicht wahr? Sie haben gesagt, Sie würden ihm wünschen, dass er leidet.«

»Antworten Sie darauf nicht«, sagte Martha und machte sich eine Notiz.

Was der Sergeant auch getan haben mochte, um Betty zu ärgern – für Martha war nun klar, dass ihre Mandantin sich jetzt besser unter Kontrolle hatte und sich nicht zu unklugen Aussagen provozieren lassen würde. Martha entspannte sich und machte sich weiterhin Notizen, allerdings eher, um Eindruck zu machen.

Der Sergeant, der von Minute zu Minute gereizter klang, verlangte ein Alibi von Betty, fragte nach ihren Ansichten über den Tierschutz, über Massentierhaltung und nach ihren Vorbehalten gegen die bestehenden Gesetze. Er wollte wissen, wann sie auf Edwards' Farm gewesen war, und sprach ihre Benutzung einer nicht näher identifizierten Mordwaffe an. Und die ganze Zeit über befolgte Betty Marthas Anweisung »Antworten Sie darauf nicht!«.

Schließlich klappte Martha ihr Notizbuch zu. »Meine Mandantin hat Ihnen genug von ihrer Zeit geopfert, um bei Ihrer Ermittlung zu helfen, Sergeant. Es ist ziemlich offensichtlich, dass Sie nicht den Hauch eines Beweises gegen sie haben. Folglich halte ich es für unnütz, diese Befragung fortzusetzen.«

»Ich war da!«, polterte der Sergeant. »Ich habe gehört, wie sie ihn angeschrien hat!«

Martha lächelte ihn süßlich an. »Das bezweifle ich nicht, Sergeant. Aber wenn wir jeden verhaften würden, der in einer Gastwirtschaft die Stimme erhebt, wären unsere Gefängnisse deutlich überfüllter, als sie es jetzt schon sind.« Sie stand auf. »Sie möchten gewiss nicht wegen Freiheitsberaubung verklagt werden. Miss Thorndike, sicher stimmt der Sergeant mir zu, dass es Ihnen freisteht zu gehen.«

Das Gesicht des Sergeants war violett vor Zorn, doch er sagte nichts, als Betty ebenfalls aufstand.

»Und würden Sie meiner Mandantin jetzt ihre persönlichen Gegenstände zurückgeben?«

»Hollis!«, knurrte er, und die Polizistin führte sie ins Büro, wo Betty unterschrieb, dass sie ihre Tasche, ihre Stiefel und ihren Schal zurückerhalten hatte.

»Ich glaube nicht, dass der Sergeant Sie noch einmal belästigen wird«, sagte Martha, als sie draußen und außerhalb der Hörweite der beiden Polizisten waren.

Betty verzog das Gesicht. »Sind Sie sicher? Sie haben mich nicht mal gefragt, ob ich es war.«

Martha lachte. »Das ist die letzte Frage, die ich stellen würde. Es gibt manche Dinge, die will die Verteidigung erst gar nicht wissen.« Sie holte ihre Autoschlüssel aus ihrer Tasche. »Kann ich Sie irgendwo absetzen?«

Betty verneinte stumm. »Ich kann leicht zu Fuß gehen. Grüßen Sie bitte Ihre Mutter ganz herzlich von mir! Und vielen Dank!«

»Nicht doch.«

Sie schüttelten sich die Hände, und Martha ging zurück zu ihrem Lexus. Sie war bereits einige Meilen außerhalb von Bunburry, als ihr einfiel, dass sie vergessen hatte, Betty von dem attraktiven Mann – dem sehr attraktiven Mann – zu erzählen, der so dringend Bettys Anwaltskosten übernehmen wollte. Irgendwie beneidete sie ihre Mandantin um deren Sir Galahad in Gestalt von Mr Alfie McAlister.

7. Bovinophobie

Als die Anwältin in die Polizeiwache ging, warf Alfie dem Lexus-Hybrid einen letzten sehnsüchtigen Blick zu, bevor er zu seinem eigenen Wagen, Tante Augustas Cotswolds-blauen Jaguar, zurückkehrte und direkt zu Liz und Marge fuhr.

»Gerade rechtzeitig«, sagte Marge. »Meiner Uhr nach ist es Gin-Zeit.«

»Deine Uhr muss stehen geblieben sein. Die sagt dauernd Gin-Zeit an«, murmelte Liz, die aus der Küche kam und sich die Hände an ihrer Schürze abwischte.

»Danke, aber nicht für mich«, antwortete Alfie. »Ich bin mit dem Wagen da. Ich wollte euch nur erzählen, dass Bettys Anwältin eben angekommen ist und sehr kompetent zu sein scheint.«

»Dann eine Tasse Tee«, sagte Liz. »Ich habe Anzac-Kekse gebacken.«

Alfie hatte keine Ahnung, was Anzac-Kekse waren, doch wenn Liz sich nur halb so gut aufs Keksebacken verstand wie auf die Karamellzubereitung, wollte er sie gern probieren.

»Hmmm«, machte er kurz darauf, als er den Mund voller Haferflocken und Kokosnussstücke hatte, die durch Butter und Sirup miteinander verbunden waren. »Köstlich. Und ich dachte, ›Anzacs‹ wäre eine Bezeichnung für die australischen und neuseeländischen Streitkräfte. Glaube allerdings nicht, dass die viel Zeit zum Backen hatten.«

»Sie nicht, aber die Ehefrauen und Freundinnen daheim. Sie schickten die Kekse an ihre Männer in Gallipoli 1916, weil die Zutaten nicht verdarben.«

Alfie überlegte, dass er das Backen dem Kämpfen allemal

vorziehen würde. Nicht einmal in der Schule war er jemals in einen Kampf verwickelt gewesen, da er sich immer schon auf seinen Verstand verlassen hatte, um Schwierigkeiten zu meistern.

»Also …«, sagte Liz, die Tee in geblümte Tassen goss. »Hast du herausgefunden, was mit Nigel passiert ist? Es scheint keiner zu wissen.«

Alfie schüttelte den Kopf. »Emma wollte es mir nicht verraten.«

»Was es auch ist, ich kann mir nicht vorstellen, dass Betty damit irgendwas zu tun hatte«, sagte Liz.

»Sie mag ja plemplem sein mit all ihrem Öko-Unsinn, aber ihr geht es stets um das Retten und Beschützen, nicht ums Töten«, pflichtete Marge ihr bei. »Sie kann nicht die einzige Verdächtige sein. Wer käme noch infrage?«

»Ich glaube, viele mochten ihn nicht. Nigel war wirklich sehr unangenehm«, erinnerte sich Liz und schüttelte den Kopf. »Ganz anders als Norman. Früher haben sie sich furchtbar gestritten.«

»Nigel und sein Vater? Weshalb haben sie gestritten?«

Liz seufzte. »Ich schätze, wir hätten es kommen sehen müssen. Nigel wollte immer, dass sein Vater auf Mastbetrieb umstellte, und beschwerte sich, dass Normans Methoden zu altmodisch seien. Vielleicht waren sie das, aber Norman sagte, dass seine Familie es immer so gehalten hatte, und auf jeden Fall hat er sich um seine Tiere gekümmert. Doch Nigel hat bloß interessiert, so viel Geld wie möglich zu machen. Einem geizigeren Mann als ihm bin ich nie begegnet.«

»Er war schon von Geburt an so«, schnaubte Marge. »Weißt du noch, wie er als Junge einen Blumenstrauß von einem Grab geklaut hat, um ihn seiner Mutter zum Muttertag zu schenken?«

»Gruselig. Aber vielleicht hatte er kein Geld«, murmelte Liz.

»Clarissa, dein Gedächtnis lässt nach«, erwiderte Marge und wippte ungehalten in ihrem Schaukelstuhl. »Der Junge war nie knapp bei Kasse, und das dank seiner dummen Mutter, die ihn nach Strich und Faden verwöhnt hat.«

»Marge, meine Liebe, ich bin mir nicht sicher, ob wir so über ihn reden sollten. Der arme Mann ist gerade ermordet worden.«

»Ein armer Mann war er nie. Ich kenne keinen, der besessener davon gewesen ist, Geld zu machen«, entgegnete Marge, deren Schaukelstuhl noch mehr Fahrt aufnahm. »Er ist allerdings zu Geld gekommen, indem er von seinen Eltern schmarotzt hat. Er war jemand, der alles immer auf die ganz billige Tour wollte, der immer am falschen Ende gespart hat.«

»Vom Geschäft verstand er jedenfalls nichts«, stimmte Liz zu und hielt Alfie wieder den Keksteller hin. »Und Sinn fürs Praktische hatte er auch nicht. Norman konnte so gut wie alles, aber Nigel war ein hoffnungsloser Fall. Du lieber Himmel! Was war das noch für ein Mordskrach, als Nigel den neuen Traktor ruinierte, indem er Benzin statt Diesel reingoss.«

Marge stöhnte. »Und als er diese verrückte Kreuzungsidee hatte und Norman schließlich nachgab – erinnerst du dich? Ich dachte, ich müsste aufhören, ins Horse zu gehen. Da konnte man nicht mal mehr in Ruhe einen Gin trinken, weil Norman die ganze Zeit dort herumzeterte, dass dieses Projekt eine Katastrophe gewesen war und er Tausende verloren hatte.«

»Demnach waren sich Nigel und sein Vater uneins, wie man die Farm führen sollte. Denkt ihr vielleicht …«, deutete Alfie an.

»Nein, Alfie, wir denken nicht, dass ein Mann von Ende siebzig den weiten Weg aus Hartlepool herkommt, um seinen einzigen Sohn umzubringen, weil er sich nicht mit ihm versteht«, stellte Marge klar. »Auch wenn es Norman das Herz gebrochen haben muss, ihm die Farm zu übergeben.«

Alfie schwenkte den Teerest unten in seiner Tasse herum und starrte hinein, als könnte der ihm einen Hinweis geben. »Wer würde eurer Meinung nach von Nigels Tod profitieren?«, fragte er.

Marge sah zu Liz und zuckte mit den Schultern. »Keine Ahnung. Da gab es die Ehefrau, aber die ist vor Jahren weg, klug, wie sie war. Und sie hatten keine Kinder.«

»Er ist eindeutig geschieden«, sagte Liz. »Und wie wir Nigel kennen, dürfte er dafür gesorgt haben, dass sie so wenig wie möglich kriegt. Sie wird nicht von seinem Tod profitieren.«

»Was wisst ihr über den Verwalter?«

»Peter Harrison? Den kennen wir im Grunde nicht. Er ist kein geselliger Mensch, wohnt allein in einem abgelegenen Cottage – es ist noch ein ganzes Stück hinter der Farm – und kommt nie nach Bunburry«, antwortete Marge. »Norman hat ihn in den höchsten Tönen gelobt, also kann ich mir nicht vorstellen, dass er gut mit Nigel auskam.«

»Wirklich nicht?«, hakte Alfie nach. »Ich habe über ihn nachgedacht, weil Betty im Horse sagte, dass Nigel ihn gefeuert habe. Doch als ich es heute erwähnte, hat Sergeant Wilson behauptet, dass er nicht gefeuert worden sei. Wilson hat es nicht im Mindesten interessiert. Ich bezweifle, dass er den Verwalter überhaupt befragt hat.«

»Dieser Mann!«, empörte Liz sich. »Wenn es für ihn bedeutet hätte, dass er tatsächlich mal hätte arbeiten müssen, dann ganz sicher nicht.«

Marges Augen blitzten hinter der sehr großen Brille. »Wenn die Polizei den Verwalter nicht befragt hat, sollte es jemand anders tun. Meinst du nicht, Clarissa?«

Liz stellte strahlend ihre Teetasse hin. »Unbedingt, Margaret. Ich hole unsere Mäntel.«

Marge stand auf und begann die Teesachen abzuräumen. »Alfie, wir können deinen Wagen nehmen. Das ist bequemer für dich. Wenn du dich auf die Rückbank von meinem zwängst, denke ich jedes Mal, dass wir dich nie wieder rausbekommen.«

»Meinen Wagen nehmen – wohin?«, fragte Alfie nervös.

»Edwards' Farm. Wir finden heraus, was mit Nigel passiert ist und wo der Verwalter wohnt.«

Alfie bekam Herzrasen. »Fahr du mit Liz. Ihr könnt mir dann später erzählen, was ihr rausgefunden habt.«

Marge starrte ihn ungläubig an. »Was soll das heißen? Wir sind ein Team, Alfie. Du, Liz und ich sind Bunburrys drei Musketiere, das dynamische Trio. Wir versuchen hier, Bettys Namen reinzuwaschen. Was kannst du denn Wichtigeres vorhaben als das?«

Alfie wurde ein wenig übel.

»Auf Edwards' Farm gibt es Kühe.«

»Ja, Alfie, richtig, Kühe«, sagte Marge, als wäre er ein kleines Kind. »Deshalb hat Betty sich ja so aufgeregt: wegen der Art, wie Nigel Edwards die Kühe behandelt. Auf geht's. Wann, wenn nicht jetzt?«

»Ich glaube, es wäre besser, wenn ihr zwei alleine fahrt«, entgegnete Alfie. »Die Leute auf der Farm reden eher mit euch, wenn ich nicht dabei bin. Sie werden es nicht mögen, dass ein Fremder sich dort herumtreibt.«

Liz, die mit den Mänteln und einem Einkaufskorb zurückkehrte, schnappte den letzten Rest des Gesprächs auf. »Genau das macht dich ja so nützlich, Alfie. Du kannst Fragen stellen, die uns keiner durchgehen ließe. Du hast den Leuten hier schon Informationen entlocken können, gerade weil du ein Fremder bist.«

Diese Unterhaltung verlief nicht so, wie er es sich wünschte.

»Ich bin nicht besonders gut mit Kühen«, sagte er verzweifelt.

»Du lieber Himmel, Alfie! Ich bitte dich bloß, einen Wagen zu fahren, und nicht, als Landarbeiter anzufangen«, erklärte Marge. »Meinst du, das bekommst du hin?«

Ihm war bewusst, dass Liz ihn aufmerksam beobachtete.

»Alfie, mein Lieber, hast du Angst vor Kühen? Ist es das?«, fragte sie.

Alfie behagte der Ausdruck »Angst« nicht, und er zog es vor, gnadenlos zu untertreiben: »Ich bin nicht allzu versessen auf sie.«

Liz wandte sich zu Marge. »Du solltest wirklich sensibler sein, meine Liebe. Jede Art von Phobie ist sehr unangenehm; und überleg mal, wie schwierig es für den armen Alfie sein muss, auf dem Land zu leben, wenn er unter Bovinophobie leidet.«

Alfie fürchtete sich sehr vor Kühen, wie er nur zu gut wusste. Dennoch war ihm nie der Gedanke gekommen, dass er unter einer Phobie leiden könnte. Vor allem nicht, weil er es weitestgehend vermied, an Kühe zu denken.

Marge war zerknirscht. »Entschuldige, Alfie. Natürlich kannst du uns nicht fahren. Liz und ich nehmen meinen Wagen.«

»Aber Alfie *muss* uns fahren«, widersprach Liz außergewöhnlich energisch. »Das ist genau das, was er braucht. Es wäre der erste Schritt zur Desensibilisierung.«

Alfie fühlte, wie sein Puls abermals zu rasen begann. »Nein, wirklich, wenn es euch nichts ausmacht …«

Liz tätschelte ihm beschwichtigend den Arm. »Alfie, mein Lieber, vertrau mir! Wir gehen es ganz langsam und behutsam an, damit du diese Phobie überwindest. Du kannst nicht auf dem Land leben und dich vor Kühen fürchten.«

Und so machten sie sich in Alfies Jaguar auf den Weg. Liz wies ihm den Weg vom lederbezogenen Beifahrersitz aus, und Marge machte es sich auf der Rückbank bequem.

»Ich bin so froh, dass Gussies Wagen wieder auf der Straße ist«, sagte sie. »Sie hatte aufgehört, ihn zu fahren, weil sie das Gefühl hatte, dass sie nicht mehr so gut sah wie früher. Aber er ist solch eine Schönheit.«

Alfie hatte sich als Junge in das Cabrio aus den Fünfzigerjahren verliebt und erinnerte sich weit besser an das Auto als an Tante Augusta. Nach dem holprigen Auftakt wurde er immer besser darin, ihn über die engen, kurvenreichen Landstraßen zu manövrieren. Doch während sie immer weiter hinaus aufs Land kamen, konnte er nur an das Pfänderspiel denken.

Wie üblich war er über die Sommerferien aus London zu seinen Großeltern in Bunburry gekommen. Und wie immer war er losgelaufen, um sich den Jungen im Dorf anzuschließen. Sie hatten sich ein neues Spiel ausgedacht: Jeder zog eine Karte aus einem schmutzigen, zerknickten Kartenstapel heraus, und wer danach die höchste in der Hand hielt, musste eine Strafaufgabe ausführen.

Alfie hatte einen Buben und hoffte, dass seine Aufgabe wäre, über den Viadukt zu gehen. Er hatte den Verdacht, dass seine Spielkameraden sich ihm, dem Stadtjungen, haushoch überlegen fühlten, und wollte sie mit seinem Mut beeindrucken.

»Du musst ein Matador sein«, verkündete Andrew Henderson.

»Ein Matador?«, wiederholte Alfie.

»Ja. Du weißt doch, was ein Matador ist, oder?«

»Klar weiß ich, was ein Matador ist.«

»Was meint ihr?«, fragte Andrew die Gruppe. »Ogstons Weide?«

Es wurde genickt und hier und da gekichert. Alfie wurde ein bisschen nervös, aber er würde nicht kneifen.

Sie brachten ihn zu einer leeren Weide, wo er über den Zaun steigen sollte.

»Zieh dein T-Shirt aus!«, rief Andrew.

Alfie zögerte. Er war groß für sein Alter, im Vergleich zu den anderen jedoch blass und dünn.

»Mach schon!«

Widerwillig gehorchte er und ignorierte die hämischen Pfiffe und Rufe, als er seinen Oberkörper entblößte.

»Jetzt sei ein Matador!«

Die Jungen machten es ihm mit fuchtelnden Armen vor. Nun begriff Alfie. Sie versuchten, ihn in Verlegenheit zu bringen, indem sie ihm auftrugen, sich lächerlich zu machen. Und er würde es ihnen zeigen. Er nahm sein T-Shirt bei den kurzen Ärmeln, streckte es vor sich und begann es hin und her und um seinen Kopf zu schwenken. Dann stolzierte er über die Weide, hielt das Shirt einem imaginären Bullen hin und wich dem Fantasieangriff seitlich aus. Die Jungen johlten und pfiffen weiter, jedoch auf eine freundliche Weise, und einige jubelten sogar, als er eine besonders elegante Bewegung vollführte. Plötzlich hörte er noch etwas anderes: Donnergrollen in der Ferne. Er hoffte, dass er nicht in einen Regenschauer geriet, bevor er nach Hause musste. Seine Großmutter schimpfte ständig darüber, wie schlimm seine Sachen aussahen, wenn er draußen gewesen war.

Die Rufe wurden zu lautem Luftschnappen und Kichern. Alfie weigerte sich, darauf zu reagieren, und fuhr fort, seinen inneren Torero auszuleben, indem er schwungvolle Attacken und elegante Ausweichmanöver vorführte. Immerhin erforderte es beinahe so viel Können wie die Überquerung des Viadukts.

Der Donner kam näher. Aus dem Luftholen und Kichern wurden Schreie.

»Alfie!«, kreischte Kevin Fletcher und zeigte hinter ihn. »Lauf!«

Alfie drehte sich um – und sah eine Kuhherde auf sich zukommen. Was er für das Ende der Weide gehalten hatte, war lediglich der Rand einer Senke, in der die Tiere gewesen sein mussten. Wie versteinert von dem Anblick stand er da. Sie liefen direkt auf ihn zu, und ihre großen, massigen Leiber, die sich im Gleichtakt hin und her wiegten, die Köpfe gesenkt, schienen befremdlich still, abgesehen vom Trampeln der Hufe. Ihr Ansturm hatte etwas entsetzlich Hypnotisches.

»Alfie! Alfie! Lauf!«

Nun riefen alle Jungen und rüttelten aufgeregt am Zaun. Alfie wandte sich wieder zu ihnen um und lief endlich los.

»Schneller!«

Vor lauter Eile stolperte er und landete direkt in einem Kuhfladen. Unter normalen Umständen hätten die anderen hysterisch gelacht. Aber jetzt herrschte bei ihnen nur Stille, als hielten sie alle den Atem an.

Dann schrie Andrew Henderson: »Alfie, lauf, sonst trampeln sie dich tot!«

Er wagte nicht, sich umzudrehen und nachzuschauen, wie nah die Kühe waren. Das Stampfen war noch lauter geworden, und er glaubte zu spüren, wie die Erde unter ihm bebte. Er rappelte sich auf, hielt sein T-Shirt fest vor sich und sprintete zum Zaun, wo ihn die anderen packten und hinüberzogen. Anschließend lag er keuchend im Gras. Die anderen Jungen ließen sich ebenfalls fallen und lachten nun lauthals, da die Gefahr überstanden war.

»Du bist fast umgebracht worden«, sagte Kevin Fletcher. »Von ein paar Kühen.« Was sie jetzt unglaublich witzig fanden und noch lauter lachen ließ.

Alfie, der sich an der Grenze zur Hysterie befand, gackerte so heftig, dass er einen Hustenanfall bekam und andere ihm schließlich auf den Rücken schlagen mussten.

Ihn überkam ein Moment blanken Horrors, als er aufstand und glaubte, die Kühe könnten noch da sein, über ihm aufragen. Aber sie waren wieder in der Senke am anderen Ende der Weide verschwunden.

Er schaffte es, den schlimmsten Schmutz vom T-Shirt wegzuwischen, bevor er es zusammenknüllte.

»Ich gehe lieber nach Hause und ziehe mich um«, sagte er.

»Du erzählst es deiner Oma doch nicht, oder?«, fragte Andrew Henderson nervös.

»Natürlich nicht«, antwortete Alfie. »Gibt ja nichts zu erzählen.«

Er hoffte, sich unbemerkt ins Haus schleichen zu können, aber seine Großmutter erwischte ihn dabei, wie er auf Zehenspitzen durch den Flur huschte.

»Dachte ich doch, dass ich die Tür gehört habe. Mein Gott, wo ist dein T-Shirt?«

Wortlos hielt Alfie ihr den ekligen Stoffklumpen hin.

»Alfie! Was ist passiert?«

»Ich bin hingefallen«, antwortete er, was ja durchaus stimmte.

Sie riss ihm das T-Shirt aus den Händen und bugsierte ihn ins Bad, damit er sich abschrubbte. Aus seinem Plan, wieder zu den Jungen zurückzulaufen, wurde nichts, denn wegen seines fahrlässigen Umgangs mit seinen Klamotten bekam er für den Rest des Tages Hausarrest, was er hochgradig unfair fand. Der einzige Lichtblick war, dass ihm im Haus keine Gefahr durch Kühe drohte.

Es brauchte kein Psychologiestudium, um zu erkennen, woher seine Bovinophobie rührte. Doch den Grund zu wissen und die Phobie zu überwinden – das waren zwei vollkommen verschiedene Sachen. Alfie konnte Edwards' Farm riechen, bevor er sie sah, und wollte am liebsten den Rückwärtsgang einlegen. Doch wie von Liz angewiesen, fuhr er den löchrigen Weg entlang, über den es den Schildern zufolge zum Hofladen ging, bis sie einen kleinen Parkplatz neben einem hohen Holzzaun erreichten.

»Gut gemacht, Alfie«, sagte Liz. »Der erste Schritt.«

»Wenn es euch nichts ausmacht, spare ich mir den zweiten für ein anderes Mal auf. Ich bleibe beim Wagen.«

Er rechnete mit energischem Widerspruch oder zumindest mit Enttäuschung, aber Liz zeigte sich tolerant.

»Ich weiß, dass ich dich genötigt habe herzukommen, doch von jetzt ab richten wir uns nach deinem Tempo. Komm mit, Margaret; erledigen wir unsere Einkäufe.«

Alfie half den Damen aus dem Wagen, und sie gingen zum Laden. Er hatte die richtige Entscheidung getroffen. Zunächst sollte er sich an die Vorstellung gewöhnen, dass hier Kühe in der Nähe waren, woran der überwältigende Geruch keinerlei Zweifel ließ, und danach könnte er sie aus der Ferne beobachten. Er stand neben dem Auto und atmete durch den Mund, um den übelsten Gestank zu meiden.

Nach einer Weile schritt er den Zaun bis zur Abbiegung ab und kehrte dann um. Dabei bemerkte er etwas Glitzerndes im Kies und bückte sich, um genauer hinzusehen. Ein goldener Ohrring. Er wischte ihn mit der Hand ab und steckte ihn in seine Jackentasche. Den könnte er zum Hofladen bringen, wo Marge und Liz waren, und ihn dort als Fundsache abgeben.

Ein Mann rief etwas. Alfie blickte sich um, doch es war niemand zu sehen. Er konnte nicht gemeint sein. Dann vernahm er weitere Rufe, und plötzlich krachte etwas von der anderen Seite in den Zaun hinter ihm, sodass die Holzstangen erzitterten.

Ein unmenschliches Brüllen, bei dem Alfie das Blut in den Adern gefror, war zu hören, und als er sich umschaute, erblickte er einen gewaltigen Kuhkopf mit furchteinflößenden gebogenen Hörnern. Das Tier schnaubte und fletschte die Zähne. Jeder Muskel in Alfies Körper schien sich zu verflüssigen, und ihn erstaunte, dass er noch aufrecht stand.

Die Bestie rammte erneut gegen den Zaun, und ohne zu überlegen, stürmte Alfie zum Wagen. Er riss die Beifahrertür auf, sprang hinein und verriegelte sie hinter sich. Doch wie sollte ihn das retten? Wenn das Tier durch den Zaun brach, würde es das Cabriodach mit seinen Hörnern binnen Sekunden zerreißen. Und dann würde es ihn zerfetzen.

Das Brüllen der Kuh wurde von lauten Stimmen begleitet. Männer riefen Anweisungen, und das schreckliche Hämmern am Zaun hörte auf. Die Kuh brüllte weiter, doch die Lautstärke verringerte sich allmählich, da sie vermutlich weggeführt wurde.

Alfie hockte noch zitternd auf dem Beifahrersitz, als Liz und Marge mit einem vollbeladenen Einkaufskorb zurückkamen.

»Alfie, was ist los? Du bist ja kreidebleich.«

Sein Mund war ausgetrocknet. »Eine Kuh.«

»Wir haben den Radau gehört«, sagte Marge. »Was ist passiert? Ist eine Kuh ausgebrochen?«

Alfie antwortete nicht.

»Na gut. Deckt deine Versicherung, dass ich den Jaguar fahre?«, fragte sie in forschem Tonfall. »Ich bin ihn schon gefahren – Gussie hat ihn mir früher immer mal für eine Spritztour geliehen.«

»Sehr gut«, brachte Alfie heraus.

Er registrierte vage, wie er sanft aus dem Wagen gezogen und der Beifahrersitz verstellt wurde, sodass Alfie hinten einsteigen konnte. Dann setzte Liz sich vorn auf den Beifahrersitz, den Einkaufskorb auf ihren Knien, und Marge stieg hinters Lenkrad.

»Hast du die Schlüssel?«, fragte sie.

Alfie gab sie ihr mit zittriger Hand, worauf sie den Gang einlegte und über den holprigen Weg zurückfuhr. »Wir haben die Adresse des Verwalters. Das ist nur wenige Meilen von hier.«

»Marge, meine Liebe, sei nicht albern«, sagte Liz. »Wir

müssen Alfie nach Hause bringen. Er hat einen Schock erlitten.«

Als sie sich von der Farm entfernten, spürte Alfie, wie er sich langsam erholte.

»Tut mir leid«, sagte er.

»Wenn sich hier jemand entschuldigen muss, dann bin ich es«, erwiderte Liz. »Ich dachte, es würde helfen, zur Farm zu fahren, und stattdessen hat es einen fürchterlichen Rückfall bewirkt.«

»Das konntest du nicht ahnen. Es war eine gute Idee«, erwiderte Alfie. »Aber wir hätten zum Verwalter fahren sollen. Jetzt habe ich einen ganzen Tag vergeudet.«

»Wir haben keine Todesstrafe mehr. Es ist ja kein Rennen gegen die Zeit, um Betty vorm Galgen zu bewahren«, entgegnete Marge.

»Marge, meine Liebe, Betty ist eine Verdächtige. Es ist nur verständlich, dass Alfie den Namen seiner Freundin reinwaschen will.«

Also hatten sie ihm nicht geglaubt, was er jüngst im Drunken Horse zu dem Thema gesagt hatte. Die Scham ob seiner Panik und die Dankbarkeit, weil die zwei kein Theater deshalb machten, bewegten ihn, ihnen die Wahrheit zu verraten.

»Sie ist wirklich nicht meine Freundin. Das hat Edith sich bloß in den Kopf gesetzt, weil ich zu den Treffen der Grünen gehe. Leider scheint Sergeant Wilson ihren Tratsch zu glauben.«

Im Rückspiegel sah er Liz und Marge einen ihrer bedeutungsschwangeren Blicke wechseln. Damit sie nun nicht gleich wieder anfingen, ihn mit Emma verkuppeln zu wollen, ergänzte er: »Ich bin im Moment echt nicht auf der Suche nach einer Freundin.«

»Sag niemals nie«, bemerkte Marge.

Ein Themenwechsel war vonnöten. »Habt ihr eigentlich

herausgefunden, was mit Nigel passiert ist? Wie er ermordet wurde?«

»Und ob wir das haben«, antwortete Marge. »Er wurde –«

»Marge, meine Liebe, konzentriere dich auf die Straße«, fiel Liz ihr ins Wort. »Es ist eine Weile her, seit du Gussies Wagen gefahren hast, vergiss das nicht. Und dies hier ist kein Kleinwagen.«

»Oh, also wirklich, meine Liebe, das ist nicht fair.«

Marge drehte sich halb zu Alfie um, bevor sie zurück auf die Straße schaute. »Clarissa kam nämlich einmal nach Hause und erzählte mir, sie wäre auf der Autobahn fast von einem Blitz getroffen worden. Wie wir wenige Tage später aus der Post erfuhren, war es gar kein Blitzschlag gewesen, sondern ein Blitzgerät. Drei Strafpunkte und hundert Pfund Buße, nicht wahr?«

»Ich bin beeindruckt, Liz«, sagte Alfie. »Ich hätte dich nie für eine Raserin gehalten.«

»Darüber scherzt man nicht, Alfie. Seitdem fahre ich nicht mehr. Ich will keine Gefahr für den Straßenverkehr sein.«

»Würde jeder so denken, gäbe es keine Fahrer mehr, und was täten wir dann?«, fragte Marge. »Gut, Bunburry ist in Sicht. Wir bringen dich nach Hause, Alfie, und gehen von da aus zu Fuß zu uns.«

Alfies Widerspruch wurde ignoriert. Sie begleiteten ihn ins Cottage, wo Liz ihm einen gesüßten Tee machte. In der bunt gefliesten Küche bewegte sie sich mit größter Selbstverständlichkeit. Alfie mochte ihnen die Wahrheit über Betty gesagt haben, aber er hatte nach wie vor nicht zugegeben, dass er sich nur äußerst vage an Tante Augusta erinnerte. Als Kind erfuhr er nichts von ihr, und er wusste nicht einmal, dass sie gestorben war, bis ihn ihre Anwälte kontaktierten, um ihm mitzuteilen, dass sie ihm ihr Cottage hinterlassen hatte.

»Tja, dann gehen wir mal«, verkündete Marge schließlich.

»Trink deinen Tee, ruh dich aus, und wir schnüffeln morgen weiter.«

»Aber ihr habt mir immer noch nicht gesagt, was mit Nigel Edwards war«, sagte Alfie. »Was ist ihm passiert?«

»Nigel Edwards«, antwortete Marge, »wurde von einer Kuh totgetrampelt.«

8. Die Mordermittlung

Ein herrlicher Duft von warmer Butter, Milch und Zucker wehte über Alfie hinweg, als Marge ihm am nächsten Morgen die Tür öffnete.

»Bedaure, Alfie, aber die drei Musketiere sind heute auf einen reduziert«, sagte sie. »Obwohl es eigentlich deine Schuld ist.«

Liz, die ein Haarnetz und eine lange Schürze trug, erschien an der Küchentür. »Es liegt an deinem reizenden Bekannten, der Karamell für seine Dinnerpartys bestellt.«

»David Savile?« Er war David nur ein einziges Mal begegnet, und da hatte er den Großgrundbesitzer mit der Vorliebe für Süßes mit Liz' selbst gemachtem Karamell bekannt gemacht. David war sofort hingerissen gewesen und hatte eine Dauerbestellung aufgegeben. Er nahm an, dass die Herstellung in irgendeiner Fabrik erfolgte, und hatte keinen Schimmer, dass es sich buchstäblich um Heimarbeit handelte – mit Liz als Köchin und Marge als Marketingfrau, Packerin, Vertriebsleiterin und Buchhalterin.

»Ja, und es steht irgendeine große Hochzeit an, für die er uns empfohlen hat. Alle Gäste sollen eine kleine Tüte Karamell als Gastgeschenk kriegen, und wir haben exakte Instruktionen bekommen, wie die Schleifen auszusehen haben. Wir müssen jetzt anfangen, wenn wir rechtzeitig fertig werden wollen. Marge, ich muss wieder an den Herd und rühren. Kannst du Alfie sagen, wie er zu dem Cottage des Verwalters kommt … Ach, und eine Tüte von dem Experiment?« Sie verschwand wieder in der Küche.

»Experiment?«

»Frag nicht«, erwiderte Marge und schob ihn ins Wohnzimmer. »Also, Peter Harrison, der Verwalter. Erinnerst du dich, wie man zu Edwards' Farm kommt?«

Alfie verzog das Gesicht. »Die Strecke hat sich in meine Psyche eingebrannt, und ich hoffe, dass ich sie nie wieder fahren muss.«

»Musst du, aber nur bis zur Abzweigung zur Farm; sie selbst darfst du meiden.« Sie holte einen Notizblock vom Telefontischchen und zeichnete rasch eine Karte, die den Verlauf seiner Strecke sehr deutlich zeigte und auf der die Stelle, wo Peter Harrisons Cottage stand, mit einem Kreuz markiert war.

Alfie nickte. »Danke! Die ist sehr klar.«

»Und sei vorsichtig! Sorg dafür, dass er eines erfährt: Die Polizei weiß, dass du zu ihm aufgebrochen bist.«

»Aber das weiß sie doch gar nicht«, widersprach Alfie. »Und sicher würden sie es nicht wollen.«

»Ist egal. Liz wird es Emma bei nächster Gelegenheit erzählen. Nachdem sie diese Karamell-Ladung fertig hat. Apropos …« Sie nahm eine kleine Tüte von einem Beistelltisch auf. »Iss die nicht alle auf einmal. Nein, wenn ich es recht bedenke, iss die erst einmal gar nicht. Bis später!«

Als Alfie wegfuhr, dachte er über Marges Worte nach und kam zu folgendem Ergebnis: Falls Peter Harrison ein Mörder war, wäre es wohl tatsächlich klüger, dem Verwalter zu erzählen, einige Leute in Bunburry wüssten, dass er, Alfie, zu ihm unterwegs war. Was Peter Harrison indes Nigel Edwards angetan hatte – angetan haben könnte –, war nach wie vor unklar. Selbst Liz und Marge, die sich auf die hohe Kunst des Plauderns verstanden, hatten es nicht geschafft, den Leuten auf der Farm mehr zu entlocken. Die Mitarbeiter im Hofladen hatten sich überraschenderweise als wenig mitteilsam erwiesen; immerhin hatten die beiden Peter Harrisons Adresse bekommen.

»Das Wort ›Datenschutz‹ scheint noch nicht bis zu dieser Ecke unseres Landes vorgedrungen zu sein«, hatte Marge dazu angemerkt.

Die Polizei glaubte aber eindeutig, dass jemand für Nigel Edwards' Tod verantwortlich war. Und das wiederum hieß: Irgendjemand hatte dafür gesorgt, dass Edwards zur falschen Zeit am falschen Ort gewesen war.

Alfie, der Marges Zeichnung vor sich ans Armaturenbrett geheftet hatte, fuhr zügig an der Abzweigung zur Farm vorbei und in die Hügel hinein. Die Cotswolds-Straßen waren berüchtigt für ihre Enge, und die, auf der er sich jetzt befand, führte nicht nur einspurig bergan, sondern war auch noch von Schlaglöchern durchsetzt. Der Jaguar schien förmlich zu bocken und zu protestieren. Alfie überlegte schon umzudrehen, überschlug dann aber die noch verbliebene Entfernung und kam zu dem Ergebnis, dass es keine Meile mehr bis zu Peter Harrisons Cottage war. Die Straße wurde nun auf einem Abschnitt gerade mal so viel breiter, dass man von einer Ausweichbucht reden konnte. Dort parkte Alfie und nahm zu Fuß das letzte Stück Weg in Angriff.

Bei seinem Aufbruch hatte anständiges Wetter geherrscht, doch inzwischen nieselte es. Da er nicht damit gerechnet hatte, längere Zeit draußen zu sein, trug er nur eine leichte Jacke, nicht die dicke gewachste. Der Weg wurde zunehmend steiler und war bald kaum mehr als eine Schotterpiste. Alfie entschied, am Rand entlang auf dem Grünstreifen zu gehen, und wäre kurz darauf beinahe in eine verborgene Vertiefung gestürzt. Ein idealer Ort, um eine Leiche loszuwerden. Ihm kam auf einmal der Gedanke, dass ein Farmverwalter sich sehr gut mit Schusswaffen auskennen müsste.

Jetzt konnte er das Cottage sehen – und einen Mann, der an der Tür stand und ihn beobachtete. Alfie aktivierte sein gesamtes schauspielerisches Können und näherte sich selbstbewusst dem Haus. Der Mann trug ein kariertes Hemd, dessen

Ärmel bis zu den Ellbogen aufgekrempelt waren, und schien den Nieselregen gar nicht wahrzunehmen. Wahrscheinlich war er um die sechzig, das Gesicht wettergegerbt und faltig.

»Guten Morgen! Peter Harrison?«

Der Mann nickte.

»Mein Name ist Alfie McAlister. Ich bin nicht von der Polizei, aber sie wissen, dass ich hier bin. Ich bin ein Privatermittler.« Es war möglich, einen völlig falschen Eindruck zu erwecken, während man bei der Wahrheit blieb. »Darf ich Ihnen vielleicht einige Fragen stellen?«

Harrison zuckte mit den Schultern. »Fragen Sie nur! Aber ich kann Ihnen nicht versprechen, dass Sie Antworten bekommen.«

Wenigstens schien er nicht streitlustig zu sein.

»Könnten wir vielleicht reingehen, weg aus dem Regen?«, schlug Alfie vor.

»Wir können ebenso gut hier draußen reden. Worum geht es?«

»Um Nigel Edwards. Was wissen Sie über seinen Tod?«

Noch ein Schulterzucken. »Ich habe davon gehört.«

»Und wissen Sie, was passiert ist?«

»Kann ich nicht behaupten.«

»Aber Sie waren sein Verwalter, bis er Sie gefeuert hat?«

Harrison blickte stur und stumm zu den fernen Hügeln. Der Regen drückte sein Haar an den Kopf und ließ es dunkler wirken.

»Mr Harrison, hat Nigel Edwards Sie gefeuert?«

Harrison gab durch nichts zu verstehen, dass er Alfie gehört hatte.

»Es ist eine simple Frage, Mr Harrison. Hat Nigel Edwards Sie gefeuert?«

Harrison war so taub wie die Statuen auf den Osterinseln. Alfie bewunderte diese Taktik. Er hatte ein gutes Gespür dafür, wenn Menschen logen, doch dazu mussten sie erst mal etwas sagen.

»Haben Sie sich gut mit Mr Edwards verstanden?«

Harrison kratzte sich langsam die Nase mit dem Zeigefinger, in den sich Schmutz eingegraben hatte.

»Der Grund, weshalb ich ermittle, ist der, dass jemand wegen des Verdachts festgenommen wurde, Mr Edwards ermordet zu haben.«

Das bewirkte eine Reaktion. Harrison starrte ihn an, und die Falten zwischen seinen Augenbrauen wurden tiefer.

»Wer?«, fragte er. »Jemand von der Farm?«

»Nein, eine Frau namens Betty Thorndike.«

Es war nur eine winzige, kaum merkliche Veränderung in der Mimik, aber Peter Harrison kannte eindeutig Bettys Namen.

»Kennen Sie sie womöglich?«, hakte Alfie nach. »Eine Grünen-Aktivistin?«

Peter Harrison schüttelte den Kopf. »Nie von ihr gehört. Mit solchen Leuten habe ich nichts zu tun.«

Alfie wusste, dass er log. »Amerikanerin, ungefähr vierzig, groß, blond, gut aussehend. Haben Sie sie vielleicht mal auf der Farm gesehen?«

»Ich habe keine Zeit für das hier«, sagte Harrison.

»Nur noch eine …«, begann Alfie, aber der Verwalter ging ins Cottage und schloss die schwere Holztür hinter sich.

Alfie hielt es für sinnlos, gegen die Tür zu hämmern, also ging er zurück zum Wagen, wendete und fuhr heim.

Er parkte beim Windermere Cottage und ging zu Fuß zum Drunken Horse, um etwas zu essen. Als er die Speisekarte an der Bar in die Hand nahm, stellte er fest, dass die Hälfte der Gerichte mit einem dicken Marker durchgestrichen war. Cumberland Pie, Beef-und-Guinness-Eintopf, hausgemachte Burger, sogar Carlottas Lasagne und ihre Spaghetti Bolognese – all die Speisen, für die Fleisch von Edwards' Farm verwendet worden war.

Edith kam zu ihm geeilt. »Es ist ein Albtraum«, sagte sie nach der Begrüßung. »Wir suchen einen neuen Lieferanten, aber das dauert. Wie wäre es mit einer schönen Hähnchenpastete?«

»Ich denke, ich möchte nur eine Suppe; danke, Edith. Was gibt es heute für eine?«

Edith rümpfte die Nase. »Für die ist Carlotta heute zuständig, also gibt es Nudelsuppe. Was für ein Unsinn!«

»Pasta e fagioli?«, fragte Alfie.

»Irgend so was.«

»Ich glaube, das ist eigentlich eine Bohnensuppe«, sagte Alfie. »Und die müsste sehr gut sein. Ich nehme sie.«

»Und ein Pint Bunburry Brew?«

»Edith, Sie lesen mir die Wünsche von den Augen ab. Sie sind meine Traumfrau.«

Sie kicherte und zapfte ihm gekonnt ein Pint. »Dann werde ich Ihnen lieber nicht verraten, dass Ihre Freundin hinten sitzt. Die müssen sie wegen guter Führung rausgelassen haben. Hier ist Ihr Pint. Die Suppe bringe ich Ihnen gleich.«

Alfie bahnte sich seinen Weg zwischen den Tischen hindurch nach hinten. Betty saß in einer der Nischen, ein halbes Pint vor sich, und aß die letzten Bissen eines Bauernbrot-Sandwiches.

Sie winkte. »Hi, Al!«

»Ich komme nur, um mir deine elektronische Fußfessel anzusehen«, sagte er.

Sie zog ihre Hosenbeine hoch, und Alfie versuchte, nicht zu sehr auf ihre Beine zu starren.

»Keine Fessel, keine Kaution. Allerdings wurde mir befohlen, die Gegend nicht zu verlassen. Ich habe eine fähige Anwältin.«

»Also lief es gut?«

Sie lachte. »Martha war fabelhaft. Egal, was Sergeant Wilson fragte, sie sagte immer: ›Antworten Sie darauf nicht!‹, ehe ich auch nur Luft holen konnte. Ich habe meinen Namen und meine Adresse angegeben, und das war es. Dann sagte sie ihm, er hätte nicht den Hauch eines Beweises gegen mich und könnte froh sein, wenn er nicht wegen Freiheitsberaubung verklagt wird. Sie ist jeden Penny wert.«

»Ja, was das betrifft …«, begann Alfie und hielt dann inne, weil Edith mit der Suppe kam.

Betty sah beifällig auf den Teller. »Hoffentlich lehrt dieses Moratorium die Leute, dass sie auch als Vegetarier rundum zufrieden leben können.«

»Fangen Sie ja nicht mit so was an, Miss«, warnte Edith. »Es wird ein schwarzer Tag sein, wenn man nicht mal mehr ein anständiges Steak genießen kann.«

Betty öffnete den Mund, um etwas zu erwidern, schloss ihn aber gleich wieder.

Alfie tauchte seinen Löffel in die dicke Suppe. »Die sieht köstlich aus, Edith, vielen Dank! Meine Empfehlung an die Köchin.«

Sie schnaubte. »Warten Sie, bis Sie die gegessen haben, ehe Sie das sagen. Sind Sie fertig mit Ihrem Ploughman's, Betty?«

»Danke, Edith, ja. Und von mir bekommt die Köchin auf jeden Fall ein dickes Lob.«

»Soll es sonst noch etwas für Sie sein?«

»Ich habe noch mein Bier, vielen Dank.«

»Dann lasse ich euch zwei Turteltäubchen mal allein.« Edith kicherte vor sich hin, als sie mit dem leeren Teller fortging.

»Ich glaube, sie meint eher Galgenvögel«, sagte Betty. »Wir werden hier praktisch qua Gesetzeshüter zum Paar. Quasi zu Bonnie und Clyde von Bunburry.«

Alfie konzentrierte sich auf die Suppe. »Hast du eine Ahnung, warum du verhaftet wurdest?«, fragte er.

»Du warst dabei. Wegen meines bedrohlichen Verhaltens.«

»Und weiter nichts?« Er nahm einen weiteren Löffel Suppe.

»Was meinst du?«

»Nigel Edwards. Wie gut hast du ihn gekannt?«

»Wie bitte?« Ihr Ton wurde ätzend. »Willst du unterstellen, dass ich eine verschmähte Geliebte bin?«

»Absolut nicht«, versicherte er. »Ich habe mich bloß gefragt, ob du schon früher mit ihm aneinandergeraten bist.«

Für einen Moment zögerte sie. »Ich habe ihn häufiger gesehen. Genau wie unser wunderbarer Sergeant war er auch dauernd im Pub. Ich fand sie beide widerlich. Aber wenn ich jeden Mann umbringen würde, den ich widerlich finde, hätte ich für nichts anderes mehr Zeit.«

Alfie fragte sich, ob er gerade auch auf diese Liste gesetzt worden war.

»Dann warst du nicht oben auf der Farm?«

Wieder ein Zögern. »Nein, nie.«

Sie hörte sich nicht an, als würde sie lügen, aber sie war auch nicht ganz ehrlich zu ihm. Der Ohrring, den er auf der Farm gefunden und abzugeben vergessen hatte, war noch in seiner Tasche. Er tastete danach und strich mit dem Finger über den dünnen, spitzen Stecker. Er hoffte, dass er sich irrte.

»Hast du Ohrlöcher?«

Betty schob sich das lange blonde Haar hinter die Ohren und drehte ihren Kopf erst nach links, dann nach rechts.

»Keine Löcher, keine Tattoos. Du?«

»Noch nicht«, antwortete Alfie. »Aber ich hatte schon immer ein Faible für diese Perlohrringe, die Herren zu elisabethanischen Zeiten trugen.«

Betty musterte ihn. »Die Strumpfhosen würden dir auch stehen. Und du fragst mich nach Ohrlöchern, weil …?«

»Nur so.«

»Ja, sicher. Ich hatte von Anfang an das Gefühl, dass du

der Typ bist, der keine Frau ansieht, ohne sich zu fragen, ob sie Ohrlöcher hat oder nicht.« Sie trank einen großen Schluck Bier. »Ich nehme an, es hat mit dem Fall zu tun.«

»Ich habe auf Edwards' Farm einen Ohrring gefunden.«

»Aha.« Sie nickte nachdenklich. »Du hast einen Ohrring auf Edwards' Farm gefunden, wo ich, wie ich dir gerade sagte, nie gewesen bin, und überprüfst jetzt, ob er mir gehört? Irgendwie enttäuscht mich das.«

»Ich habe auch schon einige Enttäuschungen erlebt. Ja, du hast mir erzählt, dass du nie auf Edwards' Farm gewesen bist. Aber ich weiß, dass du Peter Harrison, den Verwalter, kennst, obwohl er es leugnet – und ich könnte mir vorstellen, du wirst es ebenfalls abstreiten. Da darfst du mir nicht übel nehmen, dass ich misstrauisch bin.«

»Ich darf dir übel nehmen, dass du mich für eine Mörderin hältst«, erwiderte sie. »Und was zum Teufel geht dich das überhaupt an?«

»Du hast recht, ich sollte es den Profis überlassen. Ich hege große Bewunderung für Sergeant Wilsons Integrität und sein Urteilsvermögen. Und nachdem ich selbst in der Zelle gesessen habe, weiß ich, wie angenehm und entspannend die Unterbringung dort ist. Natürlich brauchst du meine Hilfe nicht, wo du eine Spitzenanwältin hast. Das Parademerkmal aller, die nichts zu verbergen haben.«

Sie rückte ganz an den Rand der Nische, so weit weg von ihm, wie sie konnte, und sah ihn erbost an. »Okay, du magst glauben, dass die britische Polizei die beste der Welt ist. Doch ich komme aus der Kolonie und teile diesen Glauben nicht. Wenn ich verhaftet werde, hole ich mir einen Rechtsbeistand. Ich wusste nicht, was sie womöglich gegen mich in der Hand hatten – nichts, wie sich herausgestellt hat.«

Alfie fragte sich, was Betty gedacht hatte, dass sie gegen sie haben könnten.

»Woher kennst du Martha?«, fragte er.

»Offen gesagt war mir Sergeant Wilsons Befragung lieber«, entgegnete sie. »Aber damit du still bist: Martha unterstützt die Grünen. Ihre Mutter ist Grünenabgeordnete im Stadtrat.«

Was den Hybridwagen erklärte.

»Die Partei hat sie für dich angeheuert?«

»Selbstverständlich hat sie das getan. Die Grünen haben eine Truppe von Anwälten auf Abruf, die sofort da sind, wenn jemand von uns wegen Mordes verhaftet wird.«

»Okay. Musstest du sie bezahlen, oder arbeitet sie pro bono?«

»Al, du fängst wirklich an, mir auf die Nerven zu gehen. Was sollen diese Fragen?«

»Ich weiß nicht, ob sie es dir erzählt hat oder nicht – aber mir ist bewusst, wie teuer gute Anwälte sein können. Ich will nicht, dass du das aus eigener Tasche bezahlst. Das Honorar kann ich gerne übernehmen.«

Sie stützte die Ellbogen auf den Holztisch und ihr Kinn auf die gefalteten Hände. »Du bist ein arroganter, herablassender Idiot. Ich bin kein Fall für die Wohlfahrt.«

Alfie stockte der Atem. Es war, als hätte Vivian gesprochen. Erneut rollte eine Welle von Trauer über ihn hinweg.

»Oh Gott, Al, es tut mir so leid.«

Sie ergriff seine Hand und sah ihn betroffen an.

»Ich wollte dich ehrlich nicht verletzen«, sagte sie. »Ich fasse nicht, dass ich so undankbar sein kann, wenn du nur großzügig sein willst.« Sie drückte kopfschüttelnd seine Hand. »Es sollte mich nicht wundern. Gussie war der großzügigste Mensch auf Erden. Ohne ihr Startkapital hätten wir niemals das Tierheim eröffnen können, und sie hat auch danach noch regelmäßig gespendet.«

»Das habe ich nicht gewusst«, antwortete Alfie und fragte sich, ob er mit den Spenden weitermachen sollte. Solange ihn niemand bat, die Tiere bei sich unterzubringen.

»Du wusstest das nicht?« Betty machte große Augen und

hielt seine Hand fester. »Oh Mann, Gussie war einmalig. Ich weiß, dass sie anonym bleiben wollte, aber ich habe nicht gedacht, dass sie nicht mal dir erzählt hat, was sie tat.«

Dies war eindeutig nicht der Moment zu gestehen, dass er so gut wie nichts über Tante Augusta wusste und nach wie vor verblüfft war, dass sie ihm Windermere Cottage vererbt hatte.

Betty lockerte ihren Griff ein wenig und sagte: »Es gibt so viele Gerüchte hier, von denen manche stimmen, die meisten jedoch nicht. Ich weiß, dass sie alle denken, ich würde in der Steinzeit leben und hätte keine zwei Cent auf der Naht. Tatsache ist, dass ich freiwillig so lebe, nicht notgedrungen. Also danke, vielen Dank, aber ich kann meine Rechnungen selbst bezahlen. Du bist ein richtig süßer Kerl, und ich verdiene es nicht, mit dir befreundet zu sein.«

In weniger als einer Minute hatte er sich vom arroganten, herablassenden Idioten zum richtig süßen Kerl gemausert. Unwillkürlich fragte er sich, wann sie ihre Meinung wieder ändern würde.

»Ich bin aber mit dir befreundet«, erwiderte er, »und ich stelle Fragen, weil ich herausfinden möchte, wer Nigel Edwards ermordet hat … Und, nein, ich denke nicht, dass du es warst. Aber du sagst, dass er Peter Harrison gefeuert hat, und Sergeant Wilson behauptet, er habe es nicht getan. Peter Harrison wiederum sagt, er kenne dich nicht, obwohl du ihm offensichtlich bekannt bist. Und du sagst, du seist nie auf Edwards' Farm gewesen. Hast du vor, mir demnächst die Wahrheit zu erzählen?«

Sie stand auf. »Gehen wir.«

Alfie hatte seine Suppe noch nicht aufgegessen, vermutete aber, dass sie inzwischen sowieso kalt sein dürfte. Er nahm einen letzten Schluck von seinem Pint und folgte Betty hinaus.

Edith, die in der Nähe Tische abräumte, rief ihnen triumphierend nach: »Wie ich sehe, war die Pasta-Suppe doch nichts!«

Betty ging voraus auf den Parkplatz, weit weg vom Gebäude und irgendwelchen Fahrzeugen.

»Die Polizei war entschlossen, mich mit Edwards' Farm in Verbindung zu bringen, wo ich nie gewesen bin. Wilson sprach von einer Mordwaffe, und sie haben meine Fingerabdrücke genommen.«

Sie schritt hin und her, während sie redete, und sprach leise, sodass Alfie mit ihr mitlaufen musste, um sie zu verstehen.

»Vor Jahren leierte Nigel ein Zuchtprogramm an, das in eine Katastrophe mündete. Er kreuzte die Kühe von der Farm mit importierten, was seiner Theorie zufolge den Fleischertrag fast verdoppeln würde. Aber die Kreuzungen waren so aggressiv, dass man sich den Tieren nicht mal nähern konnte. Sie haben sogar versucht, Leute umzubringen. Und man musste sie alle schlachten.«

Sie blieb stehen und rührte sich nicht, abgesehen von ihren Händen, die sich abwechselnd ballten und lockerten. Alfie trat zurück, ehe er wieder geschlagen würde.

»Kannst du dir das vorstellen?«, platzte sie heraus. »Es war allein seine Schuld – die Genmischung war vorhersehbar. Doch es sind die armen Tiere, die getötet werden. Zum Glück hatte sein Vater dafür gesorgt, dass das Gros der Herde weiter so gehalten wurde wie immer. Aber als Norman in den Ruhestand ging, hatte Nigel immer noch nichts aus seinem Fehler gelernt. Er zog das Ganze wieder auf und dachte, wenn er die Tiere im Maststall hält, sind sie leichter zu kontrollieren.«

Sie senkte die Stimme. »Peter Harrison hat es mir erzählt. Er kam zu mir, wollte aber unbedingt, dass es unter uns bliebe, weshalb ich darüber nicht öffentlich reden kann. Und ich weiß, dass er gefeuert wurde, weil er selbst es mir erzählt hat.«

»Er hat mir gesagt, dass er dich nicht kennt.«

Betty betrachtete ihn amüsiert. »Klar hat er das. Wie auch nicht?«

»Wenn er gefeuert wurde, dann könnte dies ein Mordmotiv sein.«

Betty runzelte die Stirn. »Nein. Er ist ein guter Kerl. Doch etwas ist passiert, aber ich weiß nicht, was. Ich habe mehrfach versucht, ihn zu kontaktieren, aber er weigert sich, meine Anrufe anzunehmen.«

»Ich habe ihn eben gesehen. Es geht ihm gut. Allerdings ist es offensichtlich, dass er, falls er einen Mord begangen hat, lieber in Deckung bleiben wird.«

Sie winkte ab. »Ich kenne ihn besser als du, und ich bin hundertprozentig sicher, dass er Nigel Edwards nicht umgebracht hat.«

»Wie oft hast du mit ihm gesprochen? Wie oft hast du ihn getroffen? Bist du dir wirklich so sicher?«

Sie zuckte mit den Schultern. »Okay, zu fünfundneunzig Prozent. Neunzig Prozent.«

»Wenn er es nicht war und du es auch nicht warst, wer könnte es sonst gewesen sein? Hat er andere Leute auf der Farm erwähnt, die unzufrieden waren? Es hört sich nicht nach einem netten Arbeitsplatz an.«

»Nach dem, was er erzählt hat, waren sie alle nur verzweifelt bemüht, ihre Jobs zu behalten. Nigel drohte dauernd, Leute zu feuern, aber Peter war der Erste, den er tatsächlich rausgeschmissen hat.«

Sie verstummte, als ein Paar aus dem Horse kam und zu seinem Wagen ging. Der Mann sah wütend zu ihnen und murmelte seiner Frau etwas zu, die ihnen entschuldigend zuwinkte. »Er ist bloß sauer, weil Sie dafür gesorgt haben, dass er keinen Burger mehr bekommt«, erklärte sie laut.

Der Wagen fuhr sehr schnell vom Parkplatz.

»Wenn ich als Nächste ermordet aufgefunden werde, weißt du hoffentlich noch das Kennzeichen«, sagte Betty.

Alfie konnte darüber nicht grinsen. »Ich denke, es muss Peter Harrison gewesen sein«, sagte er. »Ich hatte das deutliche Gefühl, dass er etwas verbirgt – und nicht nur, dass er dich kennt.«

»Ach ja? Ist da männliche Intuition am Werk? Und was, denkst du, hat er getan? Ich weiß nicht mal, wie Nigel Edwards ermordet wurde.«

Allein es auszusprechen, fiel Alfie schwer. »Er wurde von einer Kuh totgetrampelt.«

Sie stieß ein kurzes Lachen aus. »Wie überaus passend – die Rache der Killerkuh.«

»Aber jemand muss die Kuh rausgelassen haben. Und wer wüsste besser, wie das geht, als der Verwalter? Komm schon, Betty, wer käme sonst infrage?«

Er sah, wie sie sehr blass wurde. »Oh nein«, erwiderte sie. »Nein, das kann nicht sein.« Dann holte sie tief Luft und sagte »Wir müssen nach Oxford.«

9. Oxford University

Alfie befiel ein schlimmes Hochstaplersyndrom, wann immer er sich einer Universität näherte. Er war mehrfach eingeladen gewesen, um vor Wirtschafts- und Marketingstudenten Vorträge über Existenzgründung zu halten, sogar vor MBA-Kursen, und jedes Mal war ihm seine mangelnde akademische Ausbildung peinlich gewesen.

Er hatte nie die jüngsten Veröffentlichungen der Harvard Business School gelesen und daher keinen Schimmer, welchen Trends er folgen sollte. Sein geschäftlicher Erfolg beruhte auf Gespür, Versuch und Irrtum sowie Glück. Das Psychologiestudium hatte er mit fast vierzig teils aus Interesse begonnen, teils um zu beweisen, dass er akademisch kein hoffnungsloser Fall war.

Und die Universität, die ihn am meisten einschüchterte, war Oxford. Die Architektur, die berühmten träumenden Türme, die makellosen Rasenflächen, die seltsamen Namen wie Bodleian und Radcliffe Camera verwiesen auf eine geschlossene Geheimgesellschaft, und er rechnete immerfort damit, dass ihn ein Diener abfing und vom Gelände jagte.

Betty war wie üblich vollkommen selbstsicher, aber sie hielt dort auch Vorlesungen, obwohl sie keine richtige Dozentin war. Er fragte sich, ob ihn der Satz »Ich gehöre zu ihr« vor einem Rauswurf bewahren würde.

Er hatte sie überredet, ihn fahren zu lassen, anstatt auf die unzuverlässigen Busse zu zählen, wie sie es sonst tat. »Du musst das so schnell wie möglich überprüfen«, hatte er gesagt. Während er fuhr, war sie an ihrem Handy gewesen und hatte mit Kollegen und Freunden telefoniert, bis sie erfuhr, wo die

Studentin steckte, nach der sie so dringend suchten. *Wieder mal ein Beispiel für nicht existenten Datenschutz*, dachte er.

»Phoebe Savile?«, fragte er. »Zufällig verwandt mit David Savile?«

»Weiß ich nicht. Wer ist David Savile?«

Alfie hätte antworten können: *Er ist der Cousin von Charlie »Teflon« Tennison, dem bekannten Adligen und Betrüger, der mit siebzehn Jahren meine Großeltern umgebracht hat, indem er sie mit seinem neuen Sportwagen rammte, und mithilfe eines Meineids davonkam.* Aber das musste Betty nicht wissen.

Stattdessen sagte er: »Er ist ein Großgrundbesitzer aus unserer Gegend. Ich habe ihn für Liz' Karamell begeistern können.«

Betty lachte. »In dem Fall bin ich sicher, dass er täglich ein Loblied auf dich singt. Kann sein, dass sie verwandt sind. Phoebe wohnt in Oxford, hat aber enge Verbindungen zu der Gegend. Deshalb hat sie sich so für Edwards' Farm interessiert.«

Das Verdeck des Jaguars war offen, und Bettys langes blondes Haar flatterte im Fahrtwind.

»Ich hatte das erste Zuchtdebakel in einer Vorlesung erwähnt – auch, dass die Kühe wegen ihrer Aggressivität geschlachtet werden mussten. Es war nicht zu übersehen, wie geschockt sie war, und hinterher kam sie mit so vielen Fragen zu mir, dass ich sie schließlich auf einen Kaffee einlud. Sie war wirklich erschüttert über das, was mit den Tieren passiert war.«

Nun näherten sie sich Oxford, und der Verkehr wurde dichter. Alfie, der mit dem Jaguar noch nicht in einer Stadt gefahren war, achtete auf die Straße.

»Das klingt nach einer ziemlich vagen Verbindung zu Nigel Edwards' Ermordung«, sagte er.

»Ja, aber ich bin noch nicht fertig. Sie muss sich über die

Farm auf dem Laufenden gehalten haben, denn noch bevor Peter Harrison sich an mich wandte, erzählte sie mir, dass Norman Edwards vorhatte, in den Ruhestand zu gehen und die Farm an Nigel zu übergeben. Sie hat mich gefragt, ob ich glaube, dass Nigel wieder experimentieren würde. Zu der Zeit habe ich mir nichts dabei gedacht.«

Alfie arbeitete sich durch das Einbahnstraßen-System von Oxford und passte auf die allgegenwärtigen Radfahrer auf.

»Denkst du wirklich, dass eine junge Studentin eine Mörderin ist?«

»Nicht so, wie es bei dir klingt. Aber ›jung‹ ist das entscheidende Wort. Sie ist leidenschaftlich, emotional und idealistisch, und ich weiß nicht, wie vernünftig sie ist. Du hast selbst gesagt, dass jemand die Kuh rausgelassen haben muss. Sie könnte geglaubt haben, dass sie das Tier befreit, vor dem Schlachthof rettet, und nicht über die Konsequenzen nachgedacht haben.«

»Edwards hat Fleischvieh gezüchtet. Die Kuh wäre so oder so im Schlachthof gelandet.«

Ihr Lachen war halb amüsiert, halb gereizt. »Du weißt wahrlich nicht, wie eine Neunzehnjährige denkt, oder?«

»Nein, wirklich nicht«, stimmte er ihr zu.

»Nimm die nächste rechts und folge den Schildern zum Parkplatz. Danach können wir nur hoffen, dass sie in ihrem Wohnheim ist.«

Nachdem Alfie geparkt hatte, folgte er Betty durch von Bäumen gesäumte Straßen, vorbei an viktorianischen Stadthäusern.

Plötzlich gab Betty einen begeisterten Ruf von sich. »Was für ein Glück! Phoebe!«

Eine junge Frau in schwarzen Leggings und einer Bomberjacke drehte sich verwundert um. Alfie starrte sie noch überraschter an als sie ihn: Sie war das nervöse Mädchen, das er im Café in Bunburry gesehen hatte.

»Betty, ich habe doch nich' 'ne Vorlesung verpasst, oder was?« Sie hatte einen kultivierten Akzent, den sie mit dem Jargon von Migrantenkindern zu überspielen versuchte.

»Nein, gar nicht. Ich bin als Touristin hier, um meinen Freund Alfie herumzuführen. Alfie McAlister – Phoebe Savile.«

»Freut mich sehr«, sagte Alfie und schüttelte ihr die Hand. Anscheinend erkannte sie ihn nicht wieder, was angesichts ihrer Verfassung in dem Café kein Wunder war. »Savile … sind Sie mit David Savile verwandt, der in der Nähe von Bunburry wohnt?«

»Das ist mein Pa«, antwortete Phoebe. Es verblüffte Alfie immer wieder aufs Neue, dass sich die Oberklasse bar jedweder Ironie das Vokabular der unteren Klassen aneignete.

»Richten Sie ihm herzliche Grüße von mir aus, wenn Sie ihn das nächste Mal sprechen. Er hat mir unglaublich geholfen, als ich meinen Wagen reparieren lassen musste.«

»Er ist solch ein Autonarr«, seufzte Phoebe. »Ich sage ihm immer, dass die Dinger eine Katastrophe für die Umwelt sind.«

»Er unterstützt auch das regionale Kleingewerbe, seit ich ihn mit Bunburry-Karamell bekannt gemacht habe.«

»Oh mein Gott, Sie waren das?«, quiekte Phoebe. »Ich liebe das Zeug! Pa muss mir jede Woche was davon schicken – und seitdem bin ich die Beliebteste im Wohnheim.«

Betty sah aus, als wäre ihr eben ein Gedanke gekommen. »Phoebe, sicher würde Alfie gerne mal dein Wohnheim sehen.«

»Ja, das stimmt«, bestätigte Alfie und bemühte sich, interessiert zu wirken.

»Oh mein Gott, ich habe keine Ahnung, ob der Putzdienst mein Zimmer schon sauber gemacht hat. Die können sehr unzuverlässig sein.«

»Wir möchten uns auf keinen Fall aufdrängen«, sagte Alfie. »Aber es wäre toll, einige der Gemeinschaftsräume zu sehen, wenn das ginge.«

Essen gab es in einer Art Cafeteria mit Selbstbedienung, doch die Studenten aßen in einem holzvertäfelten Raum mit Kronleuchtern an der Decke – relativ kleinen, aber immerhin. An den Wänden hingen Porträts von früheren Akademikern in Roben, die streng dreinblickten.

»Ich bin nicht sicher, ob die da verdauungsfördernd sind«, merkte Alfie dazu an.

Phoebe sah die Bilder flüchtig an. »Die habe ich bisher gar nicht wahrgenommen.«

Als Nächstes kam noch ein holzvertäfelter Raum mit einer Tischtennisplatte, einem Kicker und einem Billardtisch, einer gut bestückten Bar, Ledersesseln und einer Fernsehnische. Danach folgte eine zweigeschossige Bibliothek mit Wänden voller Bücher und zahlreichen Schreibtischen, in der jedoch nur ein einziger Student arbeitete. Außerdem gab es eine winzige Kapelle mit Buntglasfenstern. Alfie achtete darauf, alles begeistert zu loben, was er sah, und sich von allem fasziniert zu geben, was Phoebe sagte.

»Und wir sind direkt am Fluss. Ich habe den allerbesten Blick von meinem Zimmer aus«, erklärte sie.

»Das klingt wunderbar«, sagte Alfie. »Aber wir haben schon genug von Ihrer Zeit in Anspruch genommen. Jetzt lassen wir Sie lieber in Ruhe.«

»Nein, Sie müssen unbedingt sehen, was für einen Ausblick ich habe.«

Sie führte sie eine Treppe hinauf und öffnete eine Tür. »Ah, ein Segen, es ist geputzt worden.«

Alfie erwartete beinahe, dass sie sagte: »Man kann dieser Tage einfach kein Personal bekommen.«

Er hatte angenommen, dass die Zimmer spartanisch eingerichtet waren, aber dieses war komplett mit Teppichboden ausgelegt, und das Einzelbett konnte, wie er bemerkte, zu einem Doppelbett ausgeklappt werden. Es gab einen großen Kleiderschrank, Bücherregale, eine Pinnwand, einen Schreibtisch und eine fast komplett verglaste Wand mit Blick auf den Rasen, der sich hinunter zum Fluss erstreckte. Ein Stechkahn trieb langsam vorbei: Ein junger Student stieß die Holzstange sehr geübt in den Grund und ließ sie durch seine Hände gleiten, während zwei Studentinnen in dem Kahn auf Kissen lagen und Weißwein aus Plastikbechern tranken.

»Wunderschön«, begeisterte sich Alfie. »Hier würde ich nie zum Arbeiten kommen, nur den ganzen Tag dasitzen und aus dem Fenster sehen.«

Betty ließ sich in einen der beiden Sessel fallen. »Übrigens, Phoebe, bist du in letzter Zeit mal auf Edwards' Farm gewesen?«

Phoebe zuckte merklich zusammen. »Was? Nein! Nein, natürlich nicht. Warum sollte ich denn da gewesen sein?«

Betty war deutlich besser darin, ihre Gefühle zu verbergen, aber trotzdem sah Alfie ihr die Enttäuschung an. Sie musste gehofft haben, dass sich ihre Ängste als unbegründet erweisen würden. Phoebe war definitiv auf der Farm gewesen. Aber dieses Mädchen war keine Mörderin. Es könnte nichts weiter als ein tragischer Unfall gewesen sein.

»Bei unseren Gesprächen über das Zuchtexperiment hatte ich den Eindruck, du würdest die Entwicklungen dort im Blick behalten, nachdem Norman Edwards die Farm an seinen Sohn übergeben hatte.«

Phoebe wurde feuerrot. »Nein, das war bloß eine Idee für ein Projekt. Aber mir kam zu viel anderes dazwischen, und ich hatte einfach keine Zeit mehr dafür.«

»Dann bist du nicht auf Edwards' Farm gewesen?«

»Nein, habe ich doch gerade gesagt. Ich bin nie da gewesen. Ich hatte ja auch keinen Grund … hinzugehen. Und keine Zeit.« Sie schwankte zwischen Stammeln und zu hastigem Reden.

Alfie sah unter ihren Schreibtisch. »Oh, seht mal. Da ganz hinten.« Er kniete sich hin und tastete nach etwas auf dem Teppich. »Das muss Ihrer sein.« Er hielt den goldenen Ohrring in die Höhe, den er auf der Farm gefunden hatte.

»Dort ist der also hingefallen!«, rief Phoebe. »Gott sei Dank haben die Putzleute den nicht weggesaugt. Andererseits ... saugen sie dann offensichtlich nicht sehr gründlich. Ich muss mal mit ihnen reden.«

»Das würde ich mir sparen«, sagte Alfie ruhig. »Ich habe den Ohrring gestern gefunden. Auf Edwards' Farm. Möchten Sie uns jetzt vielleicht erzählen, was Sie dort wollten?«

Er rückte ihr den zweiten Sessel hin. Phoebe sank hinein und begann zu weinen. Es stand eine Schachtel mit Papiertaschentüchern auf dem Schreibtisch, aus der er eines zupfte und ihr reichte.

»Ich dachte nicht, dass irgendwer davon erfährt«, schluchzte sie. »Er hat mich beschimpft. Ich habe Angst bekommen.«

»Also war es ein Unfall«, half Betty ihr auf die Sprünge.

Phoebe tupfte sich die Augen. »Nein«, antwortete sie trotzig. »Ich wusste genau, was ich tat.«

Betty und Alfie sahen einander an. *Es ist besser, wenn Phoebe jetzt zu ehrlich ist als gegenüber der Polizei*, dachte Alfie. Sie könnten Bettys Anwältin hinzurufen, die verhindern würde, dass Phoebe irgendwelche offiziellen Fragen beantwortete. Was sie auch sagte, er konnte nicht glauben, dass sie Nigel Edwards mit voller Absicht getötet hatte.

»Willst du damit behaupten, dass du die Kuh absichtlich rausgelassen hast?«, fragte Betty.

Phoebe runzelte die Stirn. »Welche Kuh? Ich habe keine Kuh gesehen.«

Alfie lehnte sich an den Schreibtisch. »Fangen wir noch mal von vorne an. Warum waren Sie auf der Farm?«

»Um herauszufinden, ob Nigel Edwards wieder das Zuchtprogramm gestartet hat. Ich dachte, dass ich vielleicht mit einigen der Arbeiter reden könnte, aber die wollten nicht mit mir sprechen, also habe ich mich auf die Suche nach Mr Edwards gemacht.«

Sie mochte enorm privilegiert sein, aber es mangelte ihr nicht an Courage, stellte Alfie fest.

»Er reparierte irgendwas, deshalb hat er mich zuerst nicht gehört, als ich ihn angesprochen habe. Und als ich lauter wurde, ließ er einen großen Metallklotz auf seinen Fuß fallen, und dann hat er mich angeschrien und gesagt, es sei meine Schuld. Er wollte mir nicht zuhören, meinte, ich sei nur eine … Na, ist egal, was er gesagt hat. Er ist auf mich losgegangen, und da habe ich Angst gekriegt und bin einfach weg.«

»Du bist einfach weg?«, wiederholte Betty. »Bist du noch mal wiedergekommen und hast die Kuh rausgelassen?«

Phoebe schnäuzte sich. »Ich weiß nichts von einer Kuh. Ich bin weg und wieder hierher zurückgefahren.«

Alfie zwang sich, keine Miene zu verziehen. Zwar war Phoebe gegen die Autovernarrtheit ihres Vaters, weil sie der Umwelt schadete, aber offensichtlich hielt es sie nicht davon ab, selbst einen Wagen zu besitzen.

Betty wirkte erschöpft. »Du hast gesagt, dass du nicht glaubst, jemand würde davon erfahren. Was hast du damit gemeint?«

»Ich habe mich an die Presse gewandt«, erklärte Phoebe leise. »Ich dachte, die könnten herausfinden, was da los ist.« Wieder putzte sie sich die Nase. »Ich war vorsichtig, habe ein Prepaid-Handy benutzt und meine Stimme verstellt.«

Alfie fragte sich, wie sie ihren Oberschichtston wohl verborgen hatte.

»Ich habe bei den überregionalen Zeitungen angerufen,

aber keinen hat es interessiert.« In einem Ausbruch von beinahe kindlicher Frustration schrie sie: »Die haben noch nicht mal so getan, als ob sie interessiert wären. Ich habe ihnen gesagt, dass es eine wichtige Story über Tierquälerei ist, und denen war es schlicht egal. Also habe ich schließlich beim *Bugle* angerufen.«

»Dem *Bunburry Bugle*? Dem *Quietscher?*«, fragte Alfie.

Sie nickte. »Ich habe die angerufen, und sie haben gesagt, dass es nach einer tollen Story klingt. Dann habe ich ihnen einige Notizen geschrieben, zusammen mit einem Bericht über das erste Experiment, und ihnen alles in den Briefkasten gesteckt.« Sie zeigte zu einer Reihe pinkfarbener Aktensammler auf dem Schreibtisch. »Sie haben gesagt, dass sie zur Farm fahren und es überprüfen wollen.«

»Also hast du die Kuh nicht rausgelassen«, folgerte Betty.

Phoebe sah sie mit ihren geröteten Augen verwirrt an. »Nein.«

»Ich denke, wir sind hier fertig«, befand Alfie und richtete sich auf. »Danke für die Führung durch die Uni. Es war faszinierend.«

»Bekomme ich Probleme?«, fragte sie.

Alfie lächelte. »Nicht mit uns.«

»Erzählen Sie es bitte nicht Pa«, flehte sie. »Er hält nichts davon, dass ich Aktivistin bin.«

»Ihr Geheimnis ist sicher«, versprach Alfie. »Einen Rat hätte ich allerdings. Wenn Sie alle Verbindungen zu Edwards' Farm leugnen wollen, sollten Sie vielleicht keine Karte von der Farm und keinen Bericht über das gescheiterte Zuchtprogramm an Ihrer Pinnwand haben.«

10. Der Quietscher

Marge klatschte in die Hände. »Die drei Musketiere sind wieder vereint.«

»Wann sind wir zu den drei Musketieren geworden, meine Liebe?«, fragte Liz. »Ich dachte, dass wir Redwood, Hopkins und McAlister sind.«

»Aber das hört sich nach einer zwielichtigen Steuerberaterkanzlei an«, entgegnete Marge. »Mein anderer Vorschlag ist: das dynamische Trio.«

»Daran müssen wir noch arbeiten«, sagte Liz. »Aber nicht jetzt. Wir müssen zum *Quietscher*. Was für ein Jammer, dass Betty keine Zeit hat.«

Alfie fand nicht, dass sie auch nur ansatzweise bedauernd klang.

»Alles weist auf Peter Harrison hin«, behauptete er. »Ich kann mir nicht vorstellen, dass ein Lokalreporter einen Mord begeht. Ganz sicher nicht der, der mich damals interviewt hat.«

»Er ist der Einzige, den sie haben«, sagte Marge. »Es gibt den Herausgeber, aber der ist viel zu schnöselig, um irgendwen zu interviewen, und dann den Jennings-Jungen. Schließen wir ihn trotzdem nicht zu schnell aus. Man hört von schrecklichen Dingen, die Reporter heutzutage tun. Da ist Mord sicherlich noch das kleinste Übel.«

Alfie dachte an den unsicheren, schlaksigen Jungen, der ihn interviewt hatte. Er hatte sich scheinbar alles aufgeschrieben, was Alfie sagte. Nur konnte er seine Kurzschrift vielleicht später nicht mehr lesen, denn Alfie hatte kein einziges der Zitate wiedererkannt, die ihm später im Artikel zugeschrieben wurden.

Als Betty noch glaubte, dass Phoebe für Nigel Edwards' Tod verantwortlich war, ging sie von einem Unfall aus. Der junge Jennings wirkte hinreichend ungeschickt. Vielleicht hatte Liz recht, und man durfte nicht vorzeitig ausschließen, dass er unglücklicherweise den Tod des Farmers verschuldet hatte.

»Und wie sieht unsere Strategie aus?«, erkundigte sich Alfie.

»Überlass das uns«, antwortete Marge unbekümmert. »Wir wissen, wie wir mit dem Jennings-Jungen umgehen müssen. Der Herausgeber wird unterwegs sein, um Leute zu umgarnen, also haben wir ihn ganz für uns.«

Zur Zeitungsredaktion ging es eine steile Treppe hinauf, und oben waren die Wände mit gerahmten Fotos geschmückt: *Hiesiger Lehrer gewinnt im Lotto*; *Mann aus Bunburry erlebt Albtraumwanderung*; *Gemeinderatsantrag zu Mülltonnen.* Es gab einen kleinen Empfangsbereich oben an der Treppe mit wenigen Sesseln und einer welken Grünpflanze.

Die Redaktion befand sich hinter einer Glastrennwand, und sie konnten Jennings sehen, der vor einem großen, altmodischen Computer saß, den Schreibtisch voller Papiere, und an einem Sandwich kaute. Als Liz den Summer auf dem Empfangstresen drückte, ließ er sein Sandwich auf die Tastatur fallen.

»Hallo, was kann ich für Sie tun?«, fragte er nervös, als er hinter der Glaswand vorkam.

»Joseph!«, sagte Liz strahlend. »Wir kamen zufällig hier vorbei und dachten, wir erzählen dir, wie gut uns dein Artikel über unseren Alfie hier gefallen hat.«

Jennings nickte Alfie kurz zu. Anscheinend bemerkte er jetzt erst, dass er seinen Star-Interviewpartner vor sich hatte.

»Dieser Tage werden die Leute viel zu selten gelobt«, hob

Marge hervor. »Das war ein sehr informativer Beitrag, auch wenn ich denke, dass du dich bei Alfies Alter geirrt hast.« Sie drehte sich zu Alfie um. »Du bist zweiundvierzig, nicht wahr?«

Er winkte ab. »Das ist nicht wichtig. Das Alter spielt keine Rolle, oder?«

»Doch, es ist sehr bedeutsam«, entgegnete Jennings ernst. »Nur so bekommen die Leser ein richtiges Bild. Das tut mir leid, Mr McAlister – es muss ein Fehler in der Druckerei gewesen sein.«

»Sagen Sie Alfie, bitte.«

Marge setzte sich. »Woran arbeitest du für die nächste Ausgabe, Joseph?«

»An einem Bericht über die Gemeinderatssitzung. Im Moment ist das aber leider noch vertraulich.«

»Na, wir sind schon gespannt darauf, stimmt's, Liz?«

»Oh ja. Es ist so wichtig. Und ich vermute, ihr bringt auch etwas über den armen Nigel Edwards.«

»Natürlich, aber das ist noch *rechtshängig.*«

»Meine Güte, muss das aufregend sein, wenn man Zugriff auf alle möglichen geheimen Informationen hat! Willst du auch einen Artikel über Nigels umstrittenes Zuchtprogramm schreiben?«

Jennings machte beinahe einen Satz zurück. »Davon … weiß ich … überhaupt nichts«, stammelte er.

»Ich verstehe, mein Lieber, es ist eines dieser Dinge, über die du nicht reden darfst, ehe sie in der Zeitung stehen«, sagte Liz. »Du willst ja nicht, dass wir dir deinen Aufreißer wegschnappen und ihn an eine andere Zeitung verkaufen. Aber gewiss hast du eine Menge Interessantes entdeckt, als du draußen auf der Farm warst.«

Jennings öffnete und schloss seinen Mund, ohne dass ein Pieps herauskam. Schließlich antwortete er: »Ich bin nicht bei der Farm gewesen. Ich weiß nicht, wovon Sie reden.«

Alfie hatte nicht den geringsten Zweifel, dass er log.

Liz sah ihn verwundert an. »Dabei bin ich sicher, dass Phoebe Savile dich wegen der Story kontaktiert hat. Sie hatte sogar einen Bericht fertig, den sie dir geben wollte.«

Jennings lachte nervös. »Von der Frau habe ich nie etwas gehört, und mich hat keiner wegen irgendeiner Story kontaktiert.«

»Liz, du verstehst dauernd alles falsch«, beklagte sich Marge. »Jetzt müssen wir den armen Joseph aber wirklich in Ruhe lassen, damit er weiter an der Zeitung schreiben kann.«

»Es tut mir so leid, Joseph. Aber ich frage mich …« Liz senkte die Stimme verschwörerisch. »Könnte ich vielleicht mal euer *du weißt schon* benutzen?«

Marge verdrehte die Augen gen Himmel. »Also ehrlich, Liz, ich hatte dir doch gesagt, du sollst noch mal gehen, bevor wir aufgebrochen sind.«

»Bin ich doch auch, meine Liebe. Es liegt an diesem furchtbaren Regenwetter.«

Jennings wurde rot, öffnete die Tür zur Redaktion und zeigte zu einer Tür hinten mit der Aufschrift »WC«. Liz marschierte los.

»Komm her und setz dich einen Moment, Joseph«, sagte Marge und wies auf den Sessel, der mit der Rückenlehne zur Redaktion stand. »Erzähl mal – wolltest du immer schon Journalist werden?«

»Nein, eigentlich nicht«, begann Jennings, nachdem er Platz genommen hatte. »Früher wollte ich Zugführer werden, und danach …«

Alfie versuchte den Eindruck zu vermitteln, dass er aufmerksam lauschte, während seine Aufmerksamkeit Liz galt, die direkt zu Jennings' Schreibtisch gegangen war und methodisch die Papiere darauf durchging. Dann fing sie an, Schubladen zu öffnen und deren Inhalt zu überprüfen. Schließlich sah Alfie aus dem Augenwinkel, wie sie einen Daumen reckte und zu ihnen zurückkam.

»Joseph, mein Lieber«, sagte sie und wedelte mit einer pinken Klarsichtmappe, »wenn du eine Lüge erzählst, sorg immer dafür, vorher die Beweise zu vernichten. Dies hier sind Phoebes Notizen, und ich erkenne an den Kaffeeflecken, dass du sie dir angesehen hast. Jetzt verrate uns, was passiert ist, als du zu Edwards' Farm gefahren bist.«

Jennings schien in seinem Sessel zu schrumpfen. »Ich dachte, er sticht mich ab«, flüsterte er. »Er hat gesagt, dass ich sein Land unbefugt betreten hätte und verschwinden solle.«

»Hatte er ein Messer?«, fragte Marge.

Jennings schüttelte den Kopf. »Einen Schraubenzieher. Einen großen Schraubenzieher. Mit dem ist er auf mich los…« Er verstummte.

»Das muss sehr furchteinflößend gewesen sein, mein Lieber«, sagte Liz.

Er nickte. »Und ob! Er hat gesagt, wenn ich es wage, etwas über seine Farm zu bringen, wäre es das Letzte, was ich schreibe.«

»Er war aggressiv, hat Sie verbal und mit einer Waffe bedroht – mich wundert nicht, dass Sie geglaubt haben, sich verteidigen zu müssen. Ist das passiert, Joseph? Haben Sie deshalb die Kuh rausgelassen?«, fragte Alfie.

Joseph blickte ihn verdutzt an. »Ich weiß nicht, was Sie meinen. Ich habe keine Kuh gesehen. Gehört habe ich die Tiere – die haben laut gebrüllt. Das war auch unheimlich.«

Das konnte Alfie sehr gut nachvollziehen.

»Ich bin einfach weggerannt«, sagte Joseph unglücklich.

»Also waren Sie in Eile. Und in Panik. Haben Sie versehentlich irgendein Gatter offen gelassen, hatten keine Zeit, es zu schließen?«

Ein energisches Kopfschütteln. »Ich bin durch kein Gatter.

Meinen Wagen hatte ich unten an der Abzweigung zur Farm gelassen, deshalb bin ich die Einfahrt wieder runtergelaufen.«

Marge beugte sich vor. Ihre Augen wurden von der Brille enorm vergrößert. »Hast du sonst jemanden gesehen? Peter Harrison?«

Wieder schüttete Jennings den Kopf. »Peter Harrison kenne ich nicht. Ich habe keinen gesehen, außer Mr Edwards. Aber ich habe mich auch nicht genauer umgeschaut. Ich bin bloß gerannt.« Er sah die Topfpflanze an. »Ich dachte, das wäre meine Chance. Ein Sprungbrett zu einer richtigen Zeitung. Keine goldenen Hochzeiten mehr, keine Blumenschauen. Aber ich tauge wohl nicht zum investigativen Reporter.«

»Du solltest stolz auf das sein, was du tust«, erwiderte Liz. »Goldene Hochzeiten und Blumenausstellungen sind das Herzblut unserer Gemeinde, und wir sollten diese Sachen feiern. Es gibt viel zu viele deprimierende Nachrichten; da haben wir es nötig, manchmal auch etwas über die andere Seite des Lebens zu erfahren.«

Sie wandte sich zu Marge. »Komm, meine Liebe, wir haben diesem jungen Mann schon zu viel von seiner Zeit gestohlen. Joseph, wir freuen uns auf die nächste Ausgabe und deinen Bericht von der Ratssitzung.«

Sie ging voraus zur Treppe. »Armer Junge. Er hatte wirklich keine Chance gegen uns, was? Aber wir sind der Lösung noch nicht ein Stück näher. Alfie, meinst du, ein Cream Tea wäre gut für die kleinen grauen Zellen?«

Er lachte. »Liz, deine kleinen grauen Zellen haben bereits Überstunden gemacht. Solch ein verschlagenes Benehmen habe ich noch nie erlebt. Du verdienst einen Cream Tea. Aber wenn ihr mich entschuldigen wollt – ich möchte kurz fortgehen, um mit Emma zu reden.«

»Alfie McAlister!«, rief Marge. »Soll das etwa heißen, dass du weißt, wer für Nigel Edwards' Tod verantwortlich ist?«

»Vielleicht«, antwortete Alfie. »Kann sein.«

Epilog

»Es ist eindeutig Gin-Zeit«, sagte Marge, was eine Herausforderung an Liz war, ihr ja nicht zu widersprechen.

»Eindeutig«, stimmte Liz ihr zu und holte vier Gläser. Sie schenkte in alle eine großzügige Menge Gin und einen Spritzer Tonic-Water. »Glückwunsch, Alfie!«

Alfie erhob sein Glas und sah zu Emma. »Glückwunsch, Constable Hollis! Ich denke, wir sind ziemlich gleichzeitig zu demselben Schluss gekommen. Und dank Emmas außerordentlichem Können in puncto Verhör und Spurensicherung wurde das Rätsel gelöst.«

Emma lächelte ihn an. »Der Sarge ist immer noch zutiefst betrübt, dass Betty Thorndike kein Mordprozess droht.«

Marge setzte sich vorsichtig in ihren Schaukelstuhl, um nichts von ihrem Drink zu verschütten. »Eigentlich ist es schade, dass es kein Mord war.«

»Margaret, meine Liebe, du wirst entsetzlich blutrünstig«, schalt Liz sie. »Du solltest froh sein, nicht enttäuscht.«

»Ich schätze, Nigel Edwards hat seine wohlverdiente Strafe bekommen – also immerhin etwas«, befand Marge, was ihr einen tadelnden Blick eintrug.

»Es sah wirklich wie Mord aus«, berichtete Emma. »Es sah aus, als hätte sich jemand an dem Riegel des Gatters zu schaffen gemacht, sodass die Kühe rauskonnten. Aber die einzigen Fingerabdrücke auf dem Riegel und dem Schraubenzieher waren von Nigel. Es war seine eigene misslungene Reparatur, die ihn das Leben gekostet hat.«

Alfie nippte zaghaft an seinem Gin. »Phoebe sagte, dass er an irgendwas arbeitete und ihm ein Metallklotz auf den Fuß fiel. Dann erzählte Joseph, dass er mit einem Schraubenzieher herumfuchtelte. Es klang nicht so, als wäre er handwerklich sehr geschickt gewesen.«

»Er war zu nichts zu gebrauchen«, sagte Marge. »Der hätte nicht mal gewusst, wo bei einem Schraubenzieher vorne und hinten ist.«

»Der Riegel hatte sich nur gelockert, weil das Vieh zu wild war«, erklärte Emma. »Peter Harrison hat ausgesagt, dass er die Reparatur organisiert hätte – und er hätte einen Schmied geholt, damit es richtig gemacht wird. Aber er ist gefeuert worden, und Edwards war so geizig, dass er beschloss, es selbst zu machen.«

Alfie betrachtete sein Glas. »Betty hat mir erzählt, dass Harrison gefeuert worden ist, aber dein Sergeant hat mit Nachdruck darauf bestanden, dies würde nicht stimmen.«

Emma setzte sich an den Tisch und stützte das Kinn auf die ineinander verschränkten Hände. »Sie haben beide recht.«

»Also wirklich, meine Liebe, du bist nicht im Dienst, da musst du den fürchterlichen Mann nicht in Schutz nehmen«, sagte Liz.

»Mache ich auch nicht, Tante Liz. Die Lage wurde zusehends angespannter, nachdem Norman sich zurückgezogen hatte, weil Peter alles falsch fand, was Nigel tat. Bei einem besonders hitzigen Streit hat Nigel ihn gefeuert, und Peter lief direkt zu Betty, um ihr zu erzählen, was los war.«

»Dann hatte Betty recht und Wilson unrecht«, folgerte Marge.

»Aber dann«, fuhr Emma fort, »überlegte Nigel es sich anders. Vielleicht dachte er, dass Peter ihn wegen ungerechtfertigter Entlassung verklagen würde, oder er hatte Angst davor, was Peter sonst noch tun könnte. Deshalb zahlte er ihm eine Abfindung, ließ ihn aber auch eine Vertraulichkeitserklärung unterschreiben. Natürlich erwähnte Peter nicht, dass er schon geplaudert hatte, aber von da an hielt er den Mund. Zumal er nicht wusste, dass die Vereinbarung nach Nigels Tod hinfällig war. Ich hatte gemerkt, dass er etwas verschwieg, kam aber nicht darauf, was es war. Es dauerte ein bisschen, bis ich es herausgefunden hatte.«

Das war gute Polizeiarbeit gewesen, fand Alfie. Wilson hatte kurzerhand die Version seines Trinkkumpans geglaubt, dass Peter Harrison nicht gefeuert worden war. Aus fachlicher Perspektive waren möglicherweise beide Auffassungen korrekt, aber für Alfie war die eine Variante korrekter als die andere. Er bewunderte Emmas Hartnäckigkeit in Anbetracht ihres vollkommen desinteressierten Vorgesetzten.

Er zog in Erwägung, ihr zu sagen, dass sie stolz auf sich sein sollte, wollte sich jedoch nicht schon wieder von einer Frau anhören müssen, er sei ein arroganter, herablassender Idiot.

Marge inspizierte ihr Glas und entschied, dass es nachgefüllt werden musste. »Also ist Nigel Edwards wegen seiner Gier und Blödheit gestorben«, konstatierte sie, erhob sich und schritt in Richtung Gin-Flasche. »Geschieht ihm ganz recht.«

»Margaret! Ich glaube kaum, dass der Vikar froh wäre, wenn er dich jetzt hören könnte.«

»Dann ist es ja gut, dass er es nicht kann«, entgegnete Marge und kehrte mit ihrem nachgefüllten Glas zu ihrem Schaukelstuhl zurück. »Ich habe über Namen für uns nachgedacht. Wir könnten Three's Company sein. Oder das Bunburry Triangle. Oder Tecs R Us. Was meint ihr?«

»Ziemlich schaurig, meine Liebe«, befand Liz.

Es läutete an der Tür.

»Erwarten wir jemanden?«, fragte Liz, als sie in die Diele ging.

»Nicht, dass ich wüsste«, antwortete Marge. »Emma, du hast doch nicht Sergeant Wilson zu unserer Feier eingeladen, oder?«

»Der feiert ganz sicher schon im Horse«, sagte Emma trocken.

»Was für eine Überraschung«, hörten sie Liz sagen. »Wir stoßen gerade auf den erfolgreichen Abschluss der Ermittlung an. Möchten Sie sich zu uns gesellen?«

»Nein danke«, erwiderte Betty, die in diesem Augenblick ins Wohnzimmer trat. »Ich wollte eigentlich fragen, ob Al zum Spielen rauskommen darf. Ich war bei seinem Cottage, aber da war keiner, also dachte ich mir, dass er hier ist.«

»Wozu brauchen Sie ihn?«, erkundigte sich Marge.

Alfie fragte sich, ob er auch ein Wort mitzureden hätte.

»Es ist eine Überraschung«, antwortete Betty. »Um mich für die moralische Unterstützung in meiner Stunde der Not zu bedanken. Aber hauptsächlich ist es ein Ausflug.«

»Bedaure. Ich würde ja gerne, doch ...« – er zeigte zu seinem Glas – »... ich habe getrunken und darf nicht mehr fahren.«

»Dann ist es ja gut, dass wir nicht das Auto nehmen«, sagte Betty. »Wir fahren mit dem Rad.«

»Nein! Das kann ich nicht. Ich habe auf keinem Fahrrad mehr gesessen, seit ...« In London fuhr er nie Rad. Das letzte Mal war er in Bunburry geradelt, während der Sommerferien bei seinen Großeltern. Was über dreißig Jahre her war. »... Ewigkeiten«, beendete er den Satz.

»Macht nichts«, meinte Betty. »Radfahren verlernt man nicht. Tut mir leid, dass ich ihn entführen muss, meine Damen, aber wir sind ein bisschen knapp mit der Zeit.«

Offensichtlich durfte er bei der Angelegenheit nicht mitreden.

Alfie folgte Betty brav nach draußen, durch den Garten und die Stufen hinunter zur Straße. Dort lehnte ein Tandem an der Mauer. Das sah vielversprechend aus. Er könnte einfach Betty das Lenken überlassen – und vornehmlich in die Pedale treten.

»Das habe ich mir von einem Freund geliehen«, sagte Betty. »Es ist sehr viel komplizierter als ein einzelnes Rad, aber du wirst bestimmt damit zurechtkommen. Auf unserer Strecke haben wir größtenteils einen Radweg. Denk einfach nur dran, dich nicht zur Seite zu lehnen, sonst ist die Balance hinüber. Halte dich so ruhig wie möglich, und versuch niemals zu lenken. Und hör nicht auf zu treten, ansonsten zerschredderst du dir die Beine. Okay, üben wir das Auf- und Absteigen. Drei – zwei – eins.«

Sie machte ihm vor, wie er mit dem linken Fuß auf dem Pedal stehen und das rechte Bein hinüberschwingen musste, während sich das Tandem in Bewegung setzte. Zuerst wackelte und schwankte es, und beinahe kippten sie um, doch beim vierten Anlauf gelang ihnen ein glatter Start. Als sie langsam die schmale Straße entlangfuhren, bemerkte Alfie, dass sich Liz, Marge und Emma an der Haustür drängten, um ihnen zuzuschauen. Die Mauer und die Hecke dürften das Schlimmste von seinen unkoordinierten Kämpfen verdeckt haben, doch ihm war peinlich, dass sie überhaupt etwas gesehen hatten. Liz wirkte besorgt, Marge grinste, und Emma schien recht finster zu blicken – wahrscheinlich blendete die Sonne ihre Augen.

»Nicht vergessen!«, wies Betty ihn laut an. »Keine plötzlichen Bewegungen! Nicht lenken, nicht aufhören zu treten! Und gib mir Bescheid, wenn du kurz davor bist runterzufallen.«

Er klammerte sich energisch an die Lenkstange und atmete kaum, für den Fall, dass auch das als plötzliche Bewegung galt. Auf dem Fahrradweg entkrampfte er sich ein wenig, obwohl seine Oberschenkel sich bereits über die ungewohnte Anstrengung beschwerten.

Direkt vor sich konnte er nur Bettys Rücken sehen, doch die Landschaft zu beiden Seiten war herrlich: sanft geschwungene Hügel, honiggelbe Dörfer, Kirchtürme, die in den blauen Himmel aufragten …

»Wir halten gleich an!«, rief Betty. »Denk an den Ablauf! Drei – zwei – eins – Fuß runter und stehen.«

Alfie konzentrierte sich so sehr auf das richtige Absteigen, dass er noch nicht begriffen hatte, warum sie anhielten. Und dann sah er sie. Kühe. Ein Herde Kühe. Er bekam keine Luft mehr, und ein Pochen setzte in seinen Schläfen ein.

Eine der Kühe blickte ihn direkt an. Sie schaute ihn an, und sie bewegte sich. Auf ihn zu.

Wie gelähmt stand er da, und seine Hände umklammerten fest den Lenker. Die Kuh kam näher, fixierte ihn mit ihrem Blick, während sie sich in diesem beängstigend schwankenden Gang auf ihn zubewegte.

»Tut mir leid«, brachte er mühsam heraus. »Ich muss weg …«

Er ließ das Tandem los und begann zu rennen, zurück in die Richtung, aus der sie gekommen waren.

»Al, was ist denn los?«

Als er rannte, beschleunigte die Kuh ebenfalls, lief auf dem Radweg hinter ihm her.

Bettys Stimme erklang wieder. »Al, bleib stehen!«

Er wurde von einer mörderischen Kuh verfolgt. Das Letzte, was er wollte, war, stehen zu bleiben. Und dann, in einer Neuauflage seines Stierkampfdramas aus der Kindheit, stolperte er und fiel. Er lag atemlos auf dem Radweg. Sein ganzer Körper absorbierte das donnernde Nahen seiner Nemesis.

Plötzlich tauchte eine entsetzliche Erinnerung vor seinem inneren Auge auf: Einst hatte er ein Gemälde gesehen, auf dem König Diomedes von seinen Pferden verschlungen wurde. Pferde waren Pflanzenfresser. Kühe waren Pflanzenfresser. Nun konnte er die Kuh hinter sich schnauben hören. Er würde von einer Kuh verschlungen werden. Er rappelte sich auf die Knie auf, doch es war zu spät. Der riesige Kuhkopf senkte sich über ihn. Eine große rosa Zunge leckte ihm seitlich übers Gesicht. Es fühlte sich an, als würde seine Haut mit feinem Schmirgelpapier abgerieben. Die Zunge leckte ihn wieder. Und noch einmal.

»Ermintrude, hör auf! Al will jetzt aufstehen. Lass ihn in Ruhe. Ermintrude, ich rede mit dir.«

Die Kuh und ihre Zunge verschwanden. Zitternd richtete Alfie sich auf.

»Nein, Ermintrude. Ich liebe dich auch, aber ich will nicht noch mehr von deinem Sabber auf mir. Hör auf, mich zu lecken! Geh zu deinen Freundinnen!«

Er sah, wie Betty der Kuh einen leichten Klaps auf den Rumpf versetzte und sie von sich wegschob. Die anderen Kühe trotteten über die Weide, und Ermintrude hoppelte ihnen schließlich nach.

Betty nahm Alfie beim Arm. »Was war das?«

Es dauerte ein wenig, bis Alfie antworten konnte. »Ich dachte … ich habe gedacht, sie trampelt mich tot.«

»Al, die sind nur über die Straße gegangen, nicht wild gerannt. Nichts wäre passiert, wärst du einfach stehen geblieben. Ermintrude ist bloß hinter dir her, weil sie sehen wollte, was du vorhast.«

Alfie war so schlecht, dass ihn nicht mehr kümmerte, ob er sich lächerlich machte. »Ich habe eine Bovinophobie.«

»Bov… Oh mein Gott, du hast Angst vor Kühen? Hätte ich das doch nur gewusst! Ich wäre nie … Wie geht es dir jetzt? Willst du dich ausruhen? Oder zurück nach Hause fahren?«

Er lächelte matt. »Alles in Ordnung. Ich bin jetzt bereit für die Überraschung.«

»Schön, ja, das ist gut. Okay.«

Sie kehrten zum Tandem zurück, das Betty an einen Zaun gelehnt hatte, und machten sich mit dem Drei-zwei-eins-Ablauf wieder auf den Weg.

»Heißt die Kuh wirklich Ermintrude?«, wollte Alfie wissen.

»Das ist der Name, auf den sie hört. Findest du nicht, dass sie wie eine Ermintrude aussieht?«

»Was heißt – sie hört auf den Namen?«

»Sie ist nicht blöd, Alfie. Sie kennt ihren eigenen Namen.«

»Kühe erkennen ihre Namen?«

»Klar, wenn man ihnen welche gibt und sie oft genug sagt.«

Alfie dachte eine Weile darüber nach. »Wie lange dauert es noch, bis sie – du weißt schon – gegessen wird?«

»Keiner isst Ermintrude, zumindest nicht, solange ich hier aufpasse. Vor allem nicht, weil sie eine Milchherde sind. Achtung, wir sind da! Bereit zum Anhalten: drei – zwei – eins.«

Sie stiegen ab, und Betty schob das Tandem an eine Mauer. Alfie konnte leises Muhen im Hintergrund hören.

»Die Sache ist die«, erklärte Betty. »Ich habe dich hergebracht, weil ich dachte, die Überraschung würde dir gefallen. Und jetzt denke ich, dass es die schlimmste Idee war, die ich je hatte. Wir gehen sofort, wenn du willst, und du musst nicht mal mit reinkommen.«

»Wo gehen wir rein?«, fragte er.

Sie zeigte zu einer Scheune in der Nähe. »Da drinnen kalbt eine Kuh.«

»Eine Kuh mit einem Namen?«

»Myrtle.«

»Myrtle?«

Sie grinste breit. »Willst du mitkommen und nachschauen, ob sie wie eine Myrtle aussieht?«

Alfie nickte bedächtig. »Okay.«

Sie blieben am Eingang des Kuhstalls stehen, damit ihre Augen sich an das Dämmerlicht drinnen gewöhnen konnten. Eine Kuh lag auf einer Strohschicht seitlich auf dem Boden, und eine Frau mittleren Alters in einer Latzhose kniete neben ihr. Die Kuh sah restlos erschöpft aus, als wäre sie am Ende ihrer Kraft. Alfie empfand keine Furcht, sondern Mitgefühl.

»Alles okay?«, flüsterte Betty.

Er bejahte stumm.

»Hey, Louise!«, rief sie. »Wie läuft es?«

»Langsam«, antwortete die Frau. »Ich dachte, inzwischen wäre es schon vorbei, aber sie tut sich sehr schwer.«

»Dies ist mein Freund Al, von dem ich dir erzählt habe. Er ist aus London.«

Alfie fragte sich, was genau sie erzählt hatte.

»Hi, Al! Dann ist das alles neu für dich?«

»Vollkommen«, antwortete er.

Die Kuh gab ein gedehntes Stöhnen von sich, das erstaunlich menschlich klang.

Zu seiner Verwunderung ertappte sich Alfie bei der Frage »Können wir irgendwie helfen?«.

»Wenn sich nicht bald etwas tut, muss ich sie mit dem Kopf in die Halterung bekommen, also ...«

Die Kuh stöhnte wieder und streckte sich. Alfie sah eine Plastikplane schimmern und vermutete, sie war da, um alles sauber zu halten.

»Nun aber«, sagte Louise. »Endlich. Gut gemacht, Myrtle, halt durch! Du machst das super. So ist es prima.«

Das Plastik schien sich zu bewegen, und an ihm hingen anscheinend zwei Holzklötze. Die Kuh streckte sich, und die plastikverhüllten Klötze verschoben und verlängerten sich.

Betty packte Alfies Arm. »Ist das nicht fantastisch?«

Die Plastikhülle erbebte, und vor Alfies ungläubigen Augen erschienen zwei spindeldürre Beine und ein Kopf. Die Kuh streckte sich noch einmal, und plötzlich glitt ein ganzes Kalb auf das Stroh, noch von der schützenden Fruchtblase umfangen. Die Kuh drehte sich um und begann das Neugeborene abzulecken. Sie ging sehr sorgfältig vor, und nach einer Weile schüttelte das Kalb zittrig den Kopf und schwang sich auf die staksigen Beine, die es auseinanderspreizte. Seine Mutter stupste es behutsam an, und es lehnte sich an sie.

Louise hockte sich mit einem zufriedenen Seufzen auf die Fersen zurück. »Perfekt. Er wird jetzt gleich trinken. Lassen wir die beiden allein, damit sie sich kennenlernen können. Ich denke, eine Tasse Tee wäre jetzt angebracht.«

Überwältigt von dem, was er miterlebt hatte, saß Alfie wenig später in der schlichten, altmodischen Bauernküche. »Es passiert einfach so?«, fragte er. »Das Kalb wird geboren, steht auf und geht und trinkt einfach so?«

Betty stieß Louise an. »Er hat gedacht, dass es sechs Wochen dauert, bis sie die Augen aufmachen.«

»Londoner«, sagte Louise.

»Verzeihung, aber ich bin in Bunburry geboren«, korrigierte Alfie sie.

»Dann bist du zu lange weg gewesen«, folgerte Louise.

»Aber wenigstens bist du jetzt wieder da, wo du hingehörst«, ergänzte Betty.

Stimmte das? Er war nach Bunburry gekommen, um nach Vivians Tod Frieden zu finden. Bisher schien das unmöglich. Doch mit einem kleinen Schrecken stellte er fest, dass er eine ganze Weile nicht mehr an Vivian gedacht hatte, und jetzt, da er es tat, war der Schmerz nicht mehr so akut wie davor. Er hatte gerade das Wunder eines neuen Lebens mit eigenen Augen gesehen, und es schien die Hoffnung zu bergen, dass er eines Tages wieder glücklich sein könnte.

»Wir brauchen einen Namen für den Neuankömmling«, sagte Betty. »Wie wäre es, wenn Al ihn aussucht?«

»Ich habe eine noch bessere Idee«, antwortete Louise. »Wie wäre es, wenn wir den Neuankömmling Al nennen?«

»Perfekt«, stimmte Betty ihr zu. »Er ist dünn, langbeinig und total niedlich.«

Alfie setzte eine neutrale Miene auf, um seine Überraschung zu verbergen. Natürlich gab er zu, dass er dünn war und lange Beine hatte. Aber fand Betty allen Ernstes, dass er total niedlich war?

»Entschuldigt, dass ich keine Zigarren anbieten kann«, sagte Louise. »Und nicht mal einen Kuchen. Es war ein bisschen hektisch hier, und ich hatte keine Zeit zum Backen.«

Alfie fiel die Tüte von Marge ein. »Ich habe Bunburry-Karamell. Das könnten wir essen.«

Er reichte die Tüte herum, und jeder nahm ein Stück. »Ich habe schon immer gesagt, dass es das beste Karamell in den Cotswolds ist«, hob er hervor.

Stille trat ein.

Louise kaute eine Weile und schluckte angestrengt.

»Interessant«, stellte sie fest.

»Hast du einen Mülleimer hier?«, fragte Betty mit vollem Mund.

Alfie nahm noch ein Stück Karamell aus der Tüte und musterte es. »Ah, ich glaube, ich weiß, was das Problem ist. Chia-Samen.«

Helena Marchmont

Bunburry

Ein Idyll zum Sterben

Tod eines Charmeurs

Aus dem Englischen von Sabine Schilasky

1. Besucher im Dorf

»Liz, ich schwöre, dass er der bestaussehende Mann ist, den ich in meinem ganzen Leben gesehen habe.«

Alfie brachte gerade rechtzeitig die Teesachen ins Wohnzimmer, um Marge zu hören, wie sie ihrer Freundin und Geschäftspartnerin etwas vorschwärmte.

Er lächelte der zierlichen weißhaarigen Frau zu, die auf der Kante des schwarzen Ledersessels hockte. »Redest du mal wieder über mich?«

Sie schnaubte, lächelte aber dabei. »Bilde dir bloß nichts ein, mein Junge.«

»Marge, meine Liebe, das ist unfreundlich und unfair«, sagte Liz. »Ich finde Alfie sehr gut aussehend, und dasselbe habe ich auch schon häufig von dir gehört.«

Marge blinzelte durch ihre riesigen Brillengläser zu Alfie auf. »Er sieht recht passabel aus; doch, das stimmt.«

»Vielen Dank, sehr freundlich«, murmelte Alfie.

»Aber er ist auf herkömmliche Weise gut aussehend. Mario sieht wie ein Filmstar aus. Rabenschwarzes Haar, Zähne so weiß wie …« Sie suchte nach dem richtigen Vergleich.

»Schnee?«, schlug Alfie vor und stellte das Tablett auf einen von Tante Augustas Beistelltischen.

»Es sind wunderschöne Zähne«, betonte Marge.

Alfie schenkte Tee in die von ihm erst kürzlich entdeckten Tassen ein, die ein skandinavisches Design hatten. »Mit jemandem, der Mario heißt, kann ich nicht mithalten. Erst recht nicht mit einem Mario, der auch noch wunderschöne Zähne hat.« Er reichte Liz eine Tasse.

»Oh, Gussies Geschirr!«, sagte sie verzückt. »Das war in den Sechzigern so modern!«

»Ich habe es in einem Karton in einem Schrank gefunden«, erzählte Alfie. »Bisher bin ich immer noch nicht alle ihre Sachen durchgegangen.« Seine verstorbene Tante war sogar noch älter gewesen als Liz und Marge, doch während sich die beiden in puncto Geschmack in Richtung Chintz-Vorhänge und feines Porzellan mit Rosenmuster orientierten, hatte Tante Augusta ihren ganz eigenen Stil gehabt. Die psychedelische Wohnzimmertapete mit ihren wilden Wirbeln in Schwarz, Weiß, Pink und Lila jagte Alfie nach wie vor Schauer über den Rücken, und das avocadogrüne Bad konnte er absolut nicht leiden. Er hatte allerdings noch nichts dagegen unternommen, denn ihm grauste vor dem Chaos einer umfassenden Renovierung. Also verbrachte er die meiste Zeit in der bunt gefliesten Küche oder im Schlafzimmer, das ein wahrer Ruhepol war.

Er gab Marge ihren Tee und setzte sich in den noch freien Sessel. »Nun will ich mehr über diesen schönzahnigen Mario hören.«

Marge seufzte wehmütig. »Umwerfend und durch und durch charmant. Perfekte kontinentale Manieren. Er ist Italiener.«

»Ist er ein Verwandter von Carlotta?«, erkundigte sich Liz.

»Das glaube ich nicht«, antwortete Marge. »Sie haben zusammen Italienisch geplappert, aber sie hat ihn genauso bedient wie jeden anderen Gast.«

»Hast du ihn im Horse getroffen?«, fragte Alfie.

Marge strahlte. »Ja. Und er hat mir einen Gin Tonic spendiert.«

»Na, da hätten wir es«, sagte Liz. »Andere Leute brauchen vielleicht sehr viel Bier, um sich jemanden schönzutrinken, bei Marge hingegen tut's ein Gin Tonic. Man braucht ihr nur einen Drink auszugeben, und schon sieht sie Cary Grant vor sich.«

Marges Erwiderung wurde abgewürgt, denn Alfies Handy klingelte. Er sah, dass es Sasha war, und murmelte: »Nicht schon wieder«, während er das Gespräch wegdrückte.

»Telefonverkäufer?«, fragte Liz.

Ein Telefonverkäufer wäre weniger penetrant als Sasha und Sebastian. Das wurde allmählich ermüdend. Er hatte ihnen klar und deutlich gesagt, dass er kein Interesse an ihrer Geschäftsidee hatte. Doch mit Einzelheiten musste er Liz und Marge wahrlich nicht langweilen.

»Londoner Bekannte. Sie haben vorgeschlagen, mich in Bunburry zu besuchen, und ich habe ihnen gesagt, dass ich keine Besucher empfangen kann, weil ich das Cottage renoviere.«

Ob dieser unverfrorenen Lüge schnalzte Liz tadelnd mit der Zunge.

»Irgendwann mache ich es«, versicherte Alfie. »Sobald mir diese Tapete nicht mehr sämtliche Energie aus dem Körper saugt.«

Marge erhob sich aus ihrem Sessel und schenkte sich noch einen Tee ein. Dabei ging Alfie durch den Kopf, dass die beiden sich hier in Windermere Cottage wahrscheinlich heimischer fühlten als er. Als Tante Augustas beste Freundinnen waren sie ständig hier gewesen. Alfie hingegen erinnerte sich kaum an seine Tante, hatte jahrzehntelang nicht an sie gedacht, bis man ihm mitteilte, dass sie ihm ihr Cottage in Bunburry vermacht hatte.

Sie würde nie erfahren, dass er es als ein Geschenk des Himmels empfunden hatte, dadurch eine Fluchtmöglichkeit aus London zu bekommen. Abgesehen vom Vikar wusste niemand hier, was in London geschehen war, und so sollte es auch bleiben.

»Ich finde immer«, bemerkte Marge, »dass eine Tasse Tee ein bisschen trocken ist, wenn es nicht irgendwas dazu gibt.«

Alfie sprang auf. »Das Karamell! Ich habe es noch nicht mal ausgepackt!«

»Männer«, sagte Marge zu Liz. »Unfähig zum Multitasking.«

»Selbst Mario?«, murmelte Alfie vor sich hin, als er in die Küche ging.

Die Damen hatten wie üblich Liz' *fudge* mitgebracht. Alfie hatte diese Süßigkeit erstmals als kleiner Junge kennengelernt, als er bei seinen Großeltern war, und seine Mutter hatte es das beste Karamell in den Cotswolds genannt. Dem konnte er nicht widersprechen.

Er griff eben nach einem Teller, als der Halleluja-Refrain ertönte. Tante Augustas Türklingel war ebenso eigenwillig wie der Rest des Cottage.

»Soll ich hingehen?«, rief Marge.

»Ja, bitte«, antwortete Alfie. »Aber falls es jemand ist, der Karamell verkaufen will, dann sag ihm, wir haben schon welches.«

Liz und Marge hatten ihm diesmal eine riesige Portion mitgebracht, doch er fand es so unwiderstehlich, dass er es innerhalb von Tagen vertilgen würde.

Vage bekam er mit, wie sich an der Haustür unterhalten wurde, während er einen Berg der süßen Würfel auf einem Teller arrangierte und anschließend damit in die Diele ging.

Marge hielt die Tür weit offen und bat einen Mann und eine Frau herein.

»Eine wundervolle Überraschung, Alfie!«, verkündete sie. »Freunde von dir aus London. Sasha und Sebastian!«

»Alfie, Darling!«

Bei dem vertrauten, schrillen Quieken biss er seine nicht sehr wunderschönen Zähne zusammen. Er wappnete sich, denn Sasha kam in einem Wirbelwind aus extravaganter Kleidung und sehr viel Schmuck auf ihn zugerauscht. Ihr Kleid oder Poncho oder Kaftan – was immer das war – stammte zweifellos von einem namhaften Designer, doch Alfie hatte stets das Gefühl, dass man ihre Mode-Statements lieber unerwähnt lassen sollte.

Sie blies übertriebene Luftküsse links und rechts neben seinen Kopf. »Ich habe versucht, dich anzurufen, Darling, und dir zu erzählen, dass wir unterwegs sind, aber es meldete sich nur die Mailbox. Du meidest uns doch hoffentlich nicht, oder?«

Alfie rang sich ein Lächeln ab. »Natürlich nicht. Schön, euch zu sehen.« Er schüttelte Sebastian die Hand, der einen Blazer mit Goldknöpfen und einem Seideneinstecktuch passend zur Krawatte im Paisley-Muster trug. Und er zeigte sein typisch vages Grinsen, das immerzu den Eindruck vermittelte, er wäre nicht so ganz bei dem, was um ihn herum vorging. Das Reden überließ er größtenteils Sasha.

Marges Augen hinter den großen Brillengläsern bekamen etwas Eulenhaftes. »Setz den Kessel für weiteren Tee auf, Alfie!«, befahl sie. »Liz und ich werden deine Gäste unterhalten.«

Sie bugsierte die beiden ins Wohnzimmer, und Alfie kehrte in die Küche zurück. Innerlich kochte er.

»Alfie?«, kam es zaghaft von der Küchentür. »Ich bringe dir die Teekanne und das Milchkännchen.«

Liz war größer als ihre Freundin, was bei Marges zierlicher Erscheinung nicht weiter schwierig war, allerdings auch sehr viel stiller. Er war nicht sicher, wie alt die beiden waren, und wäre niemals so unhöflich, sie nach so etwas zu fragen. Er wusste lediglich, dass Liz älter war, was man ihr allerdings nicht ansah, denn ihr Haar war zu einem jugendlichen Mittelblond gefärbt, während Marge weiße Locken hatte.

»Danke!« Alfie leerte die Teekanne und fing noch mal von vorne an.

Liz holte zwei weitere Sechzigerjahre-Teetassen von Tante

Augusta. Leise, damit sie nebenan nicht gehört wurde, fragte sie: »Sind das die Leute, die angerufen haben und die du meiden wolltest?«

Alfie nickte.

»Du musst Marge vergeben«, flüsterte sie. »Manchmal denkt sie nicht nach.«

Alfie fragte sich, was Liz getan hätte, wäre sie an die Tür gegangen. Den zweien vielleicht erzählt, dass sie an der falschen Adresse wären oder dass Alfie das Land verlassen hätte?

Er lächelte sie an. »Schon gut. Sie sind nicht so schlimm.« *Sind sie doch*, fuhr es ihm durch den Kopf. Gleichwohl würde er sich bestimmt für die Dauer einer Tasse Tee höflich verhalten können.

Er legte noch mehr Karamellbonbons auf den Teller und folgte Liz mit dem Tablett ins Wohnzimmer.

Sasha saß neben Sebastian auf dem breiten schwarzen Ledersofa. Kaum sah sie ihn, stieß sie wieder ein kleines Quieken aus.

»Wir sind total *begeistert*, was du mit dem Haus gemacht hast, nicht wahr, Sebastian?«

Sebastian grinste zustimmend.

»Dieses Zimmer ist fantastisch – so völlig Retro. Und dann fühlt es sich auch noch so an, als wäre hier bereits über Jahre so gewohnt worden! Du bist ja unglaublich *artistique*, deshalb dachte ich selbstverständlich, du hättest es selbst gemacht. Aber Marge hat uns erzählt, dass du eine Innenarchitektin engagiert hattest.«

Alfie warf Marge einen misstrauischen Blick zu.

»Ich habe gesagt, dass es von Augusta Lytton entworfen wurde«, erklärte Marge mit unschuldiger Miene. Von seiner verstorbenen Tante also.

»Sie ist göttlich«, schwärmte Sasha. »Was für ein Gefühl für Farbe! Du musst mir ihre Kontaktdaten geben. Ich könnte ihr eine Menge Aufträge vermitteln.«

Alfie glaubte, Marge murmeln zu hören: »Viel Glück dabei.«

»Es ist noch eine Menge zu machen«, sagte er, während er den Tee einschenkte. »Ich habe noch kein benutzbares Gästezimmer.«

»Sag uns unbedingt Bescheid, wenn alles fertig ist, dann besuchen wir dich richtig – es sei denn, wir sind nicht eingeladen!« Sashas trällerndes Lachen schloss diese Möglichkeit sofort aus. »Es ist ganz annehmbar, wo wir wohnen, auch wenn es nicht direkt das Hilton ist.«

Wohnen? Das waren unerfreuliche Neuigkeiten. Alfie hatte angenommen, dass sie irgendwo anders hinwollten und auf dem Weg dorthin lediglich kurz hier vorbeischauten. Er reichte zuerst die Teetassen, dann das Karamell herum.

»Und wo wohnen Sie?«, fragte Liz.

»Das ist furchtbar witzig!« Sasha sank kichernd gegen Sebastian, um zu illustrieren, wie lustig es war. »Es ist ein Pub Schrägstrich Bed & Breakfast – und heißt Drunken Horse Inn!«

Alfie hoffte, er würde niemals auf die Unart des »Mansplaining« verfallen und Frauen etwas erzählen wollen, was sie schon in allen Einzelheiten kannten. Sasha schienen derlei Hemmnisse nicht zu plagen, wenn es um die Unsitte des »Londonsplaining« ging – offensichtlich verspürte sie das Bedürfnis, die Landeier darüber zu informieren, was es in ihrem Dorf so alles gab.

»Ich glaube, den kenne ich«, murmelte er und wurde von Marge mit einem unterdrückten Lachen belohnt.

»Ganz altmodisch und eigenartig!«, führte Sasha aus. »Niedrige Decken, knarzende Flure; wahrscheinlich haben sie dort einen eigenen Geist. Ich hatte keine Ahnung, dass es so etwas noch gibt.«

Alfie hatte im Horse übernachtet, als er bis auf die Haut durchnässt in Bunburry angekommen war. Und er hatte schöne Erinnerungen an das Himmelbett, das großzügige Bad und das hervorragende englische Frühstück. Doch als er dies erwähnen wollte, fuhr Sasha bereits mit ihrer Erzählung fort: »Natürlich wollten wir erst mal was trinken, als wir hier waren; aber da gab es nur eine komische alte Bardame, die nicht mal wusste, wie man einen richtigen Aperol Spritz macht. Sie hat gesagt, den würde dort niemand verlangen, und konnte sich nicht erinnern, wie viel Soda hineingehört. Wir dachten schon, wir müssten tatsächlich hinter den Tresen gehen und ihn selbst machen. Zum Glück kam dann so eine Ausländerin und hat es geregelt.«

Alfie entging der Blick nicht, den Liz und Marge wechselten. »Die ›Ausländerin‹ ist Carlotta, die mit William, dem Wirt, verheiratet ist«, teilte er Sasha mit. »Und die ›komische alte Bardame‹ ist seine Mutter Edith.«

Sasha bemerkte den implizierten Tadel nicht. »Wie schlau von ihm, die eigene Familie einzustellen. Die muss er nicht bezahlen.« Wieder folgte ein trällerndes Lachen; anschließend jedoch setzte sie eine ernste Miene auf. »Für wenige Tage mag es ja gut und schön sein; aber im Ernst, Alfie, ich verstehe nicht, wie du hier lebendig begraben sein willst.«

Im nächsten Moment stieß sie einen schrillen Schrei aus und schlug eine Hand vor ihren Mund. »Oh, Alfie!«, heulte sie. »Ich fasse es nicht, dass ich das gesagt habe! Dich so daran zu erinnern … Es tut mir so, so leid! Kannst du mir jemals verzeihen?«

»Ist schon gut«, antwortete Alfie verdrossen und stellte den mittlerweile leeren Karamell-Teller auf das Tablett zurück.

Doch Sasha sprang vom Sofa auf, warf die Arme um ihn und lehnte ihr Gesicht an seine Brust.

»Deine arme, süße Vivian«, erklang es gedämpft. »Wir waren am Boden zerstört, als wir es hörten, einfach nur am Boden zerstört.« Sie umklammerte ihn fester. »Ich könnte mir die Zunge herausreißen.«

Er überlegte zu antworten: *Nur zu, ich werde dich nicht davon abhalten.* Stattdessen klopfte er ihr vorsichtig auf die Schulter und befreite sich von ihr. »Schon vergessen.«

Sie richtete sich auf. »Aber Vivian wird es nie sein«, sagte sie, wobei ihre Stimme leicht brach. »Sie bleibt für immer in unseren Herzen.«

Verschwindet aus meinem Cottage und meinem Leben!, wollte Alfie fauchen. »Danke«, murmelte er.

Sebastian grinste weiterhin, war nicht einmal sensibel genug, ein wenig Trauer vorzugaukeln. Liz und Marge studierten höflich den Teppich. Offenkundig verstanden sie nicht, was hier geschah, würden sich jedoch zweifellos fragen, wer Vivian war.

Sasha kehrte zu ihrem Platz zurück, schien indes immer noch das Gefühl zu haben, etwas wiedergutmachen zu müssen. Sie blickte sich im Zimmer um. »Wie wunderschön! Einfach perfekt. Ich bin sicher, dass Vivian zu dir herabsieht und lächelt.« Dann, während sie sich weiter umschaute, ergänzte sie: »Mich schaudert es bei dem Gedanken, wie viel diese Tapete gekostet haben muss.«

»Mich auch bei dem Gedanken an diese Tapete«, sagte Alfie.

»Ach, Darling, wir wissen ja, dass Geld für dich kein Thema ist, bei all deinen Abermillionen! Ich sollte furchtbar neidisch auf dich sein. Allerdings muss ich zugeben, dass Sebastian und ich derzeit ziemlich gut dastehen. Ich habe mir neulich sogar zur Feier einen kleinen Luxus gegönnt.«

Sie zeigte auf eine grellbunte Brosche, die bisher halb in den Falten ihres fließenden Gewandes versteckt gewesen war. »Die kam auf fünftausend Pfund. Ein bisschen verwegen von mir, so viel Geld für mich auszugeben, aber ich konnte nicht widerstehen.«

Marge beäugte das Schmuckstück fasziniert.

»Moment«, sagte Sasha überaus gütig, nahm die Brosche ab und brachte sie hinüber zu ihr. »Damit Sie sie richtig sehen können.«

»Oh, ein Papagei.«

»Ein Kakadu«, korrigierte Sasha. »Sehen Sie, sein Körper und der Zweig, auf dem er sitzt, sind achtzehnkarätiges Gold. Die Federn sind aus Diamanten und Rubinen, und das Auge dort ist ein Ceylon-Saphir.«

Als Nächstes hielt sie Liz die Brosche vor die Nase, die bewundernd murmelte, und dann Alfie, der fand, dass sie aussah wie etwas, das man auf dem Jahrmarkt gewinnen konnte.

»Sebastian hat darauf bestanden, dass ich sie kaufe, weil er weiß, wie viel sie mir bedeutet. Der Kakadu ist mein Krafttier.«

»Ihr Krafttier?«, wiederholte Marge.

»Eine alte Indianerweisheit. Wir alle haben ein Krafttier, das uns durchs Leben führt. Der Kakadu steht für die Kraft des Geistes, für die Präsenz von großer Energie, Begeisterungsfähigkeit, Aufmerksamkeit und Zufriedenheit – alles Dinge, die wirklich so ganz ich sind.«

Sie steckte die Brosche wieder an und schmiegte sich auf dem Sofa an Sebastian. »Ich bin solch eine glückliche Frau. Es ist ein Segen, dass unser Geschäft so floriert.«

»Wir sind auch selbstständig, und es läuft gleichfalls sehr gut«, sagte Marge munter.

Alfie bemerkte, dass Sebastian sein Bein gegen Sashas drückte.

»Tatsächlich?«, fragte Sasha. »In welcher Branche sind Sie?«

»Karamellmachen«, erwiderte Marge und zeigte zu dem ungegessenen Karamellbonbon auf Sashas Untertasse. »Warum kosten Sie nicht mal?«

Gehorsam biss Sasha hinein. »Du meine Güte!«, rief sie

aus. »Das ist total köstlich!« Sie steckte Sebastian die andere Hälfte in den Mund. »Hier, Darling, ist das nicht das Wunderbarste, was du je gegessen hast?«

Er kaute, nickte und grinste.

»Und wie lange machen Sie schon Karamell?«, erkundigte sie sich.

»Oh, Liz stellt es her«, antwortete Marge und zeigte beiläufig auf ihre Freundin, als wäre dieses Detail entbehrlich. »Aber sie hat es nur zum Zeitvertreib getan, bis ich bei ihr einzog und ihre Geschäfts- und Vertriebsmanagerin wurde.«

»Das ist nicht ganz –«, begann Liz leise, doch Marge redete weiter.

»Liz könnte nicht mal rechnen, wenn ihr Leben davon abhinge, und sie hat überhaupt keinen Geschäftssinn. Ich habe das für sie geregelt.«

Wieder drückte Sebastian sein Bein gegen Sashas.

»Wie wunderbar«, hauchte Sasha. »Und wissen Sie was? Mit unserer Erfahrung könnten wir Ihnen mit Sicherheit helfen, noch mehr Geld aus Ihrem Geschäft herauszuholen. Eine winzige Investition von Ihnen, und ich garantiere, dass Ihre Gewinne in die Höhe schießen.«

Alfie stand auf. »Ich möchte nicht unhöflich sein, aber ich habe noch einiges zu tun.« Er würde nicht zulassen, dass Liz und Marge diesen Londoner Geiern zum Opfer fielen. Sie hatten keine Ahnung, mit was für gigantischen Einsätzen Sasha und Sebastian pokerten, und ihrem kleinen Geschäft ging es prima ohne die komplizierten Entwicklungsstrategien, die Sasha und Sebastian sich für sie ausdenken würden. Notgedrungen musste er sich als Ablenkung opfern. »Ich schlage vor, wir treffen uns heute Abend zum Essen im Horse, damit wir diese Geschäftsidee besprechen können, von der ihr mir erzählt habt.«

Liz und Marge mühten sich aus ihren riesengroßen Sesseln hoch.

Sasha erhob sich gleichfalls. »Gesellen Sie sich zum Essen zu uns, meine Damen?«, fragte sie mit einem aufmunternden Lächeln.

»Ganz sicher nicht«, antwortete Alfie für die beiden. »Liz und Marge würden sich zu Tode langweilen. Nicht im Traum käme ich darauf, ihnen unser geschäftliches Gespräch aufbürden zu wollen. Halb acht, ja?«

Sashas Lächeln hielt sich eisern. »Wahrscheinlich bleiben wir ein oder zwei Tage – also keine Sorge, meine Damen. Wir kommen noch dazu, uns richtig mit Ihnen darüber zu unterhalten, wie wir Ihnen bei diesem Karamellgeschäft helfen können. Ich gebe Ihnen mal unsere Karte.« Sie brachte eine Visitenkarte zum Vorschein und legte sie auf den Tisch. »Komm, Sebastian, lassen wir Alfie jetzt in Ruhe.«

Alfie brachte die beiden zur Tür hinaus. Als er sich danach Liz und Marge zuwandte, griffen sie bereits nach ihren Mänteln.

»Geht bitte noch nicht, wenn ihr nicht müsst«, sagte er. »Ich habe das bloß erfunden, um sie loszuwerden. Die beiden ertrage ich nur in sehr kleinen Dosen.«

Marge blickte auf ihre Uhr. »Du meine Güte«, sagte sie. »Es ist Gin-Zeit!«

Alfie lachte. »Dann setzt euch wieder hin, und eure Drinks kommen sofort.«

Als er mit einer Gin-Flasche in der Hand ins Wohnzimmer zurückkehrte, waren Liz und Marge schon eifrig dabei, die Neuankömmlinge zu zerlegen.

»Die müssen Geld wie Heu haben«, schlussfolgerte Marge, während Alfie die Gläser holte und den Gin einschenkte. »Hast du ihre Kleidungsstücke gesehen? Ich bin sicher, dass ihre Garderobe von The Vampire's Wife war – genauso wie die von dieser Frau … Wie hieß sie noch gleich? Die bei Harrys und Meghans Hochzeit war. Und die Schuhe! Christian Louboutin.«

»Das glaube ich nicht, meine Liebe«, entgegnete Liz. »Louboutins haben rote Sohlen.«

»Dann eben Jimmy Choos.«

»Sie sehen sehr teuer aus, von wem sie auch sein mögen. Sie muss gut im Geldmachen sein«, sagte Liz. »Vielleicht kann ich mir solch ein Paar kaufen, wenn ich mein Karamell zu Geld mache.«

Rasch wechselte Alfie das Thema. »Ich frage mich, was mein Krafttier ist.«

»Dem Tempo nach zu urteilen, in dem du das Cottage renovierst, würde ich sagen, dass es das Faultier ist«, antwortete Marge.

»Und was ist mit mir, meine Liebe?«, fragte Liz.

»Elefant«, kam es von Marge wie aus der Pistole geschossen.

»Ein Elefant, meine Liebe?« In Liz' Tonfall lag eine leichte Schärfe.

»Die mögen gerne Süßes, also sicher auch Karamell. Und sie vergessen nichts.«

Alfie war froh, dass Marge nichts von dem hervorstechendsten Merkmal der Elefanten sagte: deren Größe.

»Und was ist mein Krafttier?«, fragte sie.

»Ein Westhighland-Terrier«, erwiderte Liz. »Die sind klein, haben gelocktes weißes Fell und hören nie auf zu kläffen.«

Anscheinend hatte Liz durchaus verstanden, was mit dem Elefanten, neben seinem phänomenalen Gedächtnis, gemeint gewesen war.

»Ich schenke euch mal nach«, sagte Alfie, damit sich dieses Gespräch nicht fortsetzte. Und mit den großzügigen Portionen, die er einschenkte, leerte er praktisch die Flasche.

Sein Krafttier, beschloss er, war das Chamäleon. Seit Vivians Tod hatte er eine Menge Zeit darauf verwandt, seine wahren Gefühle zu verbergen. Und er freute sich definitiv nicht auf das Abendessen.

2. Oscar

Mit einem Becher Kaffee bewaffnet, machte Alfie sich auf den Weg ins Schlafzimmer, um Oscar anzurufen. Oscar telefonierte grundsätzlich nur via Festnetz, und Alfie hatte sich angewöhnt, ihn ausschließlich von Tante Augustas Apparat aus anzurufen. Wie wenig logisch das war – könnte er ihn doch ebenso gut von seinem Handy aus auf dem Festnetz anrufen –, war ihm bewusst; doch es fühlte sich irgendwie richtig an. Vielleicht wurde er allmählich so exzentrisch wie sein Freund.

Oscar meldete sich wie üblich in der Rolle von »Lane, der Butler«, was eine Finte war, um Werbeanrufer abzuwimmeln.

»Guten Tag, Lane«, sagte Alfie. »Bitte richten Sie dem jungen Herrn aus, dass ich vorerst die Einladung zurückziehe, ihn jederzeit bei mir in Bunburry willkommen zu heißen.«

»Ah«, antwortete Oscar in seiner echten Stimme. »Umgekehrte Psychologie. Du hast gut aufgepasst in dem Kurs, was? Du sagst mir, dass ich nicht kommen darf, damit ich es dringend will. Tja, tut mir schrecklich leid, mein guter Mann, aber nichts wird mich verlocken, eine Ansammlung von Äckern zu besuchen. Stattdessen widme ich mich meiner Mission, dich zurück in die Zivilisation zu holen.«

Alfie trank einen Schluck Kaffee, dann legte er sich der Länge nach auf dem Bett hin, auf dem er zuvor nur gesessen hatte.

»Wie kommst du darauf, dass ich so verschlagen sein könnte?«, fragte er. »Ein Psychologe würde sagen, es ist eine Spiegelung deines eigenen Verhaltens. Nein, ich möchte dich aus gänzlich uneigennützigen Gründen von Bunburry fernhalten, solange Sasha und Sebastian hier sind.«

»Nein!«

Oscars Reaktion fiel so laut aus, dass Alfie den Hörer spontan auf Abstand hielt. Als er ihn wieder ans Ohr nahm, hörte er Oscar sagen: » … mir, dass du sie nicht eingeladen hast.«

»Selbstverständlich habe ich sie nicht eingeladen«, antwortete Alfie. »Ich habe mich verzweifelt bemüht, sie zu meiden. Doch sie haben eine Anlagemöglichkeit, die sie mir auf keinen Fall vorenthalten wollen. Eine solch unglaubliche Gelegenheit, dass sie den weiten Weg von London hergereist sind, damit ich einsteigen kann.«

»Ein furchtbareres Paar ist mir noch nicht begegnet«, sagte Oscar. »Die beiden sind in einem Maße von Geld und Deals besessen, dass für sie nichts anderes existiert. Sicherlich waren sie in ihrem ganzen Leben in keinem Theaterstück, keinem Konzert und keiner Galerie. Haben sie nicht langsam mal genug Geld? Warum brauchen sie immer mehr?«

Sasha und Sebastian hatten versucht, sich in Oscars kunstbeflissene Clique einzuschmeicheln, waren jedoch energisch abgewiesen worden. Alfies Vermeidungstaktik indes war offensichtlich zu subtil gewesen, um das Paar auf Abstand zu halten. Er setzte sich wieder auf und trank von seinem Kaffee.

Oscar war schon bei einem anderen Thema. »Und jetzt erzähl mir, was Sasha Außergewöhnliches trug.«

Alfie, der immer noch die neue Oscar-Wilde-Biografie las, die Oscar ihm zum Abschied geschenkt hatte, antwortete: »Dem ursprünglichen Oscar zufolge kann man niemals zu gut gekleidet oder zu gebildet sein.«

Oscar schnaubte. »Er ist eben nie Sasha begegnet. Sie scheint Aspreys gesamte Schmuckkollektion auf einmal zu tragen, und beim Anblick ihrer Kleider würde selbst der überzeugteste Modenarr zusammenfahren.«

»Was es auch war, das sie anhatte, es war sehr viel«, gestand Alfie, bevor er ein weiteres Mal an seinem Kaffee nippte. »Und sie trug eine Fünftausend-Pfund-Brosche, die einen Kakadu darstellt. Dieser Vogel ist ihr Krafttier, wie sie erklärt hat.«

»Oh bitte«, sagte Oscar angewidert. »Wenn du mich fragst, ist ihr wahres Krafttier der Berberaffe – berühmt dafür, dass er jedem die Brieftasche abnimmt, der nicht aufpasst.«

»Das ist unfair«, widersprach Alfie. »Neue Geschäftsfelder zu entwickeln ist riskant. Manche Pläne gehen auf, manche nicht. Ich glaube übrigens auch nicht, dass es das Geld ist, was die beiden antreibt, sondern der Kitzel des Risikos. Und häufig zahlt es sich aus, und zwar nicht zu knapp.«

»Ah, und schon nimmst du sie in Schutz. Du bist selbst schuld, dass sie dir hinterherhecheln. Weil du zu höflich bist. Mich haben sie nie wieder belästigt, nachdem ich meine Ansichten klargemacht hatte.«

»Höflichkeit kostet nichts«, murmelte Alfie.

Oscar tat, als hätte er es nicht gehört, und sagte: »Wenn Sasha und Sebastian in Bunburry sind, wird es eindeutig Zeit für dich, nach London zurückzukommen. Lass mich dir vom Leben in der Hauptstadt erzählen.«

Alfie stärkte sich mit mehr Kaffee.

»Ich habe Kathrin und Rebecca mit Bellini's Ice Cream Parlour bekannt gemacht.«

So wie er es mit Alfie und Vivian getan hatte. Bellini's war für Eiscreme das, was Liz für *fudge* war; und Alfie sehnte sich prompt nach der Sorte Chi-Chi Chia Cheesecake.

»Sie haben gerade eine neue Filiale in der Kensington High Street eröffnet, und du glaubst nicht, was das Neueste ist: Sie haben eine Alkohollizenz bekommen.«

»Scheint mir vernünftig«, sagte Alfie. »Es geht nichts über ein Glas gekühlten Chablis zum Eisbecher.«

»Nein, du Tölpel, sie bieten jetzt Milchshake-Cocktails an, einschließlich eines Bellinis mit frischem Pfirsicheis. Etwas so

Exquisites habe ich im Leben noch nicht gekostet. Du musst den mal probieren.«

Alfie und Vivian waren – wie oft? – drei- oder viermal bei Bellini's gewesen. Sie hatten Filialen in ganz London, doch Oscar bevorzugte das Stammhaus in Islington. Bellini's wurde in den Sechzigern von einem italienischen Ehepaar gegründet, das nach England eingewandert war, und vom Sohn der beiden in ein gastronomisches Paradies mit einer Vielzahl exotischer Geschmacksrichtungen verwandelt, die von Angelic Acai bis hin zu Goji Berry Bonanza reichten. Vivian hatte die Eisdiele geliebt. Sie hatte in unerhörter Weise mit Signor Bellini geflirtet – der mit jeder Frau zwischen neunzehn und neunzig in unerhörter Weise flirtete und dabei beteuerte, seine organischen Zutaten und Superfoods würden bedeuten, dass sein Eis komplett kalorienfrei sei.

Alfie bemerkte, dass Oscar verstummt war. »Oscar?«

»Ich dachte nur gerade, dass Vivian es wunderbar gefunden hätte«, sagte sein Freund leise.

Wenig später beendeten sie das Gespräch, und Alfie machte sich zum Dinner bereit. Dabei dachte er immer wieder an Vivian, und er verglich unwillkürlich Sashas übertriebenes, gekünsteltes Mitgefühl mit Oscars echtem Verständnis.

Er hatte Oscar kennengelernt, als sie beide einer Laienspielgruppe beitraten, die Oscar Wildes *Ernst sein ist alles* aufführte.

Oscar de Linnet war ein ehemaliger Eton-Schüler, dessen gestochen scharfer Akzent wie gemacht war für eine Wilde-Figur. Und die Regisseurin war förmlich in Ekstase geraten, als sie entdeckt hatte, dass Alfie diesen Akzent perfekt nachahmen konnte; sie behauptete, sie beide klängen absolut authentisch nach 19. Jahrhundert. Und wie sich herausstellte, verfügte Oscar über ein geradezu enzyklopädisches Wissen, was seinen Namensvetter betraf; oft hatte es den Anschein, als wollte er ihn durch sich sprechen lassen.

»Wie alt bist du, Alfie?«, fragte er eines Tages. »Vierzig? So wie ich? Ich würde alles, wirklich alles tun, um wieder jung zu sein – außer ich müsste dafür Sport treiben, früh aufstehen oder anständig sein.«

Eines Abends ergriff die Regisseurin Alfies Arm und rief: »Hast du Oscar gesehen?«

»Nein, aber sicher ist er bald hier«, antwortete Alfie.

»Er *ist* hier«, erwiderte die Regisseurin gereizt. »Ich meinte, ob du ihn *gesehen* hast? Er trägt einen Zweireiher und eine grüne Nelke im Knopfloch. Es ist einfach zu perfekt!«

Und so erfuhr Alfie, der bei Blumen nicht mal oben und unten auseinanderhalten konnte, dass Oscar Wilde berühmt dafür gewesen war, stets eine getrocknete grüne Nelke im Knopfloch zu tragen, was er mit den Worten erklärt hatte: »Natürlich zu sein heißt, offensichtlich zu sein. Und offensichtlich zu sein heißt, nicht künstlerisch zu sein.«

Als das Ensemble nach der Probe noch etwas trinken gehen wollte, bestand Oscar auf einer ganz bestimmten Weinbar. »Dort sind die Getränke nach meinem Geschmack«, sagte er. Alfie fragte sich, welche das sein mochten.

Im Lokal war es recht dunkel, doch abgesehen davon wirkte hier alles recht normal. Oscar kam mit einem Tablett an den Tisch, auf dem ein Krug mit Eiswasser stand und ein Glas mit einer Flüssigkeit so grün wie seine Nelke.

»Was ist das denn?«, fragte die Regisseurin.

Oscar hob das Glas an. »Absinth.«

»Ich dachte, Absinth ist ein Halluzinogen«, sagte sie.

»Oh, das will ich doch hoffen«, antwortete Oscar. Vor ihren faszinierten Blicken holte er eine kleine Tüte mit Zuckerwürfeln hervor und einen winzigen, schaufelähnlichen Gegenstand aus Silber.

»Ein Absinth-Löffel«, erklärte er und legte den geschlitzten

Löffel quer auf das Glas. Dann platzierte er einen Zuckerwürfel auf dem Löffel und goss langsam Eiswasser darüber. Die grüne Flüssigkeit färbte sich milchig weiß.

Oscar schob das Glas der Regisseurin hin. »Probier mal – es ist köstlich.«

Misstrauisch schnupperte sie daran. »Igitt, Lakritz, eklig! Ich verstehe nicht, wie du das trinken kannst.« Sie schob das Glas zurück.

»Ganz einfach. Ich öffne meinen Mund und gieße es hinein.«

Während die Unterhaltung um sie herum lauter wurde, murmelte Alfie: »Ich nehme an, wenn es offen verkauft wird, ist es nicht ganz so halluzinogen, oder?«

»Ich bleibe optimistisch«, erwiderte Oscar. »Allerdings entspricht es nicht ganz den Erwartungen. So wie du.«

Blinzelnd stellte Alfie das Bierglas ab, das er sich inzwischen bestellt hatte. »Wie bitte?«

»Für einen Multimillionär bist du bemerkenswert zurückhaltend. Ich hätte gedacht, dass du eine Luxuslimousine mit Chauffeur hast, ausschließlich Dom Perignon trinkst und dir Havannas mit Hundert-Pfund-Scheinen ansteckst.«

»Du weißt, wer ich bin?«, entfuhr es Alfie. Kaum dass er diese Frage ausgesprochen hatte, wurde ihm klar, dass sie irgendwie überflüssig war.

Oscar zog eine Augenbraue hoch. »Ich weiß eine Menge über das 19. Jahrhundert, aber über das 21. auch ziemlich viel.«

Falls es eine Zurechtweisung sein sollte, fand Alfie, dass er sie verdiente. Aufgrund von Oscars abgehobener Art hatte Alfie ihn als eher gegenwartsentrückt abgestempelt. Doch keines der anderen Ensemblemitglieder war auf den Gedanken gekommen, zwischen ihrem Schauspielkollegen und dem angeblich eigenwilligen Unternehmer gleichen Namens eine Verbindung herzustellen.

»Heißt es nicht, dass neun von zehn Start-ups scheitern?«, fuhr Oscar fort.

»Ich habe Glück gehabt.«

»Vermutlich hast du selbst dein Glück gemacht«, entgegnete Oscar. »Also, da du deine Firma nun verkauft hast, womit beschäftigst du dich außer dem Laienschauspiel? Planst du ein neues Start-up?«

Alfie schüttelte den Kopf. »Bisher genieße ich nur meine Freiheit. Ich bin gereist, und ich studiere Psychologie.«

»Der menschliche Verstand ist etwas Wunderbares«, sagte Oscar und angelte mit seinem Silberlöffel ein wenig aufgelösten Zucker vom Glasboden. »Besonders, wenn er von Absinth befeuert wird. Darf ich dir einen holen?«

Alfie wollte schon ablehnen, dann aber hielt er inne und überlegte, dass er auf seinen Reisen schon alle erdenklichen seltsamen Dinge gegessen und getrunken hatte. Warum sollte er in einer Londoner Weinbar übervorsichtig sein? Ein halbes Dutzend anderer Ensemblemitglieder erwies sich als ähnlich abenteuerlustig, und bald wurden Oscars Zuckerwürfel und der Absinth-Löffel herumgereicht.

Alfie nahm einen zögerlichen Schluck. Das war nicht Lakritz, sondern Anis. Fenchel. Und noch etwas, das sich mit dem süßen Geschmack des Zuckers verband: etwas sehr Vertrautes.

»Ist da Koriander drin?«, fragte er.

Oscar sah ihn bewundernd an. »Gut erkannt.«

»Ich koche ein wenig«, erklärte Alfie. »Und auf Reisen lerne ich gerne neue Rezepte. Kürzlich war ich in China, also habe ich sehr viel Koriander benutzt.«

»Kochen. Na, das ist mal eine Sache, die ich noch nie auszuprobieren versucht war.«

»Hat Oscar Wilde nicht gesagt, man sollte alles einmal ausprobieren, mit Ausnahme von Inzest und Morris-Tanz?«

Oscar verzog das Gesicht, als hätte er Schmerzen. »Nein,

hat er nicht. Ebenso wenig hat er gesagt: ›Sei du selbst. Alle anderen sind schon vergeben.‹ Du hast viel zu lernen, junger Padawan.«

Und Oscar hatte später Alfie mit Vivian zusammengebracht. Dafür würde Alfie ihm immer dankbar sein.

3. Dinner im Horse

Der vorsommerliche Tourismus war in vollem Gange, und im Horse herrschte ein solch großes Gedränge, wie Alfie es noch nie gesehen hatte. Gäste kippten das Bunburry Brew nur so in sich hinein und genossen die exzellente Küche. William hatte zusätzliches Personal eingestellt, um dem Ansturm gewachsen zu sein, und die Bedienungen eilten umher, notierten Bestellungen, servierten Speisen und Getränke und räumten Tische ab.

Alfie hätte erwartet, dass Carlotta ihr Team dirigierte, neue Gäste begrüßte und jenen dankte, die das Gasthaus verließen. Doch sie war hinter der Bar und in ein Gespräch mit einem Gast vertieft. Ihre Köpfe berührten sich praktisch, und die dunklen Haare der beiden hatten beinahe denselben Farbton. Die meisten Leute waren bereits in legerer Sommerkleidung, doch der Mann an der Bar hatte ein langärmeliges blassrosa Hemd und eine weiße Hose mit makelloser Bügelfalte an. Alfie bemerkte, dass er auch sehr edle italienische Schuhe trug, die seinem eigenen Lieblingspaar stark ähnelten, das leider an einem Tatort ruiniert worden war. Er sollte sich dringend Ersatz bestellen.

Die Lässigkeit des Mannes war ziemlich unenglisch, und als Alfie näher kam, hörte er, dass Carlotta sehr schnell und lebhaft Italienisch sprach. Ihr Redeschwall wurde ab und zu von dem Mann unterbrochen, der dann allerdings nur sagte: »*Si. Si. Bene.*« Etwas an ihm, an seiner Stimme kam Alfie bekannt vor.

»Signor Bellini?«, fragte Alfie unsicher.

Der Mann drehte sich auf seinem Barhocker um und lächelte so breit, dass seine makellosen Zähne schimmerten. »Stets zu Diensten! Was kann ich für Sie tun?«

»Sie erinnern sich gewiss nicht an mich«, sagte Alfie. »Ich bin ein Freund von Oscar de Linnet.«

Signor Bellini sah ihn genauer an, dann strahlte er noch mehr. »*Si*, der Freund von Signor Oscar, natürlich erinnere ich mich an Sie!« Er sprang von seinem Barhocker, um Alfie zu umarmen. »Und ich erinnere mich an Ihre wunderschöne Signorina – ist sie hier?« Erwartungsvoll schaute er sich im Pub um.

»Nein, sie ist … nicht hier.«

»Ein Jammer! Aber wie wage ich das zu sagen, wo ich doch hier bei der *bellissima* Signora Carlotta bin?« Er ergriff Carlottas Hand und küsste sie galant, ehe er sich wieder Alfie zuwandte. »Doch Sie müssen mir vergeben. Mein Gedächtnis ist nicht mehr das beste, und im Moment habe ich Ihren Namen vergessen.«

Alfie war sicher, dass er ihn nie gewusst hatte. »Alfie – Alfie McAlister.«

»Und ich bin Mario. Signora Carlotta, einen Drink für meinen guten Freund Alfie, was immer er wünscht: Brandy, Whisky, Sambuca …«

»Bitte ein Pint Brew, Carlotta.«

»Für mich noch einen Campari mit Soda und ein Glas vom feinsten Champagner für Sie, Signora.«

Carlotta kicherte. »Danke sehr! Vielleicht ein kleines Glas Wein.«

»Nur das Beste für die schönste Dame.«

Carlotta warf sich das dunkle Haar über die Schultern, sagte etwas auf Italienisch und ging die Bar hinunter zu den Zapfhähnen.

Alfie konnte ein wenig Italienisch, hatte aber ihre Worte nicht verstanden. »Was hat sie gesagt?«, fragte er interessiert.

Mario winkte lässig ab. »Nichts Wichtiges.«

Alfie wunderte sich, dass Mario es ihm nicht einfach verriet. Was könnte sie gesagt haben, das er nicht wiederholen wollte? Aber dem würde er nicht nachgehen. Er stellte eine weniger verfängliche Frage: »Was führt Sie her?«

Mario breitete die Arme weit aus, worauf sich das blassrosa Hemd über seinem muskulösen Oberkörper spannte. »Ich habe London erobert. Jetzt bin ich hier, um zu sehen, ob die Cotswolds bereit für mich sind.« Er beugte sich verschwörerisch vor. »Ich denke, Bunburry wäre ideal für einen von Bellini's Ice Cream Parlours. Und falls die *bellissima* Signora beschließt, meine Eisspezialitäten in ihre Karte aufzunehmen, umso besser. Helfen Sie mir, sie zu überzeugen, und Mario Bellini wird Ihr Freund fürs Leben sein.«

»Ich tue gern alles, was ich kann«, versprach Alfie. Als Carlotta mit ihren Getränken zurückkehrte, verkündete er: »Der Mann ist eine Legende! Ich habe noch nie besseres Eis gegessen, einschließlich der Sorten, die ich in Italien probiert habe. Wenn Sie es in Ihre Dessertkarte aufnehmen, stehen die Leute einmal um den Block Schlange.«

Carlotta betrachtete Mario mit einem skeptischen Lächeln, und Alfie erkannte, dass es ihr Interesse verbergen sollte. Er redete weiter.

»Mein Freund Oscar hat eben von den neuesten Kreationen geschwärmt – den Milchshake-Cocktails, insbesondere dem Bellini mit frischem Pfirsicheis.«

Bescheiden zuckte Mario mit den Schultern, sodass sich sein Hemd abermals spannte, wodurch seine Muskeln betont wurden. »Eine kleine Idee, die sich als recht erfolgreich erweist.«

Alfie nickte zu dem vollen Pub. »Sehen Sie sich all diese Leute an, die einen Drink an einem warmen Frühlingsabend nehmen möchten. Sie müssen etwas für die armen umnachteten Seelen anbieten, die nicht süchtig nach Bunburry Brew sind – und was wäre da besser als ein Milchshake-Cocktail?«

Carlotta schaute nun Alfie mit einem skeptischen Lächeln an. »Wie viel bezahlt er Ihnen, damit Sie das sagen?«

»Rein gar nichts«, versicherte Alfie. »Ehrlich, wenn Sie es nur kosten könnten …«

Mario richtete sich auf. »Was für eine großartige Idee! Signora Carlotta, wenn ich wieder in London bin, schicke ich Ihnen einige Kostproben, *bene?*«

»Carlotta!«, brüllte William gereizt. »Kundschaft!«

Sie murmelte etwas auf Italienisch und ging mit einem herzlichen Lächeln zum anderen Ende der Bar.

»Was hat sie gesagt?«, fragte Alfie.

Mario schüttelte den Kopf. »Nichts.«

Vielleicht war es zu unhöflich gewesen, um übersetzt zu werden.

»Oscar behauptet immer, er könne mir Ihr Eis nicht schicken, weil es den Transport nicht verträgt«, sagte Alfie.

»Signor Oscar hat nicht meine Mittel«, entgegnete Mario. »Geben Sie mir Ihre Adresse, und ich schicke Ihnen welches.«

»Nein, ich meinte nicht …«, begann Alfie verlegen, aber Mario winkte ab.

»Ich schulde Ihnen etwas. Sie haben sich sehr gut bei der Signora für mich eingesetzt. Was darf ich Ihnen schicken?«

»Sehr gern mag ich das Chi-Chi Chia Cheesecake«, gestand Alfie.

»Sie werden eine Riesenportion davon erhalten! Und einen Liter von meinem Bellini-Milchshake-Cocktail. Geben Sie mir Ihre Adresse.«

»Wenn Sie sicher sind …?«

»*Certo!*«

Alfie zog eine Karte aus seiner Brieftasche und reichte sie ihm.

»Mario!«, rief plötzlich eine vertraute Stimme.

Alfie drehte sich um und sah, wie Marge sich zwischen

den anderen Gästen hindurch zu ihnen drängelte. In ihrem Schlepptau befand sich Liz.

»Signora Marge!« Elegant schwang Mario sich von seinem Barhocker und küsste Marge die Hand.

Sie kicherte wie ein Teenager und zeigte auf ihre Begleiterin. »Und dies ist meine Freundin Liz.«

Mario begrüßte auch sie auf seine galante Weise. »Was darf ich den Damen bestellen? Gin Tonic, Signora Marge?«

»Reizend, danke, und für Liz auch.«

Mario winkte eine junge Barbedienung heran, die mit einem strahlenden Lächeln zu ihm geeilt kam. »*Ciao bella!* Zwei Gin Tonics für die Damen ...«

»Nicht zu viel Tonic«, fügte die Bedienung mit einem Nicken hinzu, die mit der üblichen Bestellung der beiden vertraut war.

»Noch ein Pint für Alfie ...«

»Nein, schon gut«, wehrte Alfie ab. »Ich habe dies noch nicht ausgetrunken, und ich treffe mich gleich mit Freunden.«

Marge sah auf ihre Uhr. »Sie sind spät dran. Müssen sich wohl noch zum Dinner umziehen«, sagte sie unverhohlen sarkastisch.

»Falls es das Paar aus London ist – sie haben einen Tisch reserviert«, merkte die Bedienung an. »Es ist der dort hinten. Die Leute versuchen schon dauernd, das ›Reserviert‹-Schild wegzunehmen.«

»Dann gehe ich mal lieber hin und bewache ihn.«

Mario schüttelte Alfie die Hand. »Nochmals danke! Ich sollte Sie zu meinem Geschäftspartner machen.«

Alfie lachte. »Momentan nehme ich mir eine Auszeit von alldem, aber ich lasse es Sie wissen. Vor allem, wenn Sie mich in Milchshakes bezahlen.« Er stockte. »Liz, ist dein Karamell eigentlich bio?«

»Darüber habe ich nie nachgedacht, mein Lieber«, antwortete sie. »Ich bekomme die Milch und die Butter natürlich von hiesigen Bauern.«

»Klingt ziemlich bio«, folgerte Alfie. »Darf ich die beste Karamellköchin und den besten Eiscremehersteller miteinander bekannt machen? Eventuell hättet ihr gemeinsame Interessen, über die ihr reden könntet.«

»Du meine Güte«, entfuhr es Liz.

»Meine Eiscreme ist voller guter Sachen«, erklärte Mario und eilte zu einem Tisch, der gerade frei wurde. »Wollen wir, meine Damen?«

Alfie ließ sie allein und machte sich auf den Weg zu dem reservierten Tisch hinten. Dabei bemerkte er, dass Mario reichlich Beachtung unter den weiblichen Gästen fand. Vermutlich genügte es, wie ein Filmstar auszusehen, um denselben Status zu erlangen.

Alfie rief eine vollkommen andere Reaktion hervor. In einem überfüllten Pub ganz allein an einem Vierertisch zu sitzen machte ihn nicht sehr beliebt, obwohl er erlaubte, dass einer der Stühle weggenommen wurde.

William, der Gläser einsammelte, kam bei ihm vorbei.

»Volles Haus heute Abend, was?«, sagte Alfie.

William brummelte und schlug einen vorwurfsvollen Ton an. »Ich habe Sie mit diesem Kerl reden sehen.«

»Welchem Kerl?« Alfie sah ihn fragend an.

»Dem Italiener mit den schicken Klamotten.«

»Oh, Mario Bellini? Ja, ich kenne ihn aus London. Er hat dort eine Kette von Eiscafés, und er überlegt, nach Bunburry zu expandieren.«

»Das sollte er sich lieber noch mal überlegen«, murmelte William und raffte klirrend weitere Gläser zusammen.

»Wie bitte?«

»Ich sehe nicht zu, wie er meine Frau anschmachtet.«

»Das tut er doch überhaupt nicht«, widersprach Alfie.

»Sie können das nicht wissen. Sie wissen nicht, was er zu ihr sagt.«

Das stimmte. Und Mario hatte sich geweigert, ihn darüber aufzuklären, was Carlotta auf Italienisch gesprochen hatte.

Aber Alfie konnte sich nicht vorstellen, dass hier irgendetwas Unanständiges stattfand. »Das ist bloß seine Art. Er meint es nicht ernst.«

»Sie haben leicht reden. Es ist ja nicht Ihre Frau, die er umgarnt«, entgegnete William mürrisch.

Alfie erinnerte sich daran, wie Mario mit Vivian geflirtet hatte. Und auch, wie dies von Vivian noch dramatischer ausgestaltet worden war, indem sie immer wieder verstohlen zu Alfie nickte und flüsterte: »Aber wir müssen vorsichtig sein!« Und Mario hatte seinen Finger auf die Lippen gelegt und vorgegeben, sich fortzuschleichen, bevor er sich umdrehte und Vivian Luftküsse zuwarf, die sie begeistert erwiderte.

Sein Flirten war ein Scherz – ein bisschen Theater, um seine Gäste zu erfreuen.

»Er ist Italiener«, sagte er zu William, wobei ihm egal war, dass er damit ein ganzes Land mit einem Klischee belegte. »So sind eben die Italiener.«

Ein zorniger Ausdruck huschte über Williams Gesicht, und für einen Augenblick dachte Alfie, er würde die Gläser zu Boden schleudern. Dann drehte er sich wortlos um und ging.

Sasha und Sebastian kamen eine geschlagene halbe Stunde zu spät. Doch Marge hatte sich geirrt – sie hatten sich nicht umgezogen. Die anderen Gäste starrten mit Stielaugen auf Sashas wallendes Gewand und Sebastians Seidenkrawatte sowie das Seidentuch. Unpassender für ein Dinner in einem Pub auf dem Lande hätten sie schwerlich gekleidet sein können.

Sasha bewegte sich leicht schwankend auf ihren Designerschuhen, während sie sich Alfie näherte, und bedachte ihn erneut mit ihren Luftküssen.

»Tut mir so leid, dass wir ein paar Minuten zu spät sind,

Darling. Du weißt ja, wie es im Geschäftsleben so zugeht. Man hat nie frei!«

Kaum saßen sie, kam Carlotta strahlend herbei und reichte ihnen die Speisekarten.

»Wie bezaubernd Sie beide aussehen! So chic und elegant! Ich hoffe, Ihr Zimmer ist zu Ihrer Zufriedenheit?«

»Es ist in Ordnung«, erwiderte Sasha, die dabei ganz und gar nicht begeistert klang; aber Carlotta war so verzückt von ihren Gästen, dass sie es nicht wahrnahm.

»Möchten Sie vielleicht einen Drink, während Sie sich die Karte ansehen? Einen Aperol Spritz?«

»Ja, zweimal«, antwortete Sasha.

»Ich habe noch mein Bier«, sagte Alfie, und Carlotta ging die Getränke holen.

»Sie ist zu komisch!« Sasha lachte schrill. »Wie stolz sie auf sich ist, weil sie weiß, was ein Aperol Spritz ist. Ich schätze, sie ist sonst einen Haufen alter Käuze gewohnt, die diesen englischen Cider trinken.«

»Ich glaube, dieses Getränk ist in Regionen beliebt, die ein wenig westlich von hier sind«, entgegnete Alfie. »Unsere erste Wahl ist Bunburry Brew.« Er erhob sein Glas.

»Darling, ich hatte ja keine Ahnung, dass du so … assimiliert bist. Ich wage gar nicht, daran zu denken, was du uns von der Karte empfehlen wirst.« Wieder das schrille Lachen.

»Das Essen hier ist ausgezeichnet«, erklärte Alfie mit Nachdruck. »Carlotta ist eine hervorragende italienische Köchin, und Edith ist auf traditionelle englische Küche spezialisiert.«

»Also ist es Fusionsküche?«

Alfie schüttelte den Kopf. »Die beiden werden nie zueinanderfinden. Man wählt die eine oder die andere und macht sich diejenige der beiden zur Todfeindin, deren Gericht man verschmäht.«

Er öffnete eine der Karten und reichte sie Sasha. »Egal, was du wählst, es wird sehr gut sein.«

Sie wirkte nicht überzeugt. »Das sieht alles ein bisschen kalorienreich aus. Ich muss auf meine Figur achten, denn wie kann ich sonst erwarten, dass jemand anders sie beachtet?« Hierbei warf sie Alfie mit gesenkten Wimpern einen schelmischen Blick zu, den er nicht zu bemerken vorgab.

Schließlich entschied sie sich für einen Nizza-Salat mit Thunfisch, und als Sebastian – grinsend – auf die Karte zeigte, bestellte sie für ihn Pappardelle mit geschmortem Kaninchen. Um Edith zu beschwichtigen, wählte Alfie das Lamm in Rotwein.

Während des Essens plapperte Sasha Belangloses, doch als sie beim Kaffee angelangt waren, nickte sie Sebastian verstohlen zu. Er drehte sich um und wollte eine Mappe aufnehmen, die er auf einem Mauervorsprung abgelegt hatte, als er plötzlich erstarrte und wie gebannt in eine Richtung schaute. Alfie folgte seinem Blick: Wie es schien, starrte er zu Mario.

Liz und Marge waren inzwischen gegangen, und Mario saß wieder auf seinem Platz am Tresen. Er plauderte mit Carlotta, die lachend den Kopf in den Nacken warf.

Sebastian berührte Sashas Schulter und nickte zur Bar. Als würde sie etwas in ihrer Handtasche suchen, drehte Sasha sich halb auf ihrem Stuhl und schaute sich um. Sie keuchte leise auf.

»Alles in Ordnung?«, fragte Alfie, dessen Platz am Tisch ihm erlaubte, in dieselbe Richtung zu sehen, ohne den Kopf zu bewegen.

»Nein. Ich dachte, dass etwas in meiner Tasche verschwunden ist, aber mir fällt eben ein, dass ich es auf dem Zimmer gelassen habe.«

Alfie hegte keinerlei Zweifel, dass sie log. Das Verhalten der beiden war eine Reaktion auf den Anblick von Mario.

Doch Sebastian fand zu seinem üblichen Grinsen zurück,

als er die Mappe aufschlug und Sasha einen Stapel Papiere reichte. Sie blätterte sie durch und gab einige an Alfie weiter.

»Hier, Darling. Sag mir, dass es nicht die sagenhafteste Gelegenheit ist, die dir je geboten wurde.«

Schon ein flüchtiger Blick auf das Zahlenwerk verriet Alfie, dass dem nicht annähernd so war. Bei diesem Investitionsangebot handelte es sich im Prinzip um eine riskante Wette mit viel zu optimistisch angesetzten Schätzwerten.

»Sieht interessant aus«, sagte er höflich, »doch momentan bin ich wirklich nicht auf der Suche nach Anlageoptionen.«

»Darling, du wärst verrückt, dir das entgehen zu lassen. Sieh dir die potenziellen Gewinne an!«

Verrückt waren die potenziellen Gewinne, nicht er.

»Was würdet ihr denn vorschlagen, wie viel ich investieren sollte?«

»Ach ... ich weiß nicht. Zweihundert?«

Sebastian angelte einen Stift aus seiner Tasche, schrieb etwas auf eine Papierserviette und schob sie Alfie hin.

Der blickte erst die Zahl an, dann Sebastian.

»Du legst mir nahe, dass ich eine Viertelmillion Pfund investieren soll?«

»Oh, Darling, das ist für dich mit deinen Abermillionen doch nur wie ein Tropfen im Ozean«, wandte Sasha ein. Es klang beinahe flehend.

»Ich bin nicht sicher, ob es das Richtige für mich ist.«

»Alfie, Darling, du weißt doch, dass man spekulieren muss, um zu akkumulieren!«

Sebastian grinste zustimmend, stand auf und ging zur Toilette. Alfie fragte sich, ob er absichtlich verschwand, damit Sasha ihren weiblichen Charme einsetzen konnte. Zum Glück war er gegen den vollständig immun.

»Alfie, Darling ...«

Sie wurde von Edith unterbrochen, die Essen zu einem

Nachbartisch brachte und dabei Alfie zurief: »Ihre Freundin ist da!« Sie nickte zur Bar.

Dort bestellte sich Betty, die in Jeans und eine lange Bluse gekleidet war, gerade einen Drink. Alfie stellte fest, dass Mario nicht mehr am Tresen saß.

»Oh, Alfie, wie wunderbar, dass du schon wieder eine neue Freundin hast!«, rief Sasha.

»Sie ist nicht meine Freundin«, entgegnete Alfie. »Es ist nur ein kleiner Scherz von Edith.«

»Darling, bei mir musst du keine Hemmungen haben. Ich urteile nicht über dich. Sicher würde Vivian dir eine zweite Chance auf Glück gönnen.«

Zu Alfies Entsetzen winkte Sasha hinüber, um Betty auf sich aufmerksam zu machen. Als ihr das gelungen war, zeigte sie auf Alfie und gab Betty mit ein paar Gesten zu verstehen, dass sie sich zu ihnen gesellen solle.

Betty kam mit einem halben Pint Brew auf ihren Tisch zu, und Alfie versuchte, ihr stumm zu signalisieren, dass Sasha eine gefährliche Irre war und man sie am besten bei Laune hielt.

»Hallo! Wir sind alte Freunde von Alfie aus London. Ich freue mich so für euch«, verkündete Sasha und machte Anstalten, Betty zu umarmen. »Und ich weiß, dass Vivian absolut einverstanden wäre.«

Betty wich mit einem Schritt zur Seite aus, damit ihr Bier nicht verschüttet wurde, und setzte sich auf den Platz, den Sebastian frei gemacht hatte.

»Hi«, sagte sie zögerlich.

»Wie ungezogen von mir! Ich habe mich ja nicht mal vorgestellt! Ich bin Sasha.«

»Betty Thorndike.« Ihr amerikanischer Akzent war nach wie vor ausgeprägt, obwohl sie schon seit Jahren in England lebte.

Sasha glotzte sie für einen Moment stumm an, bevor sie

ein kleines Quieken ausstieß. »Du bist nicht … Bist du mit Elizabeth Thorndike verwandt?«

Betty lächelte verkrampft. »Meine Mutter.«

»Wow!« Sasha nahm wieder auf ihrem Stuhl Platz und fächelte sich mit der Hand Luft zu. »Ich kann nicht glauben, dass ich neben Elisabeth Thorndikes Tochter sitze.«

»Glaub es ruhig.«

»Bist du zum Shooting hier?«

»Wohl kaum«, erwiderte Betty. »Ich halte nichts davon, auf Dinge zu schießen.«

Sasha lachte glockenhell. »Nein, ich meine natürlich ein Fotoshooting!«

»Ich lebe hier.«

»Wirklich?«

»Wirklich.«

Alfie hatte das Gefühl, die beiden Frauen würden nicht so bald beste Freundinnen.

»Ich vermute, die schicken dir einen Wagen«, sagte Sasha. »Oder ein Privatflugzeug?«

»Ich bin nicht in derselben Branche wie meine Mutter«, antwortete Betty.

»Aha? Und was machst du?«

Bettys Lächeln war längst fort. »Dies und das.«

Alfie hatte erst nach und nach entdeckt, dass Bettys »dies und das« erheblich wichtiger war, als sie es darstellte. Er fragte sich, was in aller Welt Elisabeth Thorndike tat, dass die Erwähnung ihres Namens solch eine Aufregung verursachte.

Sebastian kam zurückgeschlendert.

»Oh, Verzeihung«, sagte Betty, »habe ich dir deinen Platz geklaut? Aber das macht nichts, ich will sowieso gerade gehen.«

»Nein!«, quiekte Sasha. »Du musst bleiben! Sebastian, hol dir den Stuhl da drüben!«

Als er mit dem Sitzmöbel zurückkam, packte sie seinen

Arm und sagte: »Das ist zu aufregend. Sieh sie dir an! An wen erinnert sie dich?«

Bettys Gesicht war dermaßen starr geworden, dass Alfie Zweifel kamen, ob sie jemals wieder lächeln könnte.

»Ist es nicht offensichtlich? Sie ist Elisabeth Thorndikes Tochter!«

Sebastians vages Grinsen verschwand, da ihm die Kinnlade herunterfiel.

»Sebastian«, sagte er kurz angebunden und streckte eine Hand vor.

»Betty«, erwiderte sie gleichermaßen knapp und schüttelte seine Hand.

Als Sebastian sich setzte, bemerkte Alfie, dass er Sasha anstieß.

»Wir haben eben versucht, Alfie für eine wundervolle Investition zu interessieren, aber er spielt den Widerspenstigen«, berichtete Sasha. »Du solltest ihn überzeugen, dann kauft er dir vielleicht ein kleines Geschenk.«

»Ach ja?« Betty sah Alfie fragend an. »Das ist auf jeden Fall ein Anreiz.«

»Genau genommen …«, sagte Sasha und raffte die Papiere zusammen, die sie Alfie gezeigt hatte, um sie Betty zu präsentieren, »könnte es dich eventuell selbst interessieren.«

Betty winkte mit einer trägen Handbewegung ab. »Oh Gott, nein, ich befasse mich nicht mit solchen Dingen. Meine Leute kümmern sich um alle Geldangelegenheiten.«

Alfie war ein wenig verwundert, dass Sasha nicht umgehend um die Kontaktdaten der erwähnten Personen bat. Die Antwort darauf hätte er zu gern gehört, denn soweit er wusste, hatte Betty nicht bloß keine »Leute«, sondern auch kein Geld, das sie entbehren konnte.

»Also hängt es ganz von Alfie ab«, konstatierte Sasha und wandte sich mit einem blendenden Lächeln zu ihm.

»Lass mich drüber schlafen«, sagte Alfie. »Ich sehe mir die

Informationen zu Hause in Ruhe an. Doch ich verspreche nichts. Und ich glaube wirklich nicht, dass es etwas für mich ist.«

»Ich weiß einfach, dass du noch überzeugt sein wirst. Lass dir Zeit! Wir werden hier sein.« Sasha steckte einige Blätter in die Mappe und hielt sie ihm hin. »Aber warte nicht zu lange, Darling! Solche Angebote gibt es nicht ewig.«

»Ich werde es bedenken«, versprach Alfie und überlegte, ob er sich aus Bunburry wegschleichen und irgendwo untertauchen könnte, bis die zwei wieder nach London zurückgefahren waren. »Wir sehen uns. Und natürlich geht das Dinner auf mich.«

»Oh nein, Darling, das können wir unmöglich zulassen …«

»Doch, wirklich. Ich muss ja irgendwas mit meinen Abermillionen anfangen«, sagte Alfie, was ein weiteres trällerndes Lachen bei Sasha auslöste.

Als er aufstand, erhob sich Betty gleichfalls und nahm ihr Getränk auf, das sie kaum angerührt hatte.

»Oh«, schmollte Sasha. »Ich habe gehofft, dass du noch bleibst und ein wenig mit uns plauderst, Betty. Aber klar, eine neue Beziehung, da habt ihr nur Augen füreinander …«

»Eine neue Beziehung? Wir haben nur Augen füreinander?«, zischte Betty, sobald sie außer Hörweite waren.

»Noch eine Ahnungslose, die auf Ediths Fake News hereinfällt …«, begann Alfie, der jedoch nicht weiterredete, weil William so laut schrie, dass seine Stimme den Lärm im Pub übertönte.

»Mir reicht es jetzt mit dir!«

Mario war zurück an der Bar neben Carlotta. Und William schritt mit geballten Fäusten auf ihn zu.

Mario stand auf und hob beschwichtigend beide Hände. »Entschuldige, mein Freund, gibt es ein Problem?« Er war eindeutig viel jünger, fitter und stärker als sein Gegner.

»Du bist das Problem!«, knurrte William. »Finger weg von meiner Frau!«

Marios Antwort ging in dem wütenden Aufschrei von Carlotta unter.

»*Imbecille! Idiota!*«

Diesmal musste Alfie um keine Übersetzung bitten.

Während Carlotta rot vor Zorn und Scham hinter der Bar hervorkam, schlug William nach Mario, der sich geschmeidig wegduckte. Williams Faust schmetterte gegen die Wand hinter Mario.

Alfie wollte dazwischengehen, doch Betty drängte sich an ihm vorbei. Sie stellte ihr Glas auf der Bar ab, legte einen Arm um Williams Schultern und hielt ihn so fest, dass er zur Wand und nicht zu Mario blickte.

»Lass mich mal die Hand ansehen«, sagte sie beschwichtigend und ergriff seine Faust.

Vor Sekunden noch hatten alle geschlossen den Atem angehalten, doch nun wurde wild durcheinandergerufen und der Zwischenfall kommentiert. Carlotta ignorierte William und ging zu Mario. Sie unterhielten sich kurz, was Alfie jedoch nicht hören konnte. Mario schüttelte lächelnd den Kopf und ging quer durch den Pub – nicht zum Ausgang, sondern zur Tür, durch die man nach oben zu den Gästezimmern gelangte. Also wohnte er auch im Horse.

Auf seinem Weg zur Tür kamen diverse Frauen zu ihm gelaufen, äußerten sich entrüstet über Williams Verhalten und erkundigten sich, ob es Mario gut gehe.

»Alles gut, mir geht es gut«, wiederholte er ein ums andere Mal. »Keine Sorge, *Bellissima*, es ist nichts.«

Carlotta hatte William mittlerweile von Betty weggezogen und ihn durch den Personaleingang fortgeschickt. Schließlich klopfte sie sich die Hände ab, blieb hinter dem Tresen stehen und blickte sich zu den Gästen um, als wäre nichts gewesen.

Betty ergriff wieder ihr halbes Pint und trank einen kräftigen Schluck. »In Bunburry wird es nie langweilig.«

Oscar war felsenfest der Meinung, dass auf dem Lande rein gar nichts passierte, und Alfie nahm sich vor, ihn bei seiner Rückkehr anzurufen und von Marios Wirkung auf die hiesige Bevölkerung zu berichten. Doch im Cottage angekommen, fühlte er sich so erschöpft von seiner Begegnung mit Sasha und Sebastian, dass er beschloss, gleich ins Bett zu gehen.

Er ahnte nicht, dass er – als er schlussendlich dazu kam, seinen Anruf nachzuholen – sehr viel mehr zu berichten hatte.

4. Ein Lauf durch den Park

Debbie machte sich sorgfältig für ihren frühmorgendlichen Lauf bereit. Es verlangte einiges Geschick, sich so zu schminken, dass man ungeschminkt aussah. Selbst um sechs Uhr morgens, wenn die Wahrscheinlichkeit gering war, dass sich sonst noch jemand draußen aufhielt, wollte sie nicht riskieren, anderen Leuten wirklich ungeschminkt unter die Augen zu kommen. Die Besitzerin von Deb's Beauty Salon, Bunburrys erstem (und einzigem) Schönheitssalon, empfand es als ihre Pflicht, stets so gut wie möglich auszusehen. Sie hatte keinen Beruf, sondern eine Berufung. Und die war, das Wohlergehen aller Frauen in Bunburry zu fördern. Es erfüllte sie mit einer stillen Befriedigung, zu wissen, dass jede einzelne ihrer Kundinnen den Salon mit dem Gefühl verließ, viel besser gestimmt zu sein und deutlich besser auszusehen als bei ihrer Ankunft.

Und die Wohltaten einer Massage mit heißen Steinen, einer Maniküre oder einer neuen Frisur kamen erst dann zu ihrer ganzen Entfaltung, wenn die Frauen sich vollkommen entspannt auf die Behandlung einlassen konnten und Debbie vorbehaltlos vertrauten. Und wie könnten sie das, wenn Debbie selbst müde, kränklich und ungepflegt aussah? Nein, sie musste allzeit gesund, energiegeladen und wie aus dem Ei gepellt sein, um ihren Kundinnen zu versichern, dass sie bei ihr in guten Händen waren.

Jeden Morgen nach dem Aufstehen trank sie ein Glas warmes Wasser mit etwas Zitrone, bevor sie volle zwanzig Minuten ihre Yoga-Übungen machte, die sie, wie es sein sollte, mit dem Sonnengruß begann. Nachdem ihre Bioenergien ausbalanciert waren, stand ein Drei-Meilen-Lauf an, gefolgt von einem Frühstück, das aus Müsli, Obst und fettarmem Joghurt bestand. Sie achtete auf ausgewogene Mengen an Proteinen, Fetten und Kohlehydraten. Der berühmte Cream Tea des hiesigen Cafés oder Liz' sagenumwobenes Karamell kamen für sie nicht infrage. Der dunkle Lidschatten, der leuchtende Lippenstift und das Rouge konnten warten bis kurz vor der Öffnung ihres Salons um neun Uhr. Jetzt brauchte sie nur eine leichte Grundierung, Lipgloss und dezent getuschte Wimpern.

Perro hörte das leise Geräusch, als sie die Leine von der Garderobe nahm, und kam voller Vorfreude auf seinen morgendlichen Ausgang durch den Flur geflitzt. Seinen Namen verdankte der Hund einem dunkeläugigen Spanier, den Debbie in ihrem Urlaub in Marbella kennengelernt hatte. Felipe war alles, was Debbie sich bei einem Mann wünschte – gut aussehend, witzig, intelligent, gut gekleidet und ein hervorragender Tänzer. Während die Tage (und Nächte) vergingen, stellte Debbie fest, dass sie sich verliebte. Und als sie erwähnte, dass sie erwog, sich einen Hund anzuschaffen, hatte er den Namen Perro vorgeschlagen, der, wie sie annahm, einen schillernden mediterranen Klang hatte. Als sie indes auch erwähnte, dass sie erwog, ihr Geschäft nach Marbella zu verlegen, damit Felipe und sie für immer zusammen sein könnten, hatte er vorgeschlagen, dass sie dieses Vorhaben noch einmal überdachte – angesichts der Tatsache, dass er bereits verheiratet war, wie er ihr nun offenbarte.

Mit gebrochenem Herzen war Debbie zurück nach Bunburry geflohen und hatte versucht, sich mit der Anschaffung eines schwarzen Pudels zu trösten. Aus Sehnsucht nach dem, was hätte sein können, hatte sie ihn Perro genannt. Entsprechend geschockt war sie gewesen, als eine ihre Kundinnen ihr mitteilte, dass »Perro« lediglich das spanische Wort für »Hund« war.

Sie hatte darüber nachgedacht, ihm einen neuen, passenderen Namen zu geben: Caspar vielleicht oder Rufus. Doch in der Zwischenzeit hatte sich der Pudel bereits an seinen Namen gewöhnt, wie sie feststellen musste, und sie konnte daher nur hoffen, dass nicht allzu viele Leute in Bunburry Spanisch sprachen.

Sie klickte die Leine an Perros Halsband und überprüfte ihrer beider Aussehen im Dielenspiegel. Perfekt. Pechschwarzer Hund, pechschwarze Leggings und bauchfreies, enges Top. Pinkes Schweißband in ihrem platinblonden Haar, pinke Laufschuhe, pinke Leine, pinkes Halsband.

»Bereit, Süßer?«, fragte sie.

Der Pudel wedelte euphorisch mit dem unkupierten Ringelschwanz.

»Dann los.«

Mit Perro an der Leine lief sie durch die leeren Straßen, und der Pudel hielt mit ihr Schritt. Sie steuerte den Dorfrand an, wo der Victoria Park war, auf dessen Kieswegen sie regelmäßig joggte. Dort hatte sie eine Strecke ausgearbeitet, die exakt drei Meilen betrug. Es war das ideale Workout, ehe sie nach Hause zurückkehrte, duschte, Perro fütterte, frühstückte und den Salon aufmachte.

Sie hoffte, dass Carlotta an ihr Versprechen dachte, sie der Besucherin aus London zu empfehlen, die im Horse wohnte. Am Telefon war Carlotta so aufgeregt gewesen. »Du müsstest ihre Kleider und ihren Schmuck sehen! Alles so schön, so teuer. Ich werde ihr sagen, dass sie unbedingt in deinen Salon gehen und sich eine deiner wundervollen Behandlungen gönnen muss.«

Debbie erreichte den Victoria Park und ließ Perro von der Leine. Er würde ihr auf ihrer Runde folgen, aber so auch die Möglichkeit haben, Büsche und Bäume entlang ihrer Strecke zu inspizieren.

Sie fragte sich, was für eine Behandlung die Frau aus London wollen würde. Manchmal konnte sich Debbie des Eindrucks nicht erwehren, dass ihre Talente in Bunburry vergeudet waren. Der Urlaub in Marbella, der so tragisch endete, war eines der wenigen Male gewesen, wo sie Geld für sich und nicht für den Salon ausgegeben hatte. Sie hatte als einfache Friseurin angefangen und sich dann in einer Vielzahl von Schönheitsbehandlungen weitergebildet. Inzwischen besaß sie sogar die Qualifikation, Botox zu injizieren. Doch bisher sträubten sich die Frauen in Bunburry, so etwas auszuprobieren.

Die Londoner Besucherin hatte wahrscheinlich die ganze Zeit über medizinische Kosmetikbehandlungen. Sie würde eher verwöhnt werden wollen: eine aromatherapeutische Massage, ein Ganzkörper-Wachsen oder eine Fruchtmaske fürs Gesicht. Sogleich kam Debbie ein besorgter Gedanke: Was, wenn ihre Bananen überreif geworden waren? Blieb ihr noch Zeit, neue zu kaufen?

Vielleicht, dachte sie – und nun schlug ihr Herz nicht vom Laufen schneller, sondern vor Vorfreude –, *ist dies ja die rechte Zeit, um meinen neuen Traum wahr zu machen?* Sie plante es schon, seit sie den Artikel gelesen hatte, wie erfolgreich diese Behandlung in den Staaten war. Blowtox: Man föhnte einer Kundin das Haar und injizierte ihr gleichzeitig Botox in die Kopfhaut, um zu verhindern, dass das Schwitzen die Frisur ruinierte. Nicht, dass Debbie einen solchen Ausdruck jemals Kundinnen gegenüber benutzen würde. Sie hielt sich an den Grundsatz: »Pferde schwitzen, Männer transpirieren, aber Damen leuchten lediglich.«

Soweit sie wusste, war Blowtox bisher noch nicht in London angekommen. Es wäre eine neue und aufregende Erfahrung. Und Carlottas kultiviertem Gast würde sie einen besonderen Einführungspreis anbieten. Die Hintergrundmusik müsste eher klassisch als New Age sein. Liz war musikalisch – sie würde wissen, was passte und keine plötzlichen lärmigen Passagen hatte. Und es gäbe auch nicht wie sonst Tee oder

Kaffee. Wie wäre es mit Petits Fours? Petits Fours und Champagner … Nein, Kir Royale. Und die Dame aus London würde all ihren kultivierten Freundinnen davon erzählen, die anschließend übers Wochenende herkämen, nachdem sie schon zuvor einen Termin in Deb's Beauty Salon vereinbart hatten.

Debbie, die beim Joggen bislang ganz in Gedanken versunken gewesen war, stellte auf einmal fest, dass Perro nicht mehr bei ihr war. Sie rief ihn, doch er kam nicht wie üblich angelaufen.

Debbie blieb stehen und wiederholte lautstark seinen Namen. Weiter weg hörte sie ihn winseln.

»Perro, Süßer, was ist denn? Mummy kommt!«, rief sie und lief auf das Geräusch zu.

Es schien aus der Richtung des indischen Pavillons zu kommen, auf der anderen Seite der Hecke. Debbie lief um sie herum und sah Perro flach auf dem Boden neben den kunstvoll gestalteten Marmorstufen liegen. Er zitterte am ganzen Leib.

»Komm her!«, befahl sie, bückte sich und klatschte aufmunternd auf ihre Knie.

Doch Perro rührte sich nicht und winselte wieder herzerweichend.

»Na komm schon, du Dummchen! Ich muss meinen Salon aufmachen!«

Perro schwenkte einmal lustlos seinen Schwanz, blieb jedoch, wo er war.

Seufzend ging Debbie auf ihn zu und löste die Leine von ihrer schlanken Taille. Dann müsste er eben den Rest der Runde neben ihr herlaufen und all die spannenden Gerüche verpassen.

Als sie näher kam, sah sie ein Paar Schuhe – Herrenschuhe aus edlem braunem Leder –, dann eine Hose, weiß mit einer messerscharfen Bügelfalte.

Debbie zögerte. Sie wollte keinen möglicherweise aggressiven Betrunkenen aufwecken. Aber er könnte in einem Zustand sein, wo er Hilfe brauchte. Vorsichtig trat sie um das Geländer herum – und was sie dann erblickte, ließ sie aufkeuchen. Der Mann lag ausgestreckt unten an den Marmorstufen und hatte die Augen geschlossen, schlief aber definitiv nicht. Eine Blutspur verlief über sein Gesicht – das schönste Gesicht, das Debbie je gesehen hatte. Ein Arm lag schützend über seiner Brust.

Sie kniete sich neben ihn. »Ist alles in Ordnung?«, flüsterte sie, streckte eine Hand aus und rüttelte leicht an seiner Schulter.

Der Arm auf der Brust glitt zum Boden hinab. Unwillkürlich zuckte Debbie zurück. Dann hielt sie sehr sanft eine Hand über seinen Mund und seine Nase. Nichts. Kein Atem. Die Haut des Mannes war eiskalt.

Beim Laufen hatte sie nie ihr Handy dabei. Sie blickte sich um, doch es war weit und breit niemand zu sehen. Also musste sie zurück nach Hause.

Mit den Fingern strich sie über die sonnengebräunte Wange und das feste Kinn.

»Armer Mann«, murmelte sie. »Was für eine Verschwendung.«

Perro war inzwischen zu ihr gekrochen und schmiegte sich an sie.

Sie streichelte seinen Kopf und legte ihm die Leine an. »Komm, wir müssen ganz schnell laufen.«

Sie rannte nach Hause, Perro direkt neben sich. Als Erstes rief sie die Polizei an. Danach alle anderen.

»Debbie, hast du eine Ahnung, wie viel Uhr es ist?«, grummelte Marge.

»Agnes war schon auf, deshalb dachte ich, du bist es auch«, entschuldigte Debbie sich. »Wie dem auch sei, ich bin mir sicher, dass du das wissen willst. Als ich joggen war, habe ich diesen unglaublich gut aussehenden Mann –«

»Debbie, dein Liebesleben interessiert mich wirklich nicht, und ich weiß nicht, wie du darauf kommst, dass es mich interessieren könnte, vor allem zu solch unchristlicher Zeit. Wenn du also bitte …«

»Die Sache ist die, dass er mausetot ist!«

Nun war Marge hellwach. »Debbie, um Himmels willen, hast du es der Polizei gemeldet?«

»Selbstverständlich habe ich das getan, und zwar sofort. Und jetzt erzähle ich es meinen Freundinnen. Aber wenn es dich nicht interessiert …«

»Natürlich interessiert es mich. Du armes Ding! Was für ein schrecklicher Schock für dich. Falls es dir hilft, wenn du darüber sprichst, dann erzähl mir alles.«

»Es hilft ein bisschen«, gestand Debbie. »Ehrlich, ich kann es immer noch nicht glauben. Der bestaussehende Mann, der je in Bunburry war, und jetzt ist er tot. Und du hättest seine Sachen sehen sollen – eine wunderschöne weiße Hose und ein rosa Hemd. So etwas können nur wenige Männer tragen, aber er sah darin traumhaft aus.«

»Ach du liebe Güte«, entfuhr es Marge. »Oh nein! Ich glaube, ich weiß, wer das ist.«

»Wer?«, fragte Debbie neugierig.

»Mario Bellini. Aus London. Oh, das ist furchtbar! Liz und ich waren erst gestern mit ihm im Horse. Dort hat er gewohnt.«

»Wäre ich doch da gewesen«, sagte Debbie seufzend.

»Der arme, arme Mann. Was kann denn nur passiert sein? Wo hast du ihn gefunden? War es eine Herzattacke?«

»Weiß ich nicht«, antwortete Debbie. »Könnte sein. Ich fand ihn unten an den Stufen zum indischen Pavillon.«

»Der arme Mann«, wiederholte Marge, die immer noch Mühe hatte, zu begreifen, dass Mario tot war. »Er hat uns erzählt, wie seine Eltern die Eisdiele in Islington aufmachten und er dort als Jugendlicher immer mithalf. Und von seinen Plänen, die er damals schon hatte. Er hat das Geschäft ohne fremde Hilfe ausgebaut, musst du wissen, und zu guter Letzt eine ganze Kette von Eiscafés besessen: Bellini's Ice Cream Parlours. Und jetzt wollte er eine Filiale in Bunburry aufmachen. Ach du liebe Güte, erst gestern Abend hat er uns solch wunderbare Pläne vorgestellt. Er wollte Liz' *fudge* benutzen. Wir dachten über Namen nach – Fudge-Fantasy, Fudge Funiculi Funicula.«

Erst allmählich wurde ihr voll und ganz bewusst, was Debbie ihr erzählt hatte, und so fragte sie plötzlich: »Was meinst du damit, dass du ihn unten an den Marmorstufen zum indischen Pavillon gefunden hast?«

»Ich habe gejoggt, und es war eigentlich Perro, der den Toten gefunden hat. Er muss mit dem Kopf aufgeschlagen sein. Da war Blut auf seinem Gesicht. Er trug solch ein wunderschönes –«

»Blut auf seinem Gesicht?«, fiel Marge ihr ins Wort. »Ist er überfallen worden?«

»Nein«, entgegnete Debbie. »Er ist gestürzt.«

»Aber sein Sturz muss kein Unfall gewesen sein.«

»Was meinst du?«, fragte Debbie.

»Ich meine, er könnte ermordet worden sein«, antwortete Marge in grimmigem Ton. »Debbie, ich muss Schluss machen und Liz wecken. Ach du meine Güte, wenn sie hört, was passiert ist, wird sie erschüttert sein.«

»Ich muss auch Schluss machen«, sagte Debbie. »Denn ich muss noch ganz viele Leute anrufen.«

Debbie hatte sich gerade fertig gemacht, um in den Salon zu gehen, als die Polizei in Gestalt des ziemlich korpulenten Sergeant Harold Wilson vor ihrer Tür erschien.

»Ich glaube, Sie haben den Toten gefunden«, sagte er. »Da müssen wir Ihnen ein paar Fragen stellen.«

»Natürlich«, antwortete sie. »Gerne. Ich gebe Ihnen alle Informationen, die ich habe, aber das im Salon. Den muss ich nämlich in fünf Minuten aufmachen.« Sie ergriff zwei große Einkaufstaschen mit frisch gewaschenen Handtüchern. »Ich bin froh, dass Sie hier sind, denn ich habe mich schon gefragt, wie ich all diese Sachen und Perro dort hinschaffen soll. Möchten Sie lieber die Wäsche nehmen oder den Hund und dieses Bund frische Minze?«

Und so kam es, dass ein übellauniger Sergeant Wilson hinter Debbie zum Salon trottete, in jeder Hand eine große Einkaufstasche.

Debbie schloss die Tür auf, schaltete die Alarmanlage aus und verfrachtete den Polizisten in einen pinken Sessel im Eingangsbereich. Sie fand, dass er ziemlich unglücklich aussah, weshalb sie ihm aufmunternd zulächelte.

»Vielen Dank, Sie waren mir eine große Hilfe. Könnten Sie Perro an der Leine halten, solange ich die Handtücher wegpacke? Sonst schnappt er danach und will mit mir Ziehen spielen. Die Minze können Sie auf dem Empfangstresen lassen.«

Sie nahm die Einkaufstaschen und verschwand hinter einem Vorhang im Salonbereich.

»Ich kann Sie auch hier drinnen hören!«, rief sie. »Ich muss nur die Handtücher wegräumen und das Wachs für meine erste Kundin wärmen. Fragen Sie ruhig, was Sie fragen müssen.«

»Wann genau haben Sie den Toten gefunden?«, knurrte Sergeant Wilson.

»Ich bin mir nicht ganz sicher – um zehn nach oder Viertel nach sechs, denke ich.«

»Erzählen Sie mir genau, was passiert ist.«

»Eigentlich hat Perro ihn gefunden. Pudel sind sehr klug, müssen Sie wissen. Sie kommen gleich an zweiter Stelle nach

Border Collies. Er hat mich durch sein Winseln auf sich aufmerksam gemacht, also bin ich zum indischen Pavillon geeilt, wohin er gelaufen war, und habe den umwerfendsten Mann gefunden, den ich je gesehen habe. Er lag unten an den Stufen. Warten Sie kurz, ich muss nur schnell das Waschbecken ausspülen.«

Es war Wasserrauschen zu hören, gefolgt von einigem Platschen. Perro sprang auf und rannte auf das Geräusch zu, wobei er die Leine aus Sergeant Wilsons Hand riss.

»Nein! Böser Hund!«, ertönte Debbies Stimme.

Sie kam wieder durch den Vorhang und zog Perro hinter sich her. »Er verschaukelt Sie. Sie müssen ihm zeigen, wer der Chef ist. Halten Sie die Leine fest. Pudel sind immer sehr aufgeregt, wenn sie Wasser hören. Die wurden einst in Deutschland gezüchtet, um Enten zu jagen. Ich bin in einer Sekunde bei Ihnen.«

Abermals verschwand sie.

»Er lag also unten an den Stufen«, hakte Sergeant Wilson nach.

»Ja«, rief sie. »Zuerst dachte ich, er wäre betrunken, aber dann fühlte er sich ganz kalt an.« Sie zögerte. Nach ihrem Gespräch mit Marge sah sie die Situation in einem neuen Licht. »Ich meine, ich konnte sehen, dass er sich kalt anfühlen würde, weil er sehr blass war. Unter seiner Sonnenbräune. Und er hat nicht geatmet. Natürlich habe ich ihn nicht angefasst, denn ich bin ja nicht so dumm, einen Tatort zu verunreinigen.«

Wieder rauschte Wasser. Abermals sprang Perro auf und wollte zur Geräuschquelle hinflitzen, doch der Sergeant riss den Hund grob zurück.

»Einen Tatort?«, rief er. »Wie kommen Sie …? Hören Sie, können Sie wieder herkommen? Ich kann Sie unmöglich befragen, wenn Sie herumlaufen.«

Debbie erschien mit einem vollen Wasserkrug, den sie auf

den Empfangstresen neben ein halbes Dutzend Gläser stellte. Sie setzte sich hinter den Tresen und blickte hinüber zum Sergeant. »Ich laufe nicht herum«, stellte sie in würdevollem Ton klar. »Ich bereite den Salon für meine Kundinnen vor.« Sie nahm die frische Minze und streute sie in den Krug. »Möchten Sie Wasser?«

»Nein«, antwortete der Sergeant gereizt. »Ich möchte, dass Sie mir erklären, warum Sie von einem Tatort sprechen.«

»Weil sein Gesicht blutig war.«

»Er könnte gestürzt sein.«

»Das dachte ich zunächst auch. Aber Marge hat gesagt, dass er vielleicht ermordet wurde.«

»Und was hat Miss Redwood damit zu tun?«, fragte der Sergeant angesäuert.

»Sie zieht es vor, Ms genannt zu werden«, entgegnete Debbie. »Und sie kennt sich mit diesen Sachen aus. Sie hat einige Verbrechen im Dorf aufgeklärt, nicht wahr? Na ja, nicht sie allein, sondern mit Liz und Alfie zusammen.«

Sergeant Wilson wurde sehr rot. »Verbrechen sind nichts für naseweise Amateure. Sagen Sie *Ms* Redwood, sie soll ihren Mund halten, was Dinge betrifft, die sie nichts angehen, oder sie könnte wegen Behinderung der Polizeiarbeit angeklagt werden. Überlassen Sie die Angelegenheit uns. Wir werden die Todesursache bestimmen und den Toten identifizieren.«

»Ach, Sie wissen noch gar nicht, wer er ist?«, entfuhr es Debbie. »Marge hat mir alles von ihm erzählt. Er ist Mario Bellini, der Besitzer von Bellini's Ice Cream Parlours. Er wollte ein Eiscafé in Bunburry aufmachen, und er hat im Horse gewohnt.«

Sergeant Wilson verkniff sich seine Antwort, weil die Salontür aufging und eine matronenhafte Dame unsicher am Eingang stehen blieb.

»Sylvia!«, rief Debbie. »Komm nur herein! Du siehst fantastisch aus. Die Beine, richtig? Geh ruhig schon durch und mach dich frei. Keine Sorge wegen Sergeant Wilson. Er ist bloß hier, um mich wegen des umwerfenden Mannes zu befragen, den ich mausetot im Park gefunden habe. Ich erzähle dir gleich alles.«

Als Sylvia durch den Vorhang ging, flüsterte Debbie dem Sergeant zu: »Keine Angst, ich werde nichts von Mord sagen. Also, kann ich Ihnen sonst noch irgendwie helfen?«

Sergeant Wilson gab einen tiefen Kehllaut von sich, worauf Perro aufsprang und die Zähne fletschte, um Debbie zu verteidigen.

Der Sergeant schleuderte die pinke Leine auf den Boden und stürmte nach draußen, ohne sich zu verabschieden.

5. Kein Cream Tea für Alfie

Alfie brütete über den Unterlagen von Sasha, die nur bestätigten, was er bereits nach einem flüchtigen Blick gedacht hatte. Oberflächlich wirkte es wie eine attraktive Anlage, doch sie war viel zu riskant, um Alfie zu interessieren. Sasha und Sebastian mussten glauben, dass er jeglichen Geschäftssinn verloren hatte, als er sein Start-up verkaufte.

Sie hatte gesagt, dass sie beide wahrscheinlich ein oder zwei Tage in Bunburry blieben: hoffentlich wäre es nur einer, nicht zwei. Er würde einfach unerreichbar sein. Die simpelsten Lösungen waren oft die besten. Er schaltete sein Handy ab und stöpselte das Festnetztelefon aus.

Hätte er Liz und Marge warnen sollen, falls ihnen ein ähnlich gefährlicher Deal angeboten wurde? Nein, das hätte bevormundend gewirkt, so als dächte er, sie wären zwei unbedarfte alte Schachteln ohne jedweden gesunden Menschenverstand. Dabei bewunderte er die beiden aufrichtig, und sie betrieben immerhin eine eigene Firma. Sie brauchten seinen Schutz nicht.

Emma redete beide mit »Tante« an, obwohl Liz ihre Großtante und Marge überhaupt nicht mit ihr verwandt war. Alfie war erst seit November in Bunburry, etwas mehr als sechs Monate, dennoch betrachtete er die zwei ebenfalls als seine Tanten – als hätte er sie von Tante Augusta genauso geerbt wie das Cottage.

Das einzige Problem war, dass Liz und Marge ihn anscheinend mit Emma verkuppeln wollten. Sie musste fünfzehn Jahre jünger sein als er, und er war sich sicher, dass sie in die Cotswolds-Hügel flöhe, sollte sie je einen Verdacht schöpfen.

Meiden konnte er Emma nicht, denn Liz und Marge luden sie beide ständig zum Essen ein. Die Begründung dafür lautete, dass Emma nicht anständig esse und Alfie nicht genug. Ihm blieb nichts anderes übrig, als jene Coolness zu imitieren, mit der Emma ihn behandelte. Vielleicht lag es daran, dass sie Polizistin war, aber manchmal hatte er das Gefühl, sie wäre älter als er.

Bei Vivian und ihm – Emma konnte nur wenig jünger sein als sie – war der Altersunterschied nie ein Thema gewesen. Zumindest nicht, bis … Aber er würde nicht über jenen letzten furchtbaren Streit und die Worte nachdenken, die niemals zurückgenommen werden könnten.

Nein, das Problem war nicht sein Alter gewesen – sondern sein Geld. Drei Monate hatte es gedauert, um Vivian zu überreden, dass sie zu ihm zog. Er hatte ein Shakespeare-Zitat vorgebracht, das sie schon vorher einmal benutzt hatte. »Dir zufolge hat Shakespeare gesagt: ›Hier ist Geld; verwendet es; verwendet noch mehr.‹«

»Es ist nicht mein Geld. Ich lasse mich nicht aushalten«, beharrte sie.

»Du wirst nicht ausgehalten. Du bist Schauspielerin und hast deine Karriere.«

»Aber ich könnte mir nie so eine Wohnung wie deine leisten. Wohnung! Es ist ein Herrenhaus. Zwei Stockwerke und ein Balkon mit Blick auf die Themse. Du hast sogar einen Portier, Herrgott noch mal!«

»Demnach würdest du sofort mit mir zusammenziehen, wenn ich in einer Sozialwohnung in Hackney lebte? Ich bewerbe mich gleich morgen um eine, wenn das die Bedingung ist.«

»Ja, ich sehe dich richtig vor mir in Hackney«, höhnte sie.

»Warum nicht? Da habe ich früher gewohnt.«

Doch am Ende erlaubte sie ihm, ihr beim Transport ihrer wenigen Habseligkeiten von Brixton nach SE1 zu helfen. An jenem Abend lag er ausgestreckt auf der Couch – mit Vivian auf ihm –, und er stellte fest, dass er noch nie so glücklich gewesen war wie in dem Moment.

Er küsste sie auf den Kopf.

»Ich bin so froh, dass du endlich hier bist.«

»Dafür darfst du dich bei Oscar bedanken«, sagte sie.

»Oscar?«

»Er hat mir erzählt, dass du ohne mich ein elender Miesepeter bist und er es als persönlichen Gefallen ansehen würde, könnte ich meine Prinzipien über den Haufen werfen und zu dir ziehen.« Sie lächelte ihn träge an. »Oscar ist so süß, wie konnte ich da ablehnen?«

»Vivian Templeton«, raunte er, »du bist die ärgerlichste Frau, die mir je begegnet ist.«

»Siehst du? Schon muntere ich dich auf!«

Das lag zwei Jahre zurück, und jetzt war sie tot, und Alfie konnte das Leben in London ohne sie nicht ertragen.

Über Dinge nachzugrübeln, die nicht zu ändern waren, tat ihm nicht gut. Er sollte raus und unter Leute gehen. Nicht zum Horse, wo er Gefahr liefe, Sasha und Sebastian zu begegnen. Sondern ins Café. Sasha war viel zu sehr um ihre Figur besorgt, als dass sie es jemals beträte.

Ein Bunburry Cream Tea hat etwas Beruhigendes, dachte er, während er durch das Dorf spazierte. Es war das Cotswolds-Äquivalent zur japanischen Teezeremonie, ein Anlass für Meditation und vollkommene Konzentration auf das, was man tat.

Die silberne Teekanne, flankiert von einem silbernen Milchkrug und einem zweiten Silberkrug mit heißem Wasser, um den Tee aufzufrischen. Eine Silberschale mit Zuckerwürfeln, in denen eine winzige Zuckerzange steckte.

Den warmen Scone durchschneiden, die goldene Farmbutter hineinschmelzen lassen, die selbst gemachte Erdbeermarmelade draufstreichen. Und dann, die ultimative Dekadenz, die Sahne obendrauf, die fest genug war, um an Ort und Stelle zu bleiben, bis man die Zähne in sie versenkte.

Ihm lief schon das Wasser im Mund zusammen, als er das Café erreichte … und feststellte, dass es von Touristen überrannt worden war, die jeden einzelnen Tisch besetzten.

Betty, die am Tresen stand, drehte sich um und sah nach, wer gekommen war. Sie winkte ihm zu. »Wir können nur etwas zum Mitnehmen haben.«

Dies war ganz und gar nicht das, was er geplant hatte. Einen Cream Tea zum Mitnehmen gab es nicht.

»Was möchtest du?«, fragte Betty. »Tee, Kaffee?«

Tee, der nicht aus einer Silberkanne in eine Porzellantasse geschenkt wurde, war nicht der gleiche wie der, den er sich wünschte. »Danke, sehr nett von dir. Ich nehme einen Americano ohne Milch.«

»Darf's sonst noch was sein?«, fragte die Bedienung.

»Nein, vielen Dank.«

»Verdammt, Al, leb gefährlich! Nimm irgendein Gebäck«, sagte Betty. »Ich bereite gerade ein Seminar vor und dachte, ich würde zusammenbrechen, wenn ich nicht ein paar echte Kohlenhydrate bekomme. Ich nehme ein Stück Karottenkuchen.«

Betty war die einzige Person in seinem ganzen bisherigen Leben, die ihn Al nannte, und er hatte sich nach wie vor nicht recht daran gewöhnt. Er schaute zu den Auslagen in der Vitrine. »Ich nehme bitte noch ein Kirschtörtchen.«

Die Bedienung steckte die beiden Kuchenstücke in getrennte Tüten und reichte sie ihnen zusammen mit den Getränken.

Alfie wollte nach Hause zurückkehren, als sie nach draußen gingen, aber da fragte Betty: »Hast du Lust auf einen Spaziergang zu Frank's Bridge? Ich mag es, dort zu sitzen und mich an Gussie zu erinnern.«

»Das ist eine wunderbare Idee.«

Alfie ging neben ihr her. Betty war auch eine Freundin von Tante Augusta gewesen – noch jemand, der sie viel besser gekannt hatte als er.

Es war ein warmer Frühlingstag, und eine angenehme Brise wehte Wolken über den blauen Himmel. Dies hier war weit besser, als sich ins Windermere Cottage zurückzuziehen. Und er fürchtete nicht, dass Sasha sich in ihren hohen Schuhen von Christian Louboutin oder Jimmy Choo so weit vom Pflaster weg wagen würde. Betty war in ihrer üblichen Kluft aus langer Bluse, Jeans und Wanderstiefeln.

Sie setzten sich auf die alte Holzbank, die laut Betty einer von Tante Augustas Lieblingsplätzen gewesen war. Alfie verstand dies gut. Die Sicht auf den klaren Fluss, der sanft zwischen den grünen Ufern entlang- und unter der uralten Steinbrücke hindurchfloss, war sehr hübsch.

»Mir fehlt Gussie«, sagte Betty. »Und du musst sie so viel schmerzlicher vermissen.«

Wie konnte er jemanden vermissen, an den er sich kaum erinnerte? Er gab einen unverfänglichen Laut von sich.

»Und übrigens«, fuhr sie fort, »ein Vögelchen, vielleicht auch ein Katzenjunges, sagt mir, dass jemand die monatlichen Spenden an das Tierheim fortsetzt, die früher von Gussie kamen.«

»Das ist nett.« Er war erstaunt gewesen, zu erfahren, dass Tante Augusta bei der Gründung des hiesigen Tierheims finanziell geholfen und es regelmäßig unterstützt hatte. Für Alfie war es eine Ehrensache, dass er mit den Spenden weitermachte. Er trank einen Schluck Kaffee. »Du verblüffst mich. Bunburrys einzige Grüne, und du benutzt einen nicht-recyclingfähigen Becher.«

Betty sah zu ihm auf. »Nicht so verblüfft, wie ich es bin, weil du etwas Derartiges von mir denken kannst. Ich missioniere doch, wo ich gehe und stehe. Die Becher aus dem Café sind mittlerweile zu hundert Prozent kompostierbar, biologisch abbaubar und recycelbar. Genauso wie sämtliche Strohhalme im Horse.«

Bewundernd schüttelte Alfie den Kopf. »Wie konnte ich auch nur eine Sekunde an dir zweifeln?«

»Vielleicht, weil du bei mir deine eigenen Maßstäbe ansetzt«, antwortete sie.

»Allein dafür bekommst du keinen Krümel von meinem Kirschtörtchen«, entgegnete er, holte den kleinen Kuchen vorsichtig aus der Papiertüte und biss hinein. Schlagartig war der verpasste Cream Tea vergessen. Süßer Butterteig, Mandelcreme, Himbeermarmelade und Zuckerglasur mit einer einzelnen kandierten Kirsche. Alfie schloss die Augen und genoss die Geschmacksexplosion.

Dann fiel ihm etwas ein. »Darf ich dich etwas fragen?«

»Falls du etwas von meinem Karottenkuchen haben willst, ist die Antwort Nein.«

»Deine Mutter, Elisabeth Thorndike … Ich habe noch nie von ihr gehört.«

Betty lachte laut auf – und es klang so vollkommen anders als Sashas gekünsteltes Trillern.

»Das ist zwar keine richtige Frage, aber sie bringt dir auf jeden Fall ein Sternchen ein.«

»Müsste ich von ihr gehört haben?«, hakte er nach.

»Die Tatsache, dass du es nicht hast, dürfte diese Frage wohl beantworten«, erklärte sie, schabte mit dem kleinen Finger etwas Kuchenglasur von ihrer Papiertüte und leckte sie genüsslich ab. »Übrigens hast du interessante Freunde.«

»Bekannte«, korrigierte Alfie sie. »Ich kenne sie aus der Zeit, in der ich noch meine Firma hatte. Nicht, dass ich jemals Geschäfte mit ihnen gemacht hätte. Aber natürlich könntest du bald eine Geschäftspartnerin von ihnen sein, wenn ihre Leute erst deine Leute angerufen haben.«

Langsam aß Betty ihren Karottenkuchen auf, knüllte die Tüte zusammen und steckte sie in ihre Jeanstasche.

»Meine Mutter hat Leute«, sagte sie. »Ich schätze, sie war eines der ersten Supermodels in den Siebzigerjahren. Vielleicht nicht in der Spitzenliga mit Jerry Hall und Marisa Berenson, aber sie war gut im Geschäft. Sie war für Designer wie Ralph Lauren, Azzedine Alaïa und Yves Saint Laurent auf dem Laufsteg.«

Also hatte Sasha wohl gedacht, dass Betty ein Supermodel wäre. Alfie musterte sie verstohlen. Sie war sehr gut aussehend, das Gesicht zart und ebenmäßig, das lange blonde Haar zu einem Pferdeschwanz gebunden. Und ihre schlanke Figur verdankte sie gewiss dem vielen Wandern und Fahrradfahren. Doch er hätte sie nie für ein Supermodel gehalten. Vielleicht weil er Supermodels für Hohlköpfe hielt.

Als hätte sie seine Gedanken gelesen, sagte Betty: »Meine Mutter ist ein menschlicher Tischrechner. Sie hat als Model ein Vermögen gemacht und danach eine noch lukrativere Laufbahn gefunden. Sie hängt der Ehetheorie von Zsa Zsa Gabor an.«

Alfie runzelte die Stirn. »Und die wäre?«

»Zsa Zsa sagte, sie sei immer eine gute Haushälterin gewesen – bei jeder Scheidung behielt sie das Haus. Heute bewegt meine Mutter sich in den feinen Kreisen von New York, richtet Spenden-Lunches für zehntausend Dollar das Gedeck aus, verkehrt mit Präsidenten und Botschaftern. Sie ist bei ihrem vierten Ehemann. Oder ist es der fünfte? Irgendwie habe ich den Überblick verloren.« Sie sah Alfie mit einem schiefen Grinsen an. »Wir stehen uns nicht nahe. Und ich werde nicht zu ihren Galaveranstaltungen eingeladen, weil sie Angst hat, ich könnte die Nerzmäntel mit roter Farbe bewerfen.«

»Und dein Vater? Stehst du ihm nahe?«

»Mein Vater hat es nicht mal bis zum Ehemann geschafft. Ich schätze, er war einfach nur ein armer Schlucker, den meine Mutter anheuerte, als sie beschloss, ein Baby zu wollen. Und sie wollte ein Baby so, wie sie eine Tiffany-Halskette will – als Anschaffung. Sie wollte keines, um das sie sich kümmern musste.«

Alfie, der die Oscar-Wilde-Biografie abermals gelesen hatte, fühlte sich an dessen Bemerkung über Menschen erinnert, die den Preis von allem und den Wert von nichts kannten.

»Also war sie keine sehr engagierte Mutter?«

Ihr erneutes Lachen klang nicht mehr amüsiert. »Ich wurde von Nannys großgezogen, bis ich aufs Internat geschickt werden konnte. Zumindest habe ich eine sehr gute Bildung genossen.«

Er war sich nicht sicher, was sie mit ihren Worten über den eigenen Vater gemeint hatte. Es war eine aufdringliche Frage, die ihm in den Sinn kam, doch er wollte es wissen.

»Weißt du nicht, wer dein Vater ist?«, fragte er vorsichtig.

»Sicher weiß ich das. Ich bin ihm sogar einmal begegnet, als ich zwanzig war. Als sie zusammenkamen, war er Assistent bei einem Fotoshooting für Harper's Bazar. Er war ganz niedlich, schätze ich, aber ich kann nicht behaupten, dass er sonst irgendwelche hervorstechenden Eigenschaften hatte.«

Alfie blickte hinunter zum Gras. »Hast du dich als Kind gefragt, wer er ist?«

»Was sollen all die Fragen? Wird das eine Rückbesinnung auf dein Psychologiestudium? Versuchst du, mich zu analysieren?«

Alfie wollte das Thema mit einer scherzhaften Bemerkung abtun, wie lange es dauerte, sich in Psychoanalyse ausbilden zu lassen, entschied dann jedoch, dass sie offen genug zu ihm gewesen war, um auch ihr etwas Bedeutsames anzuvertrauen.

»Als Kind habe ich mich ständig gefragt, wer mein Vater ist. Er hatte meine Mutter schon vor meiner Geburt verlassen«, offenbarte er ihr, wobei er immer noch nach unten sah. »Ich habe ihn nie kennengelernt. Meine Mutter sprach nicht über ihn, und ich fragte sie nicht, weil ich sie nicht traurig machen wollte.«

Er fühlte eine Hand an seinem Arm.

»Das ist bitter«, sagte sie leise. »Und, ja, ich habe dauernd über meinen Vater nachgedacht. Ich bildete mir ein, er würde eines Tages in seinem Cadillac vor dem Schultor vorfahren und sagen, er habe mich die ganze Zeit gesucht und würde mich jetzt, da er mich gefunden habe, mit in seine Hütte an der Küste von New England nehmen, wo ich am Strand spielen und Muscheln suchen könne. Das war, ehe ich wusste, dass es falsch ist, Muscheln zu essen. Mutters Apartment, sofern du es nicht bereits erraten hat, war in New York City, in der Park Avenue. Du kannst dir vorstellen, wie blöd ich mir vorkam, als ich herausfand, dass er bloß ein ganz durchschnittlicher Typ war, der U-Bahn fuhr und mich nie wieder vor seiner Wohnungstür sehen wollte.«

Alfie überlegte, ihr mehr anzuvertrauen, zum Beispiel wie er sich die Schuld daran gab, dass sein Vater fortgegangen war. Seine Eltern hatten sich hinreichend geliebt, um zu heiraten. Schiefgegangen war es, weil seine Mutter mit ihm schwanger wurde.

Er wollte gerade etwas sagen, da kam ihm Betty zuvor: »Und wo wir schon bei der Fragestunde sind – sollte ich wissen, wer Vivian ist?«

Alfie hatte keine Ahnung, was er antworten sollte. Er war stets unsicher gewesen, welche Bezeichnung auf sie zutraf. »Freundin« klang zu lapidar, »Partnerin« zu förmlich. *Vivian*, dachte er, *meine Liebe.*

»Sasha sagte, Vivian wäre einverstanden«, hakte Betty nach. »Womit, habe ich nicht … Oh, da kommt Marge.«

Eine kleine Gestalt bewegte sich, so schnell sie konnte, über den Weg und gestikulierte wild.

»Alfie! Alfie!«, rief sie aufgeregt.

»Ich gehe mal lieber zu ihr und bringe in Erfahrung, was sie will«, sagte Alfie und stand auf. »Danke für den Kaffee und den Kuchen.«

»Jederzeit gerne.«

Er sprintete Marge entgegen, um ihr den Rest der Strecke zu ersparen.

»Was ist los?«, fragte er keuchend, als er bei ihr war.

»Wo bist du denn nur gewesen?«, blaffte sie ihn an. »Ich versuche schon den ganzen Tag, dich anzurufen. Auf dem Hausanschluss kam ich nicht durch, und du gehst nicht an dein Handy.«

Er stöhnte. Seine Strategie, Sasha und Sebastian zu meiden, war nach hinten losgegangen. »Tut mir leid, das ist ganz allein meine Schuld.«

»Ja, das wird mir jetzt auch klar«, erwiderte sie spitz. Sie sah zur Bank, auf der Betty immer noch saß. »Hast du nicht gesagt, Betty sei nicht deine Freundin?«

»Wir haben bloß einen Kaffee getrunken.«

»Was du nicht sagst.« Sie klang skeptisch.

»Marge, ich nehme an, dass du nicht hier bist, um mir mitzuteilen, dass ein Kaffee im Freien mit jemandem vom anderen Geschlecht gegen die Gemeindeverordnung von Bunburry verstößt.«

Sie wurde sehr ernst. »Oh, Alfie, ich habe schreckliche Neuigkeiten. Mario ist tot.«

»Was ist passiert? Ein Autounfall?« Es war nicht verwunderlich, dass ihm diese mögliche Todesursache als erste in den Sinn kam.

»Nein, ein Sturz«, erwiderte Marge. »Und ich glaube nicht, dass es ein Unfall war.«

»Du kannst unmöglich meinen, dass er ermordet wurde«, sagte Alfie.

»Doch, genau das meine ich.« Marge begann in Richtung Dorf zu gehen. »Sergeant Wilson ist jetzt an dem Fall dran, was bedeutet, dass es aller Wahrscheinlichkeit nach zu einem Justizirrtum kommt. Deshalb ist es Zeit, dass das Bunburry-Trio übernimmt.«

»So nennen wir uns nicht ernsthaft, oder?«, fragte Alfie.

»Ist dir etwas Besseres eingefallen?«

»Nein, aber –«

»In dem Fall sind Liz, du und ich bis auf Weiteres das Bunburry-Trio. Liz musste nach Cheltenham, um einige Sachen für die alte Mrs Murray zu besorgen. Wir drei müssen uns so schnell wie möglich treffen.«

»Kommt zum Abendessen«, schlug Alfie vor.

»Gut, wir sind um sieben da. Und ich finde, dass Emma auch kommen sollte, wenn sie freihat. Koch also genug für vier.«

»Ja, Ma'am«, murmelte Alfie so leise, dass Marge es nicht hörte.

»Ich lasse dich jetzt allein«, sagte er lauter. »Ich meide immer noch Sasha und Sebastian, deshalb schleiche ich mich hinten rum zum Supermarkt.«

Marge hob eine Hand auf Schulterhöhe. Die Handfläche hatte sie Alfie zugewandt, und mit dem Daumen hielt sie den kleinen Finger nach unten gedrückt. »Oh, sieh mal! Der Pfadfinderinnengruß funktioniert auch für das Bunburry-Trio. Jetzt mach du ihn auch.«

»Kann ich nicht«, entgegnete Alfie und bewegte sich in Richtung der Kopfsteinpflasterstraßen von Bunburry. »Ich war nie Pfadfinderin.«

Er hoffte, dass Marge nur übertrieben optimistisch war, was die Einforderung ihrer detektivischen Fähigkeiten betraf, und bei Mario eine natürliche Todesursache festgestellt würde. Es war ein Schock, dass er tot war. Der Mann war so enthusiastisch, so voller Leben gewesen. Doch dauernd starben Leute plötzlich an nicht diagnostizierten Leiden. Niemand konnte ahnen, wann seine Stunde schlagen würde. Vielleicht war dies ja ein Weckruf, eine Erinnerung, dass man das Beste aus seinem Leben machen sollte, solange man konnte.

Alfie blieb stehen, erstaunt ob seines Gedankens. Seitdem

Vivian bei einem Autounfall gestorben war, hatte er das Gefühl, sein Leben sei vorbei. Er existierte lediglich, schleppte sich durch den jeweiligen Tag, ohne Hoffnung auf eine Zukunft.

War es ein Verrat an Vivian, sich auf eine Zukunft ohne sie zu freuen? Diese Frage schreckte ihn, sodass er vor ihrer Beantwortung zurückscheute. Jetzt musste er erst mal überlegen, was er abends seinen Gästen servieren sollte. Allen dreien. Natürlich leuchtete es ein, dass Emma dabei war, falls sie ihnen irgendwas über die polizeilichen Ermittlungen sagen könnte. Oder handelte es sich womöglich wieder mal um eine List von Marge, um zwischen Emma und ihm romantische Gefühle zu entfachen? Alfie bewunderte Emma, allerdings verunsicherte sie ihn auch ein wenig. Sie strahlte Kompetenz, Stärke und eine Weisheit aus, die nicht zu ihren jungen Jahren passte. Sie war attraktiv, hatte dunkles, zu einem Bob geschnittenes Haar, braune Augen und stets ein angedeutetes Lächeln auf den Lippen.

Der warme Frühling dauerte an, also würde er als Vorspeise eine erfrischende griechische Hühnersuppe mit Eier-Zitronen-Soße und danach Fischfrikadellen mit Salat servieren. Er durfte allerdings nicht riskieren, zum Fischgeschäft zu gehen, weil es zu nahe am Horse war, mithin bei Sasha und Sebastian. Also gäbe es keinen Dorsch, sondern Thunfisch aus der Dose, den er mit ein bisschen Harissa aufpeppen würde. Dessert war nicht nötig, denn er hatte noch reichlich von Liz' Karamell.

Er war recht guter Dinge, als er durch den Supermarkt ging und die Kochzeiten veranschlagte. Anschließend kehrte er mit seinem Einkauf zum Windermere Cottage zurück und machte sich an die Essensvorbereitungen. Er vergaß allerdings, dass er mehr Gin brauchte. Und er vergaß, Oscar anzurufen.

6. Die Polizeiwache

Sergeant Wilson kam ins Büro und ließ sich auf den Stuhl gegenüber von Emmas Schreibtisch fallen. »Na, Hollis, was haben Sie?«

Emma zückte ihre Notizen. »Der Todeszeitpunkt war ungefähr ein Uhr nachts. Er ist rückwärts die Stufen des indischen Pavillons heruntergefallen, mit dem Kopf auf den Marmor geprallt, und das führte zu seinem Tode. Keinerlei Abwehrspuren oder sonstigen Verletzungen. Also war es aller Wahrscheinlichkeit nach schlicht ein Sturz.«

»Er war betrunken, was?«

»Er hatte einige Drinks gehabt, aber nicht genug, um ernsthaft beeinträchtigt zu sein. Die Wege im Park sind gut beleuchtet, doch der Pavillon ist hinter all den dichten Büschen. Er könnte im Dunkeln gestolpert sein.«

Sie zögerte.

Sergeant Wilson seufzte tief. »Okay, Hollis, raus damit! Sie wollen mir erzählen, dass es nicht einfach ein tragischer Unfall war. Ist Ihnen übrigens mal aufgefallen, dass wir hier immer nur Ärger wegen Ausländern haben?«

»Mario Bellini war aus London, Sarge.«

»Eben! Ausländer!« Der Sergeant lachte dröhnend über seinen Witz. »Wie auch immer, reden Sie weiter.«

»Bloß ein paar Sachen. Aber ich glaube nicht, dass sie relevant sind.«

Sergeant Wilson stützte die Unterarme auf den Schreibtisch, sodass er dicht vor Emma war. »Ich erinnere mich nicht daran, dass Sie zum Sergeant befördert wurden, Hollis. Ich entscheide, was relevant ist.«

»Er hatte Alfie McAlisters Visitenkarte in der Tasche.«

Triumphierend lehnte der Sergeant sich zurück. »Hätte ich mir denken können, dass McAlister in die Geschichte verwickelt ist. Okay, bringen Sie ihn her, und wir nehmen seine Aussage auf.«

»Das könnte etwas übertrieben wirken, Sarge. Wir wollen nicht wegen Polizeiwillkür angezeigt werden. Ich unterhalte mich so bald wie möglich mit ihm.«

»Unterhalten? Klingt kuschelig. Sie sind in ihn verschossen, was? ›Verraten Sie mir, Police Constable Hollis, was hat Sie als Erstes an dem Multimillionär Alfie McAlister bezaubert?‹« Wieder lachte er.

Emma wurde rot. »Selbstverständlich bin ich nicht in ihn verschossen«, murmelte sie.

»Sie sagten, dass es ein paar Sachen gibt. Welche vermeintlich irrelevanten Informationen enthalten Sie mir noch vor?«

»Anscheinend gab es an dem Abend eine kleine Auseinandersetzung zwischen Mario Bellini und William.«

»Geht das auch in klarem Englisch, Hollis?«

»William war wütend. Er fand, dass Mister Bellini ein bisschen zu freundlich zu Carlotta war. Er schlug mit der Faust nach ihm, traf ihn aber nicht.«

»Jetzt kommen wir der Sache doch schon näher! Ja, das ergibt Sinn. Der Italiener war ein Gigolo, da ist es klar, dass er Ärger mit einem betrogenen Ehemann bekommt.« Er beugte sich über den Schreibtisch und schnappte sich Emmas Notizen, die er rasch überflog. »Sieh an, sieh an, sieh an! Hatten Sie vor, mir hiervon zu erzählen?«

»Natürlich, Sarge. Ich bin bloß noch nicht dazu gekommen.«

»Also, direkt neben dem indischen Pavillon lag eine Zigarettenkippe. Capstan ohne Filter. Nicht mehr sehr beliebt dieser Tage, wo jeder so um seine Gesundheit besorgt ist. Und schwer zu bekommen. Tatsächlich kenne ich nur eine Person in Bunburry, die diese Marke raucht – bestellt sie stangenweise, glaube ich: William, der ach so freundliche Gastwirt. Ich wette mit Ihnen, dass seine DNS auf der Kippe gefunden wird.«

»Sarge, Sie können nicht ernsthaft glauben, dass William ein Mörder ist«, widersprach Emma. »Er kann manchmal ein bisschen aufbrausend sein, aber er ist nicht fähig, jemanden umzubringen.«

»Sie haben Ihre Berufung verfehlt, Hollis. Sie hätten Sozialarbeiterin werden sollen.« Er warf ihr den Notizblock über den Schreibtisch zu. »Und hören Sie auf, sich zu sorgen. Ich weiß ja, dass ihr Leute auf dem Lande alle miteinander verwandt seid. Wahrscheinlich ist er Ihr Onkel oder Cousin zweiten Grades. Aber es gibt keine Geschworenen in diesem Land, die ihn verurteilen würden. Sobald sie erkennen, dass es sich um einen Mord aus Leidenschaft handelt, lassen sie ihn laufen. Er hat die Beherrschung verloren – das ist eine gute Verteidigung. Man kann nicht zulassen, dass andere Kerle mit der eigenen Frau herumturteln.«

»Ich werde versuchen, im Horse in aller Ruhe mit ihm zu reden und seine Aussage zu bekommen.«

Sergeant Wilson stand auf. Seine korpulente Statur war einschüchternd. »Sie gehen ins Horse, oh ja, aber nicht auf einen ruhigen Plausch. Wir holen sie beide her, William und Carlotta.«

»Was, alle beide?«, fragte Emma ungläubig.

»Das ist doch kein Problem, oder? Immerhin haben wir zwei Zellen.«

»Nein, ich verstehe einfach nicht, warum Sie Carlotta festnehmen wollen.«

»Ach Gottchen, Hollis, Sie haben wirklich nicht das richtige Gespür für die Polizeiarbeit. Sie müssen alle Möglichkeiten in Betracht ziehen. William könnte es gewesen sein. Aber Carlotta auch. Gigolos sind immer auf der Suche nach der nächsten spendablen Frau. Er macht mit einer anderen herum, und Carlotta dreht durch.«

Widerwillig musste Emma sich eingestehen, dass dies eine Möglichkeit war. Schon ihre flüchtigen ersten Befragungen hatten ergeben, dass jede Frau in Bunburry, die Mario begegnet war, sich mindestens halb in ihn verliebt hatte. Könnte Carlotta ihn in einem Anfall von Eifersucht ermordet haben?

»Oder«, sagte Wilson, der langsam in Fahrt kam, »ihr wird nach dem Streit klar, dass ihre Ehe auf dem Spiel steht. Das Horse ist ein hübsches kleines Geschäft für sie, das sie nicht aufgeben möchte. Also macht sie einen Spaziergang im Mondschein mit ihrem Verehrer, bringt ihn rauf in den Pavillon, sorgt dafür, dass er sich zu einem Kuss zu ihr beugt, und …« Sergeant Wilson knallte die Faust auf den Tisch, worauf Emma zusammenzuckte. »Problem gelöst.«

»Bellini war ein großer Mann. Ich bin nicht sicher, dass Carlotta ihn die Stufen herunterstoßen konnte.« Noch ehe sie es ausgesprochen hatte, war ihr bewusst, dass Carlotta es durchaus gekonnt hätte, sollte Mario von dem Angriff überrascht worden sein.

»Sie vergessen den Zigarettenstummel. Nein, es war nicht sie allein. Carlotta und William haben es gemeinsam getan. Warum sollte Bellini mitten in der Nacht mit William weggehen? Sie lockte ihn zum Pavillon, wo William ihm auflauerte.« Er setzte sich wieder hin. »Ich weiß nicht mal, warum ich das mit Ihnen diskutiere. Sie sind hier, um zu tun, was man Ihnen sagt, nicht um zu widersprechen. Apropos, holen Sie mir einen Kaffee. Und danach gehen wir zum Horse und verhaften das Paar.«

Emma fragte sich, ob sie eines Tages verhaftet würde, weil sie Sergeant Wilson mit einem Glas Nescafé erschlagen hatte. Immer wieder sagte sie sich, dass er irgendwann in den Ruhestand ginge. Und dann kam ihr in den Sinn, dass sein Nachfolger noch schlimmer sein könnte.

Als sie mit dem Kaffee zurückkehrte, ließ er sich Zeit, ihn zu trinken und dabei durch die Sportseiten der Zeitung zu blättern. Schließlich stand er auf und warf ihr die Autoschlüssel zu. »Ich bin mal großzügig und lasse Sie fahren, Hollis.«

Auf dem Parkplatz des Horse fuhr Emma dicht an den Hintereingang des Pubs. Sie stieg aus, setzte ihre Mütze auf und ging auf die Tür zu.

»He, Hollis, wo wollen Sie hin? Wir sind doch keine Lieferanten.«

Sie blieb stehen. »Aber ich dachte ... Wollen wir das nicht diskret handhaben?«

»Das ist Ihr Problem, Sie denken nicht richtig nach. Wir gehen durch den Haupteingang, und wir verhaften sie vor ihren Gästen. Vielleicht schreckt es andere davon ab, sich zu einem Mord hinreißen zu lassen.«

Emma schreckte es gewiss nicht ab – ganz im Gegenteil. Sie überlegte, ob sie sich mit William, Carlotta und den Gästen verbünden könnte, um Wilson loszuwerden, wie in diesem Krimi von Agatha Christie. Doch sie folgte ihrem Chef gehorsam in den Pub.

Carlotta stand an dem einen Ende der Bar und polierte Gläser, während William an dem anderen die Ausschankmaße überprüfte. Die beiden ignorierten einander angestrengt.

»William Simmons«, erklärte Sergeant Harold Wilson in einem pathetischen Tonfall, »Sie sind verhaftet wegen Mordverdacht im Fall Mario Bellini. Sie müssen nichts sagen, sollten Sie sich jedoch vor Gericht auf etwas berufen wollen, was Sie bei Ihrer Befragung ausgelassen haben, wird es Ihrer Verteidigung schaden. Alles, was Sie sagen, gilt als Beweismittel.«

Die nun eintretende Stille wurde von einem lauten Klirren unterbrochen. Carlotta hatte das Glas fallen lassen, das sie polierte.

Wie aufs Stichwort brach Empörung unter den Gästen

aus. Stuhlbeine schabten über den Holzboden, Gläser knallten auf Tische, Stimmen protestierten lautstark.

Doch eine Stimme übertönte sie alle. »Carlotta Simmons, Sie sind verhaftet wegen Mordverdacht im Fall Mario Bellini. Sie müssen nichts sagen, sollten Sie sich jedoch vor Gericht auf etwas berufen wollen, was Sie bei Ihrer Befragung ausgelassen haben, wird es Ihrer Verteidigung schaden. Alles, was Sie sagen, gilt als Beweismittel.«

Carlotta schrie auf und floh durch die Tür in die Küche.

»Schnappen Sie sie, Hollis!«, befahl Sergeant Wilson. »Ich kümmere mich um William.«

Emma verfolgte Carlotta mit einem mulmigen Gefühl. Die Küche. Dort gab es Messer. Sie hatte schon einmal eine Stichwunde erlitten, was sie Tante Liz und Tante Marge niemals erzählen würde. Zunächst hatte sie geglaubt, es wäre nur ein Fausthieb gewesen, und sie würde nie ihren Schrecken vergessen, als sie plötzlich das Blut sah. Zum Glück hatte die Klinge ihre lebenswichtigen Organe verfehlt, aber sie war dennoch im Krankenhaus gelandet. Tante Liz gegenüber hatte sie behauptet, ihr sei wegen zu vieler Überstunden ein Zwangsurlaub aufgedonnert worden, den sie genutzt hätte, um nach London zu fahren und dort Freunde zu besuchen. Tante Liz war ohnedies immerfort bereit, Sergeant Wilson und der Polizeibürokratie das Schlimmste zu unterstellen.

Als Emma nun durch die Schwingtüren in die Küche lief, zog sie den Schlagstock aus ihrem Dienstgürtel, um einen möglichen Angriff zu parieren. Doch von Carlotta war nichts zu sehen. Emma hörte ein Schluchzen aus dem kleinen Pausenbereich für das Personal und folgte dem Geräusch. Und dort stellte sie fest, dass Carlotta weit davon entfernt war, mit Gewalt zu drohen – vielmehr war sie ihrer Schwiegermutter weinend in die Arme gesunken.

»Was ist los?«, fragte Edith, deren benommener Blick nahelegte, dass sie eben aufgewacht war.

Emma steckte ihren Schlagstock ein und sagte so ruhig, wie sie konnte: »Alles ist in Ordnung. Nur ein paar Routinefragen unten auf der Wache. Komm mit, Carlotta! Je eher wir gehen, umso schneller bist du wieder zurück.«

»Es ist also etwas passiert«, stellte Edith fest. »Aber was denn?«

Carlotta begann sehr schnell und unverständlich auf Italienisch zu sprechen.

»Komm mit, Carlotta!«, wiederholte Emma und nahm sie beim Arm.

Carlotta warf Edith einen gequälten Blick zu, bevor sie sich widerstandslos zum Streifenwagen führen ließ. Emma legte eine Hand auf Carlottas Kopf und bugsierte sie auf die Rückbank, wo bereits William saß. Er schaute mit starrem Blick geradeaus wie ein Adliger, der zur Guillotine gebracht wurde. Carlotta sah nach unten.

»Schlüssel«, sagte Wilson ungeduldig zu Emma. »Ich fahre.«

Das Paar hinten wechselte keinen Blick und kein Wort auf der Fahrt zur Wache. Der Sergeant beschloss, zuerst Carlotta zu befragen. *Wohl weil sie verletzlicher wirkt*, dachte Emma. William sollte derweil in einer Zelle schmoren.

Sobald sie sich zu dritt im Verhörraum hingesetzt hatten, drückte Wilson auf die Starttaste des Aufnahmegeräts, nannte laut die Namen der Anwesenden und las dann Carlotta rasch ihre Rechte vor.

Sie blinzelte ihn nur verständnislos an.

»Hast du das verstanden, Carlotta?«, fragte Emma. »Du hast ein Recht auf einen kostenlosen Rechtsbeistand. Möchtest du einen Anwalt?«

Wilson funkelte sie erbost an. »Natürlich versteht sie das!«, bellte er und wandte sich dann wieder Carlotta zu. »Sie wollen keinen Anwalt, oder?«

Emma war nicht gewillt, tatenlos zuzuschauen, wie Carlotta eingeschüchtert wurde. »Du hast Anspruch auf einen Anwalt, und er kostet dich nichts. Möchtest du einen?«

Carlotta schüttelte verhalten den Kopf.

»Die Frau weiß, was sie will, Hollis. Hören Sie auf, sie zu belästigen!«, herrschte Wilson sie an.

Doch als das Verhör anfing, war Emma nicht mal sicher, ob Carlotta überhaupt noch wusste, welcher Wochentag war, so verwirrt wirkte sie.

»Erzählen Sie mir von Ihrer Beziehung zu Mario Bellini«, begann Sergeant Wilson.

»Beziehung?«, wiederholte Carlotta.

»Waren Sie befreundet?«

»Ja, er war freundlich.«

»Gut befreundet? Mochten Sie ihn?«

»Ja, ich mochte ihn. Er war ein netter Mann.«

»Mochten Sie ihn sehr?«

»Ja, ich mochte ihn sehr.«

Emma krümmte sich innerlich. Mit jeder Antwort riss Carlotta sich tiefer in den Abgrund. Selbst der unerfahrenste Pflichtverteidiger hätte sie inzwischen gerettet.

»Haben Sie viel mit ihm geredet?«

»Ja.«

»Worüber haben Sie geredet?«

»Eiscreme.«

»Wie bitte?«

»Eiscreme«, wiederholte Carlotta lauter. »Er wollte hierher nach Bunburry expandieren und hat gehofft, dass wir seine Eiscreme in unserem Gasthaus anbieten. Über sein Eis hat er mir alles erzählt: dass alle seine Sorten bio sind und aus den besten Zutaten bestehen. Und Alfie hat gesagt, dass es stimmt – dass es die beste Eiscreme ist, die er kennt.«

»Vergessen wir McAlister!«, blaffte Sergeant Wilson. »Worüber haben Sie sonst geredet?«

»Unsere Familien. Er hat gesagt, dass seine Eltern von Bari

nach London gekommen waren. Genau da haben auch mein Onkel und meine Tante gelebt, und mein Cousin hat in der Kathedrale geheiratet. Ich habe ihm alles von der Hochzeit erzählt und wie –«

»Ja, schon gut, wir können es uns vorstellen. Worüber haben Sie noch geredet?«

Carlotta zermarterte sich das Gehirn. »Ich glaube, ich habe ihm von unserer Zugfahrt nach Venedig erzählt, als ich klein war, und wie ich aus dem Bahnhof kam und überall Wasser war.«

»Haben Sie mit ihm vereinbart, sich später noch zu treffen?«

Endlich kapierte Carlotta, worauf er hinauswollte.

»Nein, natürlich nicht!«

»Sie haben uns eben gesagt, dass Sie ihn sehr mochten.«

»Doch nicht so!«

»Hatten Sie eine Affäre?«

Emma sah, wie sich blanker Schrecken in Carlottas Zügen abzeichnete.

Die Wirtin wollte etwas sagen, doch es kam nur ein kleiner Würgelaut heraus. Sie schluckte. »Darf ich etwas Wasser haben, bitte?«

Emma wollte aufstehen, doch Wilson bedeutete ihr, sitzen zu bleiben. »Gleich. Hatten Sie eine Affäre mit Mario Bellini?«

»Nein!«

Sie sprach das Wort mit großem Nachdruck.

»Ich frage Sie noch mal, und ich will die Wahrheit hören. Hatten Sie eine Affäre mit Mario Bellini?«

»Nein! Nein. Nein.«

Was auch immer eben geschehen sein mochte, Carlotta hatte sich wieder gefangen.

Sergeant Wilson verlagerte sein beträchtliches Gewicht auf dem Stuhl. »Hollis, holen Sie Mrs Simmons ein Glas Wasser.«

»Nicht nötig. Mir geht es jetzt gut.«

Der Sergeant setzte wieder zum Angriff an. »Ihr Mann hat gedacht, dass Sie eine Affäre haben.«

»Das ist Unsinn!«

»Unsinn, dass Sie eine Affäre hatten? Oder Unsinn, dass er gedacht hat, Sie hätten eine?«

»Ich weiß nicht, was er dachte.«

»Oh, ich denke, jeder im Horse hat gewusst, was er dachte. Er hat gesagt …« Der Sergeant schaute in seine Notizen. »Er hat gesagt: ›Finger weg von meiner Frau!‹ Und dann hat er versucht, Mister Bellini zu schlagen. Den nun verstorbenen Mister Bellini.«

»Mein Mann ist ein dummer Mann«, sagte Carlotta zittrig. »Ein dummer, dummer Mann.«

Emma fragte sich nun, wie dumm William gewesen sein könnte.

»Ist das so?«, hakte der Sergeant nach. »Also haben Sie nicht mit Mario vereinbart, sich später an dem Abend zu treffen?«

»Nein! Wie oft muss ich Ihnen noch sagen, dass ich das nicht habe?«

»Haben Sie ihn später an dem Abend getroffen?«

»Nein, natürlich nicht!«

»Na schön, dann sagen Sie mir, wann Sie ihn zuletzt gesehen haben.«

»Als er auf sein Zimmer gegangen ist, nachdem William versucht hatte, ihn zu schlagen.«

»Das ist sehr hilfreich.« Harold Wilson setzte ein Lächeln auf, das wahrscheinlich beruhigend wirken sollte, von dem Emma indes vermutete, dass es kleine Kinder schreiend zu ihren Müttern rennen ließe. »Also, Mario ging auf sein Zimmer. Was war dann?«

»Alle unsere Gäste haben laut geredet, uns angestarrt – es war furchtbar. Ich habe bis zum Schluss so getan, als wäre nichts gewesen. Und dann, als alle Türen geschlossen waren, habe ich William gesagt, was ich von ihm halte.«

»Sie haben sich mit ihm gestritten.«

»Ja.« Ihr Ton legte nahe, dass es ein ziemlich heftiger Streit gewesen war.

»Ist Ihr Mann weggegangen?«

Sie runzelte die Stirn. »Nein, natürlich nicht; es war schon nach elf Uhr.«

»Dann war er die ganze Nacht bei Ihnen?«

Sie blickte zur Seite. »Ja … Nein.«

»Was jetzt?«, fragte der Sergeant gereizt. »Ja oder nein?«

Sie wurde rot. »Er war die ganze Nacht zu Hause, aber nicht bei mir. Nach dem Streit hat er auf der Couch im Wohnzimmer geschlafen.«

»Und dort war er die ganze Nacht?«

»Ja, sicher. Wo sollte er sonst gewesen sein?«

»Heutzutage ist das Rauchen in Pubs verboten«, sagte Sergeant Wilson im Plauderton.

Carlotta zuckte nur mit den Schultern.

»Ihr Mann raucht. Was für eine Marke noch gleich?«

»Capstan. Aber ich verstehe nicht, worauf Sie hinauswollen. Er verstößt nicht gegen das Rauchverbot und raucht nie im Pub. Ich lasse ihn nicht mal in der Wohnung rauchen. Er muss rausgehen.«

Auf diese Worte stürzte sich der Sergeant. »Also hätte er zum Rauchen rausgehen müssen?«

»Ja, das hätte er.«

»Wo war er zwischen halb eins und halb zwei in der Nacht?«, fragte Wilson mit harscher Stimme.

»Ich … ich weiß es nicht.«

»Danke, Mrs Simmons! Sie waren sehr hilfreich. Die Befragung endet um vierzehn Uhr fünfzehn.« Er beugte sich vor und schaltete das Aufnahmegerät aus. »Ich denke, das wäre vorerst alles, was Sie anbelangt. Aber verlassen Sie die Gegend nicht, falls wir noch einmal mit Ihnen reden müssen.«

Obgleich Carlotta sicherlich begriffen hatte, dass sie wieder frei war und die Wache verlassen durfte, rührte sie sich nicht von ihrem Stuhl. »Sie glauben doch nicht etwa, dass William Mario umgebracht hat?«, flüsterte sie. »Der dumme, dumme Mann.«

Wilson gab darauf keine Antwort, sondern wies Emma an, dafür zu sorgen, dass die Zeugin unverzüglich verschwand. Behutsam ergriff Emma den Arm von Carlotta, sprach beruhigend auf sie ein und führte sie zum Ausgang der Polizeiwache.

Sobald Carlotta auf dem Rückweg zum Horse war, schickte der Sergeant Emma los, um William in den Verhörraum zu holen. Als sie seine Zellentür aufschloss, bemerkte sie, dass er blasser war als sonst; und die Falten schienen sich tiefer in sein Gesicht gegraben zu haben.

»Was hat Carlotta gesagt?«, fragte er ängstlich auf dem Weg durch den Korridor.

Diese Äußerung brachte Emma ins Grübeln. Bedeutete dies, dass Carlotta mehr wusste, als sie preisgegeben hatte? Sie hatte jedoch ziemlich ehrlich gewirkt. Oder stimmte Sergeant Wilsons Theorie, dass die zwei die Tat gemeinsam begangen hatten, und sorgte sich William nun, dass seine Frau ihn verpfiffen hatte?

Emma tat, als hätte sie ihn nicht gehört, und brachte ihn zum Verhörraum. »Hier rein«, sagte sie und öffnete die Tür. »Setz dich!«

Sergeant Wilson schaltete das Aufnahmegerät ein, gab an, dass er und Constable Hollis zugegen waren, und las dem Verdächtigen seine Rechte vor.

Auch William verzichtete auf einen Anwalt, allerdings war Emma überzeugt, dass er wusste, was er tat. War es verwunderlich, dass er niemanden an seiner Seite wollte, wenn er von zwei Polizisten verhört wurde? Oder rechnete er damit, ohne Anwalt unschuldiger zu wirken?

»Dieser Bursche, Mario Bellini – Sie mochten ihn nicht«, begann Sergeant Wilson.

»Nein«, gab William zu.

»Aber Ihre Frau hat uns eben erzählt, dass sie ihn mochte. Sehr sogar.«

Williams Züge verhärteten sich. »Das ist ihre Sache.«

»Die Sie aber anscheinend zu Ihrer gemacht haben. Sie fingen einen Streit mit Mr Bellini an. Der ging nicht gut für Sie aus, und deshalb arrangierten Sie einen Revanchekampf.«

»Wie hätte ich das tun können? Ich habe ihn nicht mehr wiedergesehen.«

»Sind Sie sicher?«

»Selbstverständlich bin ich sicher.«

»Und was ist nach dem Streit passiert?«

»Nichts. Er ist auf sein Zimmer gegangen. Es war fast Zeit zu schließen.«

»Also haben Sie den Pub geschlossen, und Sie und die reizende Carlotta haben sich geküsst und sich wieder versöhnt?«

William wurde feuerrot. »Nicht ganz. Ich habe beschlossen, auf der Couch zu schlafen.«

»Das soll Ihre Entscheidung gewesen sein? Ich hatte den Eindruck, es war die Ihrer Frau. Von der eigenen Frau, die heimlich mit einem anderen schäkert, aus dem eigenen Bett geworfen zu werden – das reicht, um einen Mann sehr, sehr wütend zu machen.«

William biss die Zähne zusammen und schwieg.

»Also haben Sie sich auf die Couch gelegt und sind eingeschlafen, ja?«

»Nein, ich ging nach draußen, um eine zu rauchen und mich zu beruhigen.«

»Wohin sind Sie gegangen?«

»Zum Victoria Park.«

Sergeant Wilson lehnte sich auf seinem Stuhl zurück und atmete schnaufend aus. »Jetzt sagen Sie endlich mal etwas, das ich Ihnen abnehme. Und wissen Sie, warum? Wir haben eine von Ihren Kippen gefunden. Was denken Sie, wo die war?«

»Neben dem indischen Pavillon«, antwortete William finster.

»Genau. Und um welche Uhrzeit waren Sie dort?«

»Keine Ahnung. Nein, weiß ich doch. Ich schaute auf meine Uhr, als ich wieder zurückkam, und da war es gegen halb eins.«

Sergeant Wilson verzog das Gesicht zu einer Grimasse. »Sie bringen die Zeitpunkte ein wenig durcheinander. Sie waren um eins am Pavillon, denn genau zu dieser Uhrzeit haben Sie dort Mario Bellini ermordet, indem Sie ihn die Stufen hinunterstießen.«

»Nein, das habe ich nicht getan!«, schrie William. »Ich habe ihn überhaupt nicht gesehen. Ich bin den Weg zurückgegangen, der zum Parkplatz führt. Da waren noch einige Leute auf der Hauptstraße. Finden Sie die! Sie könnten mich gesehen haben.«

»Sie sind sich sicher, dass Sie Leute gesehen haben? Ich verrate Ihnen, worin ich mir sicher bin, William – Sie haben Mario Bellini umgebracht.« Der Sergeant beugte sich vor. »Ist es nicht so?«

William verschränkte die Arme vorm Oberkörper. »Ich will einen Anwalt.«

7. Dinner bei Alfie

Alfie hatte Liz und Marge mit ihren Gin Tonics, die sie vor dem Dinner tranken, ins Wohnzimmer gesetzt.

»Emma müsste bald hier sein«, sagte Marge. »Dann erfahren wir, was für einen Unsinn Harry Wilson angerichtet hat, und danach sehen wir weiter.«

»Wie steil sind die Stufen des indischen Pavillons?«, fragte Alfie. »Wie leicht kann es passieren, die runterzufallen?«

»Ich dachte, Männer sollten räumliche Ausmaße besser einschätzen können«, entgegnete Marge. »Stell sie dir bildlich vor und überschlage es.«

»Ich war eigentlich noch nicht in dem Park … Nun ja, nicht mehr, seit ich ungefähr zehn war.«

Die Damen sahen ihn entgeistert an. »Du bist seit November in Bunburry und warst kein einziges Mal im Park?«, rief Marge. »Das ist unglaublich. Den darfst du dir nicht entgehen lassen.«

»Ich habe ihn absichtlich ausgelassen, weil ich … ihn nicht so mag.«

Er rechnete mit einer spitzen Bemerkung, doch stattdessen blickte Marge besorgt. »Darüber habe ich kürzlich einen sehr interessanten Artikel gelesen. Forscher haben herausgefunden, dass viele Leute Parks meiden, weil sie fürchten, überfallen zu werden. Aber da ging es um Parks in Großstädten. Ich kann gut verstehen, dass du all die gefährlichen Ecken in London meidest, wie Hyde Park und Regent's Park. Doch ganz ehrlich, Alfie, unser Victoria Park ist vollkommen sicher.«

Alfie hatte viele angenehme Nachmittage in Londons Grünanlagen verbracht, wusste jedoch auch, dass er den beiden ihre Vorurteile nie ausreden könnte, was die Gefahren des Stadtlebens betraf.

»Es ist der Victoria Park, mit dem ich ein Problem habe«, gestand er.

Es war in den Sommerferien gewesen, die er bei seinen Großeltern verbrachte und während derer er mit den Jungen aus dem Ort in der Gegend spielte und tobte. Allerdings war das Toben im Victoria Park verboten. *He, ihr da, könnt ihr nicht lesen? RUNTER VOM RASEN!*

»Oder vielmehr mit dem Parkwächter«, erklärte er.

Marge kicherte. »Oh, an den erinnere ich mich! Er war Furcht einflößend. Man musste strikt auf den Wegen bleiben, und berührte man auch bloß einen Grashalm auf seinem sorgsam gepflegten Rasen, wurde er zum Berserker.«

»Für uns war es eine Mutprobe, durch den Park zu laufen, und er jagte dann hinter uns her. Er hatte diesen Stock mit dem Dorn vorne. Die anderen Jungen erzählten mir, wenn er einen erwischt, nagelt er ihn mit dem Dorn an der Eingangstafel fest. Einmal packte er mich tatsächlich, und ich hatte solche Angst, dass ich mich mit aller Gewalt losriss. Dabei ging mein T-Shirt kaputt. Meine Großmutter hat schrecklich geschimpft, als ich nach Hause kam. Und ich habe mich nie wieder in die Nähe des Parks getraut.«

»Die anderen Jungen waren wirklich nicht sehr nett zu dir«, sagte Liz mitfühlend.

»Sie wussten, dass du alles glauben würdest«, murmelte Marge. »Der Stock mit dem Dorn war zum Mülleinsammeln.«

»Das weiß ich heute auch«, sagte Alfie.

»Also, der indische Pavillon …«, begann Liz. »Er ist aus dem 19. Jahrhundert, als es in der Architektur einen Trend hin zum Orientalischen gab. Gleichzeitig ist er insofern ungewöhnlich, als er aus Marmor ist und nicht aus Schmiedeeisen. Eine reich verzierte Kuppel und sechs schmale Säulen, eine durchbrochene Marmorbrüstung und dann die fünf Stufen.

Ungefähr drei Fuß hoch, würde ich schätzen – was ist das in neuer Währung? Ein Meter?«

»Liz hält Vorträge darüber«, erklärte Marge stolz.

»Ich entsinne mich nicht, dass dort schon mal jemand gestürzt ist«, ergänzte Liz. »Abgesehen von Kevin Fletcher, der auf die Kuppel geklettert war, runterfiel und sich den Arm brach.«

Es war Kevin Fletcher gewesen, der Alfie einst gewarnt hatte, er würde an die Eingangstafel genagelt werden. Vielleicht war der gebrochene Arm Karma.

Die Kindheitserinnerung brachte ihn auf eine andere Frage. »Bevor Emma hier ist …«, sagte er zögerlich. »Habt ihr eigentlich meinen Vater gekannt?«

»Selbstverständlich«, antwortete Marge. »Er war so ein gut aussehender Mann. Er und deine Mum waren solch ein reizendes Paar. Und es war ein herrlicher Tag, als sie geheiratet haben. Wir waren alle da, denn so wurde es damals gemacht: Trauung in der Gemeindekirche, anschließend Empfang im Gemeindesaal; und jeder steuerte etwas bei. Da hat keiner Tausende Pfund für einen einzigen Tag ausgegeben. Im Ernst, dieser Hochzeitsirrsinn heute! Dabei kommt es doch gar nicht auf den Tag an, an dem man heiratet, sondern auf die Zeit, die ein Ehepaar hinterher miteinander verbringt.«

»Stimmt«, murmelte Alfie.

Marge besaß immerhin den Anstand, verlegen zu werden. »Tut mir leid. Ich habe nicht nachgedacht.«

»Das ist dein Problem, Margaret«, sagte Liz in einem sehr strengen Tonfall, den Alfie bei ihr noch nie gehört hatte. »Vielleicht solltest du in Zukunft ein bisschen mehr nachdenken.«

»Ist schon gut«, beschwichtigte Alfie sie. »Es macht mir nichts aus. Ich bin bloß neugierig. Meine Mutter hat nichts von ihm aufbewahrt. Ich habe nie irgendwelche Hochzeitsbilder und auch kein einziges Foto von ihm gesehen. Und sie mochte es nicht, über ihn zu reden. Ich weiß nur, dass er wegging, bevor ich geboren wurde. Alles, was ich habe, ist meine Geburtsurkunde mit seinem Namen: Calum McAlister.«

»Wir kannten ihn nicht besonders gut«, erklärte Liz mit einem warnenden Blick zu Marge, auf dass sie ja nicht widersprach. »Er war nicht aus Bunburry.«

»Ich bin immer davon ausgegangen, dass er Schotte war«, sagte Alfie.

»Seine Vorfahren vielleicht, aber seine Familie wohnte jenseits von Oxford. Wir wussten nichts über ihn, bis er anfing, deine Mutter zu umwerben.«

Umwerben. Alfie dachte über das altmodische Wort nach. Hatte Calum McAlister seinen Großvater um Erlaubnis gebeten, mit seiner Mutter auszugehen? War er in Anzug und Krawatte zu ihnen gekommen, mitsamt einer Pralinenschachtel? War er in seine Mutter verliebt gewesen?

»Mochtet ihr ihn?«, fragte er abrupt.

Marge öffnete den Mund, doch es war Liz, die antwortete: »Wie gesagt, mein Lieber, wir kannten ihn eigentlich nicht.«

»Mochte Tante Augusta ihn?«

»Weiß ich nicht, mein Lieber. Darüber haben wir nicht gesprochen.«

Alfies Instinkte, die ihm in geschäftlichen Belangen gute Dienste geleistet hatten, waren immer noch hellwach. Er war zwar nicht sicher, ob Liz log, aber sie war eindeutig nicht ehrlich.

»Habt ihr eine Ahnung, warum er meine Mutter verlassen hat?«

Sie begann beinahe schon zu antworten, ehe er die Frage zu Ende ausgesprochen hatte. »Nein, Alfie, mein Lieber, das war eine Privatangelegenheit zwischen deinen Eltern. Du musst akzeptieren, dass manche Dinge einfach so sind, wie sie sind.«

Diesmal log sie definitiv.

Plötzlich erklang der Halleluja-Refrain und meldete, dass jemand an der Tür war, und Alfie sah einen Ausdruck der Erleichterung über Liz' Gesicht huschen.

Er öffnete die Tür. Vor ihm stand Emma. Sie war in ihrer Uniform, nicht in Zivil, wie Alfie erwartet hatte.

»Du brauchst wirklich einen Drink!«, rief er aus.

Sie lächelte verhalten. »Ist das so offensichtlich? Ich hätte richtig gerne einen, aber ich kann nicht. Ich darf nur kurz bleiben und muss dann zurück zur Arbeit.«

Die Polizeiwache von Bunburry hielt normale Bürozeiten ein, wie Alfie wusste. Deshalb erwiderte er: »Aber es ist nach sieben. Bestimmt hast du all deine Arbeiten für heute erledigt, nicht wahr?«

Sie stöhnte leise. »Lass mich einfach rein, und ich erzähle euch alles.«

»Entschuldige, ja, natürlich.« Er trat zurück und ließ sie in die Diele. »Geh direkt in die Küche – da essen wir.«

Sie atmete tief ein. »Was es auch ist, es riecht köstlich.«

Alfie schaute ins Wohnzimmer. »Die Damen? Darf ich dann zu Tisch bitten. Das Bunburry-Quartett ist nun vollständig.«

»Sehr witzig«, sagte Marge.

Sie gingen alle in die Küche.

Marge wandte sich an Liz: »Alfie gefällt nicht, dass wir das Bunburry-Trio heißen.«

»Wundert mich nicht, meine Liebe. Mir gefällt es auch nicht.«

»Tja, kann dann bitte einer von euch einen besseren Namen vorschlagen?« Brummelnd begab sie sich auf ihren Platz in der bunt gefliesten Küche.

Die Hühnerbrühe stand auf kleiner Flamme auf dem Herd, und alles war für die Eier-Zitronen-Soße bereit.

»Die Suppe braucht noch fünf Minuten«, teilte Alfie den

anderen mit. »Ich schneide schon mal Brot. Emma, möchtest du eine Holunderschorle?«

Marge stand wieder auf. »Kümmere du dich um die Suppe. Emma, nimm Platz und entspann dich; ich hole dir deinen Drink. Liz, du schneidest das Brot.«

Tante Augustas Freundinnen waren in ihrer Küche genauso zu Hause wie Alfie – wenn nicht noch mehr als er. Er stellte sich vor, wie Liz, Marge und Augusta an diesem Tisch gesessen und über seinen Vater, den Schwager seiner Tante, gesprochen hatten. Warum wollte Liz nicht über ihn reden, und weshalb sollte Marge unbedingt still sein?

Er schlug die Eier schaumig, während Liz sorgfältig das frische Bauernbrot schnitt und die Farmbutter aus dem Kühlschrank nahm.

Vorsichtig gab Alfie den Zitronensaft zu den Eiern und rührte die Masse in die Brühe.

Marge füllte Eiswürfel in ein großes Glas, gab Holundersirup und Selters dazu und reichte es Emma.

»Schau zu und lerne«, sagte sie, wobei sie zu Alfie zeigte, der die Suppe in vier Schalen schöpfte. »Das nennt man Kochen.«

Emma schüttelte den Kopf. »Viel zu kompliziert. Eine Tüte Chips aufmachen ist weitaus leichter.«

Alfie zog die Suppentasse zurück, die er ihr gerade reichen wollte. »Ich kann losgehen und dir Chips holen, falls du die lieber willst.«

Sie griff nach der Schale. »Nein, wo du dir schon mal die Mühe gemacht hast, fühle ich mich verpflichtet, die Suppe auch zu essen.«

»Es war keine Mühe«, entgegnete Alfie und reichte das Brot herum. »Ich koche gerne. Für mich ist es entspannend.«

»Entspannen – tja, das wäre was!«

»Also, warum bist du noch im Dienst?«

»Was?«, fragte Liz entrüstet. »Du hättest schon vor Stunden Schluss haben sollen. Was bürdet dir der fürchterliche Sergeant jetzt wieder auf?«

»Die Nachtschicht«, antwortete Emma.

»Aber ihr habt keinen Nachtdienst.«

»Doch, wenn ein Gefangener in der Zelle sitzt. Mm, Alfie, diese Suppe ist exzellent.«

»Ein griechisches Gericht«, erklärte er. »Es heißt Avgolemono, Ei und Zitrone.«

»Ja, egal«, sagte Marge, »obwohl es eine sehr gute Suppe ist. Warum sitzt ein Gefangener in eurer Zelle?«

»William hat kein Alibi für den Zeitraum, in dem Mario starb, und außerdem zugegeben, am Tatort gewesen zu sein. Er hat erst nachträglich um einen Pflichtverteidiger gebeten, und der war ein Totalversager. Dieser Rechtsanwalt war unfähig, William aus der Untersuchungshaft zu bekommen. Das hätte ich selbst besser getan, und dann hätte ich die Nacht freigehabt.«

»Zumindest ist William nach diesem Aufstand im Pub ein glaubwürdiger Verdächtiger«, schnaubte Marge. »Ich war überzeugt, dass dein Sergeant behaupten würde, es war die Mafia.«

»Oh, bitte nicht.« Emma vergrub das Gesicht in den Händen. »Das hatten wir alles schon, nachdem Debbie ihm erzählt hatte, wer Mario war.« Sie ahmte die mürrische Stimme des Sergeant nach. »Der Bursche heißt Mario Bellini. Der Name ist der entscheidende Hinweis, Hollis. Ich wette, dass es ein Mafiakiller war.«

Dann äffte sie sich selbst kindlich scheu nach: »Ich bin mir nicht sicher, Sarge. Wäre ein Mafiamord nicht irgendwie … offensichtlicher?«

Zurück zum mürrischen Sergeant-Ton: »Wie kann es offensichtlicher sein, wenn der Bursche tot ist?«

Alfie musste unweigerlich lachen, denn sie machte ihren Chef brillant nach.

»Das Lachen wird dir gleich vergehen«, warnte sie ihn. »Du bist auch ein Verdächtiger.«

»Wirklich?«

»Mario hatte deine Visitenkarte in der Tasche.«

»Dafür gibt es eine vollkommen harmlose Erklärung, Officer. Mario wollte mir Eiscreme schicken. Und ich bin ziemlich betrübt, dass es dazu nicht mehr kommen wird. Sein Eis ist hervorragend.«

»Alfie!«, schalt Liz.

»Verzeih.«

Während die anderen ihre Suppe aufaßen, holte er den Salat aus dem Kühlschrank und erhitzte die vorbereiteten Fischfrikadellen in der Bratpfanne.

»Es ist vollkommen absurd, William festzunehmen«, sagte Marge.

»Ich weiß nicht«, wandte Alfie nachdenklich ein. »Da sind ein paar Sachen, die mich stören.«

»Erzähl«, forderte Emma ihn auf. »Und beeil dich mit den Fischfrikadellen. Ich habe nicht viel Zeit.«

Alfie räumte die Suppentassen ab und servierte die Fischfrikadellen. »Mario und Carlotta haben sich auf Italienisch unterhalten, und Mario wollte mir nicht verraten, was sie gesagt hat. Wozu die Heimlichtuerei? Und als William über Mario schimpfte, habe ich gesagt, so seien Italiener nun mal, und dann dachte ich schon, er wollte auf der Stelle auf Mario losgehen … oder auf mich.«

»Oh, Alfie!«, keuchte Liz auf. »Das darf nicht wahr sein!«

»Was denn?«, fragte er perplex.

»Du liebe Güte! Carlotta hatte vor ungefähr zwanzig Jahren eine Affäre. Mit einem Italiener. Es war ganz furchtbar. Sie und William haben sich dann ausgesprochen und alles wieder in Ordnung gebracht; aber er hat seitdem panische Angst, dass sie ihn verlassen könnte. Vor allem wegen eines Italieners.«

»Hättet ihr das bloß nicht gesagt«, sagte Emma mit vollem Mund. »Aber jetzt habe ich es leider gehört. Ich war bei Carlottas Befragung dabei, und ich bin ziemlich sicher, dass zwischen ihr und Mario nichts lief. Falls William es jedoch glaubte … Tja, man kann verstehen, dass er beschlossen haben könnte, seinen Konkurrenten loszuwerden. Super Fischfrikadellen übrigens, Alfie. Die sind ganz schön würzig.«

»Das ist die Harissa«, antwortete er.

»Wir sollten William entlasten und nicht Beweismaterial gegen ihn zusammentragen«, sagte Marge zu Liz.

»Nur, wenn er es nicht war«, warf Emma ein. »Obwohl mich allein der Gedanke aufregt, dass der Sarge ausnahmsweise mal recht haben könnte und William womöglich einfach durchgedreht ist.«

Sie hatte die zwei Fischfrikadellen verputzt, die Alfie ihr serviert hatte. Er nahm ihren Teller und legte ihr noch eine drauf, die er auf dem Herd warm gehalten hatte. Emma reckte beide Daumen in seine Richtung.

»Ich würde eigentlich gerne jeden befragen, der an dem Abend im Pub war, vor allem die, die im Horse gewohnt haben«, sagte sie. »Die Isolierung zwischen den Zimmern ist nicht so toll, und jemand könnte etwas gehört haben. Warum war Mario überhaupt mitten in der Nacht im Park? Er könnte einen Anruf bekommen haben.«

»Ich kenne zwei Leute, die momentan im Horse wohnen – Sasha und Sebastian«, sagte Alfie finster.

»Alfies Freunde«, erklärte Marge.

»Bekannte«, korrigierte Alfie.

»Ach ja, das Londoner Paar mit den tuntigen Namen!«, rief Emma aus. »Carlotta hat mir alles über die erzählt, als ich heute Morgen mit ihr sprach. Sie war völlig aus dem Häuschen, weil sie so stilvoll, so reich und gebildet sind – die Art Gäste, von denen sie immer geträumt hat. Das arme Ding hatte keine Ahnung, dass der Sarge sie wegen Mordverdacht festnehmen und ihr Mann letzten Endes die Nacht in einer Zelle verbringen würde.« Sie seufzte. »Aller bösen Dinge sind drei. Ich schätze, das erste Schlechte war, dass ihre Stargäste ganz früh ausgecheckt haben.«

Alfie war plötzlich beunruhigt. »Sie sind weg?«

»Im Morgengrauen zurück nach London – obwohl sie das Zimmer für eine weitere Nacht gebucht hatten.«

Zu Alfies Unbehagen gesellte sich Verärgerung. Er war den ganzen Tag umhergeschlichen, um die beiden zu meiden, und sie waren gar nicht da gewesen.

»Ich finde wirklich, dass du sie befragen solltest«, sagte er.

»Kann ich nicht«, entgegnete Emma. »Der Sarge hat seinen Verdächtigen. Ich kann nichts tun, es sei denn, er befiehlt es mir. Und kannst du dir das Gespräch vorstellen?«

Sie schlüpfte wieder in die Rolle der schüchternen jungen Polizistin. »Sarge, ich würde gerne nach London fahren, um zwei potenzielle Zeugen zu befragen.«

Dann kam die mürrische Sergeant-Stimme: »Denken Sie, ich weiß nicht, was Sie vorhaben, Hollis? Sie wollen eine Gratisreise in die Großstadt und da durch die Läden bummeln. Das können Sie vergessen. Sollen die Jungs von der Met sie befragen.«

Die scheue Stimme: »Jungs und Mädchen, Sarge.«

Die mürrische Erwiderung: »Oh Gott, schütze mich vor den verdammten Frauenrechtlerinnen!«

»Hat er das wirklich mal gesagt?«, fragte Liz.

»Ach, nur ungefähr sechsmal am Tag.«

»Jemand müsste dringend an seinen Ansichten arbeiten. Notfalls mit Druck.«

Alfie schwieg. Er hatte festgestellt, dass dies oft die sicherste Taktik war, wenn es um das Thema Gleichberechtigung ging.

Emma sah auf ihre Uhr. »Ich muss gleich los zu meinem Babysitterdienst.«

»Hast du noch Zeit für einen Kaffee?«

Sie seufzte wieder. »Im Grunde nicht, aber ich schätze, der hilft mir, wach zu bleiben.«

»Die Damen?«

»Ja, gerne«, antwortete Liz.

»Nein danke«, erwiderte Marge. »Ich nehme noch einen Gin – keine Sorge, ich weiß, wo die Flasche ist.«

Alfie verzog beschämt das Gesicht. »Es tut mir schrecklich leid, Marge, aber die Flasche ist beinahe leer, und ich habe völlig vergessen, eine neue zu holen. Du musst dich mit Kaffee begnügen. Setzt euch ins Wohnzimmer. Dort ist es bequemer.«

Seine drei Gäste verließen die Küche.

Er löffelte gerade Kaffee in die Cafetière, als er Emma laut aufschreien hörte. Schnell lief er hin.

Sie stand neben dem Sofa. »Das Ding hat mich eben angegriffen!«, sagte sie vorwurfsvoll. »Ich habe mich hingesetzt und … Ich glaube, eine der Sprungfedern hat sich gelöst.«

»Es hat keine Sprungfedern.« Alfie strich mit der Hand über das schwarze Lederpolster und stieß dann selbst einen kleinen Schrei aus, als etwas in seine Hand stach.

Einen Moment später hielt er den Missetäter zwischen Zeigefinger und Daumen in die Höhe. Eine grellbunte Brosche in Form eines Kakadus.

»Das ist Sashas«, stellte Liz fest. »Sie muss sie nicht richtig wieder angesteckt haben, nachdem sie sie uns gezeigt hatte. Die arme Frau. Gewiss ist sie ganz verzweifelt, dass sie das gute Stück verloren hat.«

Emma ging zu Alfie und sah sich die Brosche an. »Wow, ist die geschmacklos!«

»Sie ist fünftausend Pfund wert«, hob Marge hervor.

»Im Ernst? Ich würde nicht mal fünf dafür ausgeben.« Wieder blickte Emma auf ihre Uhr. »Entschuldigt, ich muss jetzt wirklich los. Der Sarge wird ausflippen, weil ich so spät dran bin – zu Hause warten eine Whiskyflasche und der Sportkanal auf ihn.«

»Nimm die Brosche mit«, sagte Liz. »Sie ist ein Fundstück.«

»Wie bitte? Willst du mir noch mehr Papierkram aufdrücken? Steckst du etwa mit dem Sarge unter einer Decke? Außerdem ist es kein Fundstück, denn ihr wisst, wem sie gehört.« Sie nahm ihre Tasche, verabschiedete sich und ging hinaus.

Alfie stand anschließend immer noch mit der Brosche in der Hand da.

»Ein Jammer, dass Sasha und Sebastian weg sind«, meinte Liz. »Ich hatte mich schon auf ihre Tipps gefreut, wie ich mit dem Karamell mehr Geld machen kann.«

»Clarissa«, ausnahmsweise verwendete Marge ihren vollen Namen, »du hättest es nicht mal verstanden. Das Karamell wird bereits perfekt vermarktet – dank mir. Bleib du dabei, es weiterhin zu kochen, und ich erledige die komplizierten Sachen.«

»Gleichbleibend gutes Karamell in großen Mengen zu kochen kann recht kompliziert sein, meine Liebe«, erwiderte Liz in freundlichem Ton.

»Unsinn. Du machst das schon so lange, dass du es im Schlaf könntest.«

»Das glaube ich nicht, meine Liebe.«

»Ich hole den Kaffee«, sagte Alfie.

»Nein!« Marges Augen blitzten hinter ihren extrem großen Brillengläsern. »Ich habe einen Plan!«

»Ach du meine Güte«, sagte Liz.

»Nein, hört mir zu. Emma kann nicht offiziell ermitteln, weil dieser Narr von Sergeant glaubt, er hätte den Fall aufgeklärt. Aber wer weiß, welche Spuren und Beweise da draußen noch sein können? Es gibt nichts, was das Bunburry-Trio vom Ermitteln abhält.«

»Ich wünschte wirklich, du würdest aufhören, uns so zu nennen, meine Liebe.«

»Du weißt, was du tun kannst, wenn du diesen Ausdruck nicht magst«, sagte Marge. »Clarissa, du und ich gehen ins Horse und befragen jeden, der gestern Abend da war. Und das ist das Geniale an meinem Plan: Niemand merkt, dass er befragt wird, denn wir tun so, als würden wir bloß tratschen.«

Liz sah zu Alfie. »Dir ist klar, dass sie diese Ermittlung im Horse nur vorschlägt, weil du keinen Gin mehr hast, oder?«

»Hauptsächlich bin ich gekränkt, weil ich offensichtlich nicht mitkommen soll.«

»Du, mein Junge, hast anderes zu tun.« Marge nickte zu der Brosche in seiner Hand. »Du hast gesagt, dass Sasha und Sebastian befragt werden müssten. Ruf sie an, erzähle ihnen, dass du die Brosche gefunden hast, und entlocke ihnen geschickt sämtliche Informationen. Jetzt komm, Clarissa, ehe dem Horse auch noch der Gin ausgeht.«

Als er allein war, begann Alfie mit dem Aufräumen. Er war noch beunruhigter. Das Treffen zum Dinner, das eigentlich alles hätte klären sollen, hatte rein gar nichts geklärt. Der Verdacht gegen William schien sich erhärtet zu haben. Doch wie verdächtig war Sashas und Sebastians unerwartete Abreise? Sie hatten nicht einmal nachgefragt, ob er einen kompletten Sinneswandel durchlebt hatte und ihnen unbedingt eine Viertelmillion Pfund geben wollte.

Sie hatten Mario wiedererkannt, daran hegte er nicht den geringsten Zweifel. Und nun, da er die Ereignisse des Abends in Gedanken Revue passieren ließ, erinnerte er sich, dass Mario nicht mehr an der Bar gesessen hatte, als Sebastian zur Toilette gegangen war. Hatten die beiden sich getroffen?

Alfie stellte das restliche Geschirr in die Spülmaschine und nahm die Brosche vom Küchentisch auf. Sashas Krafttier, das für Begeisterungsfähigkeit, Aufmerksamkeit und Zufriedenheit stand. Alfie spürte, dass es ihn eklatant an allen dreien mangelte. Er schloss die Hand um die Brosche und fragte sich, ob sich diese Attribute auf ihn übertragen würden.

Marges Anweisungen waren klar gewesen. Ruf sie unter dem Vorwand an, dass du die Brosche gefunden hast, und kitzle alle relevanten Informationen aus ihnen heraus. Oder sollte er es den »Jungs und Mädchen« von der Met überlassen? Ohne es eigentlich zu wollen, drückte er seine Hand, in der die Brosche lag, fester zusammen. Und da die Nadel noch nicht wieder in der Halterung gesichert war, stach sie ihn in die Hand. Er ließ das Schmuckstück auf den Tisch fallen und saugte das Blut von der Wunde.

Dann ging er ins Schlafzimmer, hockte sich auf die Bettkante, ergriff das Telefon und wählte.

8. Zwei Telefonate

»Bei de Linnet, Lane, der Butler, am Apparat.«

»Oscar, leider habe ich sehr schlechte Neuigkeiten. Mario Bellini ist tot.«

»Oh nein!«, seufzte Oscar. »Es tut mir so leid, das zu hören. Ich hatte keine Ahnung, dass es so schlimm um ihn stand. Er hat mir nie etwas gesagt. Hätte ich doch nur helfen können. Man weiß nie, was Leute durchmachen.«

Alfie war verwirrt. »Denkst du etwa, er hat sich umgebracht?«

»Wie? War es denn nicht offensichtlich? Sah es wie ein Unfall aus?«

»Er wurde mit einer tödlichen Kopfverletzung am Fuße einer Marmortreppe im Park gefunden«, erklärte Alfie langsam.

»Entsetzlich.«

»Ja, aber eher eine sehr unsichere Methode, sich das Leben zu nehmen.«

»Vielleicht hatte er vorher eine Überdosis genommen.«

»Oscar, ich hatte wenige Stunden zuvor etwas mit ihm getrunken, und er schien in bester Laune zu sein. Es gab nicht den kleinsten Hinweis, dass er vorhatte, sich umzubringen.«

»So ist es manchmal«, sagte Oscar ernst. »Gib dir keine Schuld. Warte mal kurz – was meinst du damit, dass du etwas mit ihm getrunken hast? Bist du in London? Wieder in deiner Wohnung?«

»Ich bin in Bunburry. Und Mario war hier. Er hatte überlegt, hier ein Eiscafé zu eröffnen. Was wohl kaum darauf hindeutet, dass er sich das Leben nehmen wollte.«

»Es könnte ein letzter, verzweifelter Versuch gewesen sein.

Vielleicht hat er gedacht, dass er auf diese Weise die Firma irgendwie doch noch über Wasser halten könnte. Und als er entdeckt hat, dass es nicht klappen würde, hat er die Hoffnung aufgegeben.«

»Oscar, wir reden total aneinander vorbei. Mario Bellini war in Bunburry, weil er expandieren wollte. Er hat mit Carlotta im Horse geflirtet, damit sie sein Eis auf ihre Karte setzt.«

»Alfie, der Mann rauschte in den Bankrott!«

Alfie kam der Gedanke, Oscar könnte einen Absinth zu viel getrunken haben. Sein Blick streifte die Oscar-Wilde-Biografie auf seinem Nachttisch, und plötzlich fiel ihm ein, was der ursprüngliche Oscar gesagt hatte: »Nach dem ersten Glas Absinth sieht man die Dinge so, wie man sie sich wünscht. Nach dem zweiten sieht man sie so, wie sie nicht sind. Und schließlich sieht man sie, wie sie wirklich sind, und das ist das Fürchterlichste überhaupt.«

Könnte es sein, dass Oscar der Einzige war, der Marios Tod vollkommen klar als das sah, was er wirklich war?

Doch Alfie verstand immer noch nicht, warum er erst jetzt von Marios Schwierigkeiten erfuhr.

»Du hast mir erst neulich erzählt, dass du mit Rebecca und Kathrin im Bellini's in Islington warst, und da hast du nichts von Problemen erwähnt.«

»Genau«, antwortete Oscar. »Ich habe es erst wegen deines Anrufs herausgefunden.«

Erschöpft streifte Alfie seine Schuhe ab und legte sich aufs Bett. »Ich kann dir nicht folgen, Oscar.«

»Du hast mir erzählt, dass die furchtbaren Sasha und Sebastian vor deiner Tür aufgekreuzt sind. Ich erwähnte es gegenüber einigen der Leute, die ungefähr der gleichen Ansicht sind wie ich, und da kam alles heraus.« Sein zum Ende hin triumphierender Tonfall legte nahe, dass er glaubte, alles zur Zufriedenheit erklärt zu haben.

»Spul noch mal ein Stück zurück«, sagte Alfie. »Wir haben

eben über Mario geredet, aber jetzt scheinen wir bei Sasha und Sebastian gelandet zu sein.«

»Selbstverständlich. Mario hatte bei ihnen investiert, um Geld für eine Expansion seines Geschäfts zu bekommen. Nur war es leider so – wie man es immer bei Sasha und Sebastian erwarten würde –, dass er in extrem riskante und unsichere Projekte investiert hat. Sie überredeten ihn, mehr und mehr Geld anzulegen, und er dachte, dies sollte er tun, weil die Anlagen so gut liefen. In Wirklichkeit aber war dies nur ein Versuch, das zuvor verlorene Geld wieder hereinzuholen. Laut Justin war Mario fast pleite.«

»Sasha und Sebastian wollten unbedingt, dass ich eine Viertelmillion investiere«, sagte Alfie.

»Tja, bei all den schiefgegangenen Deals müssen sie genauso in der Patsche sitzen wie Mario, wenn nicht noch schlimmer.«

»Nein!«, widersprach Alfie. »Ihnen geht es sehr gut. Sasha hat uns eine Brosche gezeigt, die sie sich gerade zur Feier ihres Erfolgs gekauft hatte – und die hat fünftausend Pfund gekostet. Ich habe sie hier. Sie muss in die Sofaritze gefallen sein. Es ist nicht mein Geschmack, aber schon spektakulär – Gold, Diamanten, Rubine, Saphire.«

»Ach ja?«, bemerkte Oscar trocken. »Die ist garantiert unecht. Falls es in deinem verschlafenen Nest so etwas wie einen Juwelier gibt, dann lass sie von ihm schätzen. Sollte sie tatsächlich fünftausend Pfund wert sein, kaufe ich dir eine Flasche 1996er Mouton-Rothschild.«

Alfie rieb sich die Augen. »Oscar, das ist alles ein entsetzliches Chaos. Du denkst, dass Mario sich umgebracht haben könnte, aber William sitzt in einer Gefängniszelle, weil er verdächtigt wird, ihn ermordet zu haben.«

»Der Wirt vom Horse?«, fragte Oscar ungläubig. »Warum? Hat er ihm ein schlechtes Pint verkauft?«

»Es war Marios fataler Charme, der ihm eventuell zum fatalen Verhängnis wurde. Wie sich herausgestellt hat, hatte Carlotta früher mal eine Affäre mit einem Italiener, und William dachte, die Geschichte wiederholt sich. Es wurde auch um nichts besser dadurch, dass Carlotta und Mario den ganzen Abend in ihrer Muttersprache miteinander getuschelt haben.«

»Ausgeschlossen«, behauptete Oscar. »Mario sprach kein Wort Italienisch. Der einzige italienische Ausdruck, den er kannte, war ›Pizza Margherita‹.«

»Ich habe sie doch gehört«, erwiderte Alfie. »Sie haben eindeutig Italienisch gesprochen.«

»Ach ja? Und was hast du ihn sagen gehört?«

Alfie überlegte. *Si, si, bene.* Und sehr oft *bellissima signora.* Er hatte keinen einzigen vollständigen Satz auf Italienisch von Mario gehört. Was erklärte, warum Mario sich geweigert hatte, Carlottas Worte zu übersetzen – von denen hatte er keine Silbe verstanden. Und wie bei seinem Flirten, hatte er schlicht mitgespielt.

»Falls du mehr über Marios finanzielle Situation erfahren willst, schlage ich vor, dass du deine Polizistenfreundin auf Sasha und Sebastian ansetzt, damit sie ihnen einige sachdienliche Fragen stellt.«

»Das ist ja das Problem. Sie sind heute in aller Frühe nach London abgereist. Und meine Polizistenfreundin darf dieser Sache nicht weiter nachgehen.«

»Du könntest nach London kommen und eine Jedermann-Festnahme vornehmen«, schlug Oscar vor.

»Wie funktioniert das?«

»Keine Ahnung. Ich vermute, du patschst jemandem die Hand auf die Schulter und sagst: ›Ich bin ein Bürger und verhafte dich.‹«

»Klingt nach einer zuverlässigen Methode, sich eine gebrochene Nase einzufangen«, meinte Alfie.

Beide schwiegen einen Moment, bis Oscar ausrief: »Ich

hab's! Bei Gott, ich hab's! Und du hast mich auf die Lösung gebracht.«

»Habe ich das?«, fragte Alfie skeptisch.

»Und ob! Erinnerst du dich an diesen Fall mit dem Farmer, in den du verwickelt warst?«

Alfie erschauderte. »Ja, und an die Kühe! Das werde ich nie vergessen.«

»Tatsächlich hast du da in einem Punkt verblüffende Genialität bewiesen.«

»Habe ich das?«, wiederholte Alfie noch skeptischer.

»Ja, ich war genauso überrascht. Dennoch bietet es die mögliche Lösung für das gegenwärtige Dilemma.«

»Sprich weiter«, sagte Alfie.

»Spreche ich mit Sasha? … Ah gut! Ich hoffe, ich störe nicht … Wie bitte? … Oh, Verzeihung, natürlich. Ich bin Liz, Liz Hopkins, die Karamellköchin. Wir sind uns bei Alfie begegnet, Alfie McAlister …

Es macht Ihnen hoffentlich nichts aus, aber Sie hatten mir Ihre Karte mit Ihrer Telefonnummer gegeben. Es tat mir so leid, dass ich Sie in Bunburry verpasst habe, denn ich hatte gehofft, mit Ihnen darüber reden zu können, wie ich mein Karamell gewinnbringender verkaufen kann …

Es ist ein bisschen peinlich, müssen Sie wissen, denn ich rufe Sie heimlich an. Meine Geschäftspartnerin Marge handhabt die Dinge gern auf ihre Art, und sie will nicht, dass ich Sie anspreche … Nein, stimmt; ich würde sagen, sehr vorsichtig, was Sie sicher risikoscheu nennen würden. Mir hingegen will nicht aus dem Kopf, was Sie gesagt haben – dass man spekulieren muss, um zu akkumulieren. Ich finde das sehr einleuchtend. Aber im Grunde habe ich keine Ahnung von solchen Dingen, und ich denke, ich brauche den Rat von Fachleuten wie Ihnen …

Du lieber Himmel, jetzt komme ich mir ganz furchtbar

vor, weil Sie doch mit Alfie befreundet sind. Mir wäre es aber lieber, wenn er nichts hiervon erfährt … Ah, verstehe, Bekannte. Na, das macht es etwas leichter. Es ist nur so, dass ich das Gefühl habe, er denkt, dass ich nicht weiß, was ich tue, und er könnte vielleicht ein bisschen zu sehr den Beschützer spielen wollen …

Wirklich ein Jammer, dass ich Sie verpasst habe. Ich wollte Ihnen eigentlich nur sagen, dass ich mich sehr für eventuelle Anlagemöglichkeiten interessiere, und sollten Sie je wieder nach Bunburry kommen, lassen Sie es mich wissen. Aber nennen Sie bitte am Telefon nicht Ihren Namen, bevor Sie sicher sind, dass ich dran bin und nicht Marge …

Oh, ich weiß nicht – ich weiß nicht, was ein passender Betrag für eine Investition wäre. Nein, ich habe keine Ahnung; Marge kümmert sich um all diese Sachen, und sie lässt mich da nicht reinfunken. Aber ich habe mein eigenes Sparkonto. … Oh ja, darüber weiß ich sehr wohl Bescheid! Es sind hundertzweiundzwanzigtausend Pfund. … Nein, ich kann sofort darauf zugreifen, weil ich sichergehen wollte, dass ich im Notfall direkt an das Geld herankomme …

Wirklich? Oh, das wäre wunderbar! Wie überaus freundlich von Ihnen. Ich hoffe, es macht Ihnen keine Umstände … Aber ja, ich würde gerne alles so schnell wie möglich regeln. Vor allem in meinem Alter. Wie ich immer zu Marge sage, jeder Morgen, an dem ich aufwache und feststelle, dass ich noch lebe, ist ein Bonus …

Ach du meine Güte! Nein, es wäre nicht günstig, wenn Sie zu mir nach Hause kommen, weil ich nicht garantieren kann, dass Marge nicht da ist. Sie wäre wütend, wenn sie wüsste, dass ich Sie kontaktiert habe, ohne es ihr zu erzählen …

Und im Horse können wir uns nicht treffen, weil ich nie weiß, wann Alfie dort ist. Aber es gibt dieses entzückende Café in der High Street – das können Sie gar nicht verfehlen, weil es dieses schöne Erkerfenster mit den reizenden kleinen

Scheiben hat, und sie bieten wunderbare Scones an. Es gibt einen kostenlosen Parkplatz gleich dahinter, und dort ist immer etwas frei … Ja, das wäre ideal. Ich habe morgen nichts anderes vor …

Oh, ich hoffe, dass ich Ihnen keine Mühe mache – es ist solch ein weiter Weg für Sie … Nein, das ist wunderbar. Ich freue mich, Sie wiederzusehen … Bis morgen, danke! Haben Sie vielen Dank!«

9. Zurück auf Los

Als Sebastian auf den Parkplatz hinter dem Café bog, erschien Liz plötzlich und winkte ihnen aufgeregt zu.

»Was will die dumme Kuh denn jetzt?«, murmelte Sasha. Sie öffnete ihr Fenster, als Liz sich ihnen näherte.

»Ach du meine Güte, es geht alles schief«, plapperte Liz drauflos. »Marge ist mit Dot im Café. Sie kennt Ihren Wagen nicht, aber ich darf nicht riskieren, dass sie Sie sieht. Sie wäre sehr böse auf mich, und vielleicht erlaubt sie dann nicht, dass ich mein Geld investiere. Sie kann manchmal sehr herrisch sein.«

Sasha stieß ein kurzes, schrilles Lachen aus. »Na, das dürfen wir nicht zulassen, oder?«

»Könnten Sie vielleicht beide sehr schnell aussteigen und mir hier entlang folgen? Wir müssen die Daumen drücken, dass sie uns nicht entdeckt. Der kleine Zaun schirmt uns ab, sobald wir auf dem Weg da hinten sind.«

Liz bewegte sich bemerkenswert schnell für ihr Alter auf den Rand des Parkplatzes zu und verschwand den kleinen Weg hinunter.

»Beeil dich«, befahl Sasha. »Wir dürfen nicht riskieren, dass die andere uns alles versaut.«

Sie und Sebastian stiegen aus dem Wagen und rannten über den Parkplatz zu dem Weg, wo Liz auf sie wartete.

»Das ist mir hier immer noch zu heikel«, sagte Liz besorgt. »Marge benutzt diesen Weg manchmal als Abkürzung. Wenn es Ihnen nichts ausmacht, gehen wir lieber in den Park.«

»Den Park?«, fragte Sasha schroff.

»Oh, keine Sorge, bis dahin sind es nur wenige Minuten,

und die Wege sind nach diesem schönen sonnigen Wetter ziemlich trocken. Wir wollen ja nicht, dass Ihre wunderschönen Schuhe ruiniert werden.« Liz eilte los, und nachdem Sasha und Sebastian einen Blick gewechselt hatten, folgten sie ihr. »Da gibt es viele bequeme Bänke. Wir können uns hinsetzen, und Sie erzählen mir, wie ich investieren soll. Oh, ich finde das alles so aufregend! Und ich kann es gar nicht erwarten, das Gesicht von Marge zu sehen, wenn ich ihr schließlich erzählen werde, was ich getan habe.«

Erneut lachte Sasha schrill auf. »Wahrscheinlich ist es sicherer, wenn Sie ihr nichts erzählen, bis Sie das Geld wirklich überwiesen haben.«

»Keine Sorge, ich werde sehr, sehr vorsichtig sein«, beteuerte Liz. »Ich sage ihr kein Sterbenswort, bis ich ihr erzählen kann, wie viel ich akkumuliert habe.«

Der Weg führte auf eine weitere von Bunburrys malerischen Straßen mit einer Reihe von Häusern, die alle aus dem für diese Region charakteristischen honigfarbenen Cotswolds-Stein erbaut, aber alle unterschiedlich waren. Manche waren eingeschossig, manche zweigeschossig, und ein schmales Gebäude mit einem mittelalterlichen Torbogen ragte sogar drei Stockwerke auf.

»Wir sind fast da«, sagte Liz. »Marge wird mit ihrer Arthritis nicht so weit gehen.«

Sie bogen um eine Ecke und sahen ein kleines Holzschild, das zum Parkeingang wies.

»Dies ist natürlich nicht der Haupteingang«, betonte Liz. »Der eigentliche Eingang ist ganz nahe beim Horse. Es wäre ein schöner Spaziergang für Sie gewesen, als Sie dort wohnten.«

Sasha gab einen erstickten Laut von sich.

Besorgt drehte Liz sich um. »Geht es Ihnen gut, Sasha, meine Liebe? Sie sind doch nicht umgeknickt, oder? Ach du liebe Güte, Bunburry eignet sich wirklich nicht sehr für solch entzückende Schuhe.«

Sebastian packte Sashas Oberarm. »Ihr geht es gut«, antwortete er an ihrer Stelle.

»Aber da Sie keine Zeit hatten, den Park zu besuchen, als Sie hier waren, freue ich mich, dass ich ihn Ihnen heute zeigen kann«, fuhr Liz fort. »Wir sind sehr stolz auf ihn. Er wurde 1878 angelegt, als ein hiesiger Großgrundbesitzer zehn Morgen für diesen Zweck stiftete.«

»Mein Gott, Sie klingen wie ein Lexikon«, sagte Sasha mit sehr hoher Stimme.

Liz lachte bescheiden. »Es ist ein Hobby von mir. Der Großgrundbesitzer bestand darauf, dass diese Grünanlage Victoria Park heißen sollte, weil er hoffte, von Königin Victoria mit dem Ritterschlag belohnt zu werden. Sie war kurz zuvor zur Kaiserin von Indien ernannt worden, also hat er, um sie noch mehr zu beeindrucken, einen indischen Pavillon aus Marmor errichtet.«

Sasha gab einen wimmernden Laut von sich.

»Oh nein, Ihre armen Füße«, sagte Liz mitfühlend. »Nur noch ein winziges Stück, versprochen. Ich dachte eigentlich, dass wir uns in den Pavillon setzen könnten. Er ist sehr hübsch und angenehm kühl an einem warmen Tag wie heute.«

»Nein …«, keuchte Sasha. »Ich kann nicht –«

»Doch, du kannst so weit gehen«, fiel Sebastian ihr streng ins Wort. »Ich halte dich. Du fällst nicht hin.«

»Wir sind fast da«, sagte Liz. »Dieser Teil des Parks ist so abgeschieden, dass kaum jemand herkommt. Also laufen wir nicht Gefahr, dass unser Gespräch über Investitionen von jemandem belauscht wird. Wie schlau die Hecken hier angelegt sind! Durch sie ist alles sehr geschützt. Schauen Sie, jetzt sieht man schon die Marmorsäulen. Sind sie nicht wunderschön?

Was für eine unglaubliche Handwerkskunst! Die Stufen sind gleich auf der anderen Seite.«

Sasha blieb stehen. »Nein!«

»Doch«, erwiderte Sebastian. Er grinste weiter und zog sie mit sich.

Liz sah die beiden fragend an.

»Ich gehe da nicht hin«, protestierte Sasha. »Ich will nicht sehen …« Abrupt brach sie ab und atmete schwer.

»Aber der Pavillon ist wirklich sehenswert«, entgegnete Liz aufmunternd. »Oh, tut mir leid, ich bin dumm – natürlich haben Sie wenig Zeit, und Sie wollen zurück. Aber ich führe Sie nicht allzu weit weg. Dies hier ist so nahe wie irgendeine der Bänke und viel weniger öffentlich. Wir setzen uns, und Sie können mir erklären, wie ich investieren muss. Es wird rein geschäftlich, versprochen, und ich rede nicht mehr über die Geschichte des Parks.«

»Ja, wir müssen über Liz' Investition reden«, bestätigte Sebastian. Er zog Sasha weiter.

Liz ging auf den Pavillon zu. »Du lieber Himmel!«, rief sie. »Was in aller Welt …? Ich habe gedacht, dass ich … Nein, das kann nicht sein …«

Sasha schluchzte auf.

»Doch, sie ist es«, sagte Liz. »Sasha, sehen Sie nur!« Sie zeigte auf den Boden.

Sasha blickte nach unten, und mit einem Wimmern hob sie ihre Brosche aus dem Gras auf. »Du warst es!«, schrie sie Sebastian an. »Ich nehme die Schuld nicht auf mich! Du warst es, der ihn die Stufen runtergestoßen hat. Ich bin unschuldig!«

Emma trat hinter der Zierhecke vor. »Sebastian Smith, ich nehme Sie fest wegen des Verdachts auf Mord an Mario Bellini. Sie müssen nichts sagen …«

Sasha war stöhnend zu Boden gesunken. Sebastian hingegen huschte mit erstaunlicher Geschwindigkeit um sie herum und rannte los. Emma setzte ihm nach, doch Alfie, der hinter der Hecke auf der anderen Seite des Pavillons gelauert hatte, war schneller als sie.

Er umklammerte Sebastian, sodass dessen Arme fest gegen den eigenen Körper gedrückt wurden. »Ich bin ein Bürger«, sagte er. »Und ich verhafte dich.«

10. Epilog

»Ist das dekadent«, sagte Emma seufzend. »An einem Wochentag zur Mittagszeit trinken.« Sie rührte mit dem Strohhalm in ihrem bunten Cocktail.

Marge drehte sich zu Liz um. »Die jungen Leute von heute. Wenn das ihre Vorstellung von Dekadenz ist, verzweifle ich.«

»Falls ihr ein Beispiel von Dekadenz wollt, braucht ihr nur zur Bar zu sehen«, meinte Alfie. »Liebe zwischen Ausschankmaßen.«

Carlotta hatte William leidenschaftlich umarmt, und ihr Mann erwiderte die Geste mit großer Begeisterung. Anscheinend merkten sie nicht, dass man sie beobachtete.

»Uuuh, eklig«, sagte Emma.

»Ich finde es eher entzückend«, entgegnete Liz. »Diese zwei sind füreinander bestimmt. Es muss furchtbar für sie gewesen sein, als William eingesperrt war.«

»Für mich war es auch furchtbar«, berichtete Emma. »Ich habe kein Auge zugetan, weil er die ganze Zeit gegen die Zellentür hämmerte und etwas von Justizirrtum brüllte. Aber wenigstens habe ich zum Ausgleich einen Tag frei.«

»Und was ist mit dem anderen Paar?«, fragte Alfie. »Sind die beiden auch füreinander bestimmt?«

»Nicht mehr, seit sie ihre Namen von Sebastian und Sasha in Angeklagter und Zeugin der Staatsanwaltschaft geändert haben«, antwortete Emma. »Sebastians Strategie besteht darin, überhaupt nichts zu sagen.«

»Da wäre ich nie draufgekommen«, sagte Alfie. »Er hat einfach nur grinsend dagesessen, oder?«

»Nicht, nachdem er mitbekommen hatte, dass Sasha wie ein Kanarienvogel gesungen hat, ohne auch nur angeklagt zu sein. Sie will unbedingt klarstellen, dass sie nichts mit Mario Bellinis Tod zu tun hatte. Und sie denkt immer noch, dass sie die Brosche am Tatort verloren hat, womit bewiesen ist, dass sie dort war – und nicht, dass irgendein verschlagener ›Bekannter‹ sie dort platziert hat.«

»Armer Mario«, seufzte Marge. »Ich kann nach wie vor nicht glauben, dass er tot ist.«

»Oscar glaubt, dass es ein Streit wegen Geld war«, sagte Alfie.

Emma erhob ihr Cocktailglas. »Gut gemacht, Oscar. Sasha und Sebastian haben Mario nach Strich und Faden belogen und behauptet, alles wäre bestens. Aber die Gewinne, die sie ihm versprochen hatten, gab es nie, und dann tauchten sie einfach ab und nahmen seine Anrufe nicht mehr an.«

Ein wenig wie meine Weigerung, ihre Anrufe anzunehmen, dachte Alfie.

»Sie waren entsetzt, als sie ihn in Bunburry trafen, beschlossen jedoch, eiskalt alles zu leugnen. Sebastian gab vor, entzückt zu sein, ihn zu sehen, und erzählte ihm, er habe tolle Neuigkeiten. Anfangs schien Mario beruhigt zu sein, doch später kamen ihm Bedenken. Er ging zu Sashas und Sebastians Zimmer und verlangte genauere Auskünfte über seine Investition.«

Marge runzelte die Stirn. »Wie sind sie denn am Ende beim indischen Pavillon gelandet?«

»Im Horse kann man die Leute im Nebenzimmer schnarchen hören, und Sasha hatte Sorge, andere Gäste würden ihren Streit mitbekommen. Deshalb überredete sie Mario und Sebastian zu einem Spaziergang. Alle drei hatten den Abend über recht viel getrunken. Sie waren zwar nicht richtig blau, aber eben auch nicht mehr nüchtern. Die beiden Männer wurden zunehmend aggressiver. Mario glaubte den Zusicherungen von Sebastian nicht mehr und war wütend, dass er nicht ernst genommen wurde. Irgendwann waren sie oben in dem Pavillon – Sasha erinnert sich nicht, wie sie dorthin gelangten. Mario begann damit, Sebastian zu schubsen, und der schubste zurück. Mario war oben an den Stufen, fiel rückwärts und schlug mit dem Kopf auf. Da sind Sebastian und Sasha einfach weggelaufen.«

»Aber das ist ja furchtbar!«, platzte Liz heraus. »Haben sie nicht mal nachgesehen, wie es dem armen Mann ging?«

Alfie schockierte es nicht minder, während Emma lediglich mit den Schultern zuckte. Vermutlich hatte sie mehr Erfahrungen mit den schlimmsten Seiten der menschlichen Natur als die meisten anderen.

»Sasha wollte, aber Sebastian hat sie überzeugt, dass sie verschwinden müssten und sie kein Wort sagen dürfte. Sie checkten aus, bevor Debbie uns rief, und als sie zurückkamen, um sich mit Tante Liz zu treffen, wussten sie noch gar nicht, dass man die Leiche gefunden hatte. Ich schätze, das einzig Gute ist, dass Mario auf der Stelle tot war.«

Sie grinste ihre Großtante an. »Du warst sagenhaft! Mit keiner Silbe hast du einen Todesfall oder einen Unfall erwähnt, sodass Sasha überzeugt war, Mario würde noch unentdeckt dort liegen. Sie wusste nicht mal, ob er lebendig oder tot war, weshalb sie sich ausmalte, er würde aufstehen und sie anklagen. Sie war vollkommen hysterisch … Ich bin nicht sicher, ob sie sich schon wieder davon erholt hat.«

»Wird sie tatsächlich nicht angeklagt?«, fragte Alfie.

»Bisher jedenfalls ist das nicht geschehen. Aber ihre Geldgeschäfte werden sehr genau unter die Lupe genommen, und wahrscheinlich wird das zu Anklagen führen.«

»Und Sebastian wird wegen Mord angeklagt?«

»Wegen Totschlag. Es gibt keine Beweise, dass er Mario töten wollte.«

Liz wechselte das Thema. »Wisst ihr, was mich ein bisschen ärgert? Sasha und Sebastian schienen allzu bereit, mich für eine dumme alte Frau zu halten.«

Alfie reagierte schnell, bevor Marge eine Chance hatte, etwas zu sagen. »Nur dank deiner schauspielerischen Leistung. Ich werde darauf bestehen, dich in der nächsten Produktion von ›Agathas Amateuren‹ auf der Bühne zu haben, nicht nur am Klavier.«

»Fast hatte ich mich selbst überzeugt, dass ich über ein Sparkonto mit hundertzweiundzwanzigtausend Pfund verfüge«, sagte Liz wehmütig. »Ich war schon ziemlich aufgeregt bei dem Gedanken, was ich mit dem Geld tun könnte.«

»Lass mich dir noch einen Gin Tonic holen, um es wiedergutzumachen«, bot Alfie an. »Marge?«

»Wenn du darauf bestehst«, antwortete Marge.

»Emma?«

»Noch einen von diesen hier, bitte.« Sie trank die Reste ihres Cocktails durch den Strohhalm.

Alfie ging an die Bar. William und Carlotta schienen noch in derselben Position wie vorher zu sein. Sie hielten einander umschlungen.

»*Mi amore*«, hauchte Carlotta.

Alfie räusperte sich dezent, und sie drehte sich merklich verärgert um. Doch kaum sah sie, wer sie störte, rief sie begeistert: »Alfie! Wärst du nicht gewesen, würde mein William vielleicht noch im Gefängnis sein.«

»Alfie, ich schulde dir was«, sagte William. Sie schüttelten sich die Hände über dem Tresen, wobei Williams linker Arm immer noch die Taille seiner Frau umfasste.

Sie schmiegte sich an ihn und murmelte: »*Carissimo.*«

»Ich habe nichts getan«, widersprach Alfie. »Du wärst auch so schnell wieder draußen gewesen, weil du unschuldig bist.«

Carlotta schnaubte verächtlich. »Was schert das Sergeant

Wilson? Sperrt einfach meinen William ein. *Mi amore*, wir sollten ihm Hausverbot geben.«

William sah entsetzt aus, weshalb Alfie vermutete, dass Sergeant Wilson einer der besten Kunden des Horse war.

»Nicht doch, Schatz«, erwiderte der Wirt. »So sind wir nicht. Vergeben und vergessen.«

Stolz wandte Carlotta sich zu Alfie. »Was für ein Mann! Hörst du das?«

»Sicher doch«, antwortete er. »Könnte ich bitte zwei Gin Tonics, ein Pint Brew und ein Glas von dem haben, was immer Emma da gerade trinkt?«

»Kommt sofort«, versprach William. »Und die Getränke gehen aufs Haus. Ich feiere, dass ich wieder bei meiner wunderschönen Frau bin.« Mit diesen Worten legte er abermals beide Arme um Carlotta und küsste sie.

»Gut, vielen Dank«, sagte Alfie.

Er fragte sich, ob die beiden sich lange genug voneinander lösen könnten, um die Drinks zu machen. Doch wenige Minuten später kamen William und Carlotta an den Tisch, jeder mit zwei Gläsern in den Händen. *Es wäre einfacher gewesen, hätte einer von ihnen die vier Drinks auf einem Tablett gebracht*, dachte Alfie, *doch anscheinend wollen sie sich keine Sekunde trennen.*

»Danke euch allen«, sagte Carlotta. »Danke, dass ihr den wahren Verbrecher gefunden und mir meinen William zurückgebracht habt.«

»Es ist schön, wieder hier zu sein«, ergänzte William heiser, und sie küssten sich erneut.

Emma schlürfte laut an ihrem Cocktail.

»Oh, und Verzeihung, Emma, für meine Ausdrucksweise, als ich in der Zelle eingesperrt war«, sagte William ein wenig beschämt. »Ich war ein bisschen mit den Nerven zu Fuß.«

»Ist nicht nötig, sich zu entschuldigen«, antwortete Emma.

»Ich habe schon sehr viel Schlimmeres gehört. Gewöhnlich vom Sarge.«

Carlotta und William kehrten an den Tresen zurück – Hand in Hand wie Teenager.

»Schuldgefühle«, konstatierte Marge. »Er hat ein schlechtes Gewissen, weil er sie verdächtigte, eine Affäre mit Mario zu haben, und sie fühlt sich schuldig, weil sie ihn in Verdacht hatte, Mario umgebracht zu haben.«

»Tja, was auch der Grund sein mag, ich finde es reizend, dass sie zusammen glücklich sind«, entgegnete Liz.

Marge blickte über Liz' Schulter und zischte: »Pst! Ich versuche, etwas zu hören.«

Alfie drehte sich um, da er sehen wollte, wohin sie schaute, und bemerkte, dass Debbie hereingekommen und von einer Schar Frauen umringt war, vermutlich ihren Kundinnen aus dem Schönheitssalon. Sie war sehr blass, nicht gebräunt wie sonst, und hatte dunkle Augenringe. Unwillkürlich ging ihm durch den Kopf, dass es sich um ein gekonntes Make-up handeln könnte – und nicht um einen Ausdruck echter Seelenqual.

»Mein süßer Perro hat ihn gefunden«, erzählte sie ihrem gebannt lauschenden Publikum. »Pudel sind sehr intelligent, müsst ihr wissen. Genauso klug wie Border Collies. Perro kam winselnd zu mir und zog an meinem Ärmel, damit ich mit ihm komme.«

Sie gab einen langen, zittrigen Seufzer von sich. »Und da, unten an den Stufen des indischen Pavillons, lag der schönste Mann, den ich je gesehen habe.«

Auch die Gruppe seufzte kollektiv.

»Ich konnte erkennen, dass er sehr übel verletzt war und es keine Hoffnung mehr gab.« Sie verstummte, um sich zu sammeln. »Er stöhnte, und da hoben sich seine Lider flatternd. Und dann sprach er mit letzter Kraft. Er sagte: ›Bist du ein Engel?‹«

Ihre Stimme brach, und sie tupfte sich die Augen mit einem Taschentuch. »Ich habe gesagt: ›Nein, ich bin bloß Debbie Crawshaw, aber ich bleibe bei dir. Hab keine Angst.‹ Und er sagte: ›Wie kann ich mit dir an meiner Seite Angst haben?‹ Er hat mir erzählt, dass er nur eines bedauere – dass er mir nicht schon vor Jahren begegnet sei. Und dann hat er gesagt … und dann hat er gesagt …«

Sie schnäuzte sich laut, und Alfie kam der Verdacht, dass sie die Zeit brauchte, um sich auszudenken, was Mario als Nächstes gesagt hatte.

»Und dann hat er gesagt, die Engel im Himmel könnten nicht schöner sein als ich, und er bat mich um einen Kuss. Ich habe ihn auf die Stirn geküsst, und während ich ihn in den Armen hielt, ist er gestorben.«

Die Frauen um sie herum schluchzten leise und hielten sich tröstend bei den Händen.

»Das Mädchen ist im Salon verschwendet«, murmelte Marge. »Sie sollte Romane schreiben.«

»Zumindest werden wir Mario nie vergessen, solange sie in der Nähe ist«, merkte Alfie an.

Liz schüttelte traurig den Kopf. »Mir tut leid, dass wir nie eine Chance hatten, mit ihm zusammen eine neue Eiscremesorte zu kreieren. Er war so begeistert von der Idee. Es wäre nett gewesen, wenigstens eine kleine Kostprobe vom Fudge Funiculi Funicula zu haben.«

»Fudge-Fantasy«, sagte Marge.

»Das war dein Vorschlag, meine Liebe. Ich glaube nicht, dass er sehr viel davon hielt. Ach, egal. Es ist schade, dass wir uns nicht mit dem Eismachen auskennen.«

»Ich weiß, wie man Eis macht«, sagte Alfie. »Ich habe mich auch schon an Marios Rezepten versucht, doch das hat nie geklappt. Er war wirklich der Meister unter den *Gelato-Künstlern*. Aber ich bekomme ein recht passables Vanille-Eis hin. Wir könnten Karamellstückchen reinmischen.«

Emma beachtete den Cocktail nicht mehr, der vor ihr auf dem Tisch stand. »Das ist eine geniale Idee!«, rief sie. »Wir könnten es ihm zu Ehren anbieten und damit Spenden sammeln.«

Alfie nickte zustimmend. »Ich sehe richtig vor mir, wie viel Spaß es machen wird, das Rezept zu erarbeiten.«

»Aber wie nennen wir es?«, fragte Marge. »Anscheinend gefällt Liz mein Vorschlag nicht, und ich mag ihren absolut nicht.«

»Memento Mario«, schlug Alfie vor.

Liz gab einen Laut des Missfallens von sich. »Eher nicht, mein Lieber. Das klingt etwas zu morbide.«

Alfie starrte nachdenklich auf sein Pint. Dann sagte er triumphierend: »Ich hab's! Wenn wir Mario feiern wollen, einen Frauenhelden, wie er im Buche steht, ist nur ein Name denkbar: Bellini Bellissima.«

Auf hoher See wird wieder gemordet!

Charlotte Gardener
LADY ARRINGTON UND
DIE TÖDLICHE MELODIE
Ein Kreuzfahrt-Krimi
DEU
336 Seiten
ISBN 978-3-404-18049-3

Krimi-Autorin Mary Elizabeth Arrington freut sich, auf die Queen Anne zurückzukehren! Doch schon beim Eröffnungskonzert der Kreuzfahrt wird ihre Freude getrübt. Der Pianist ruiniert den Abend, indem er den Auftritt der Operndiva Anastasia Botticelli mit einem vollkommen falschen Lied übertönt. Noch in derselben Nacht wird der Musiker tot aufgefunden – erdolcht an seinem Klavier! Erneut steckt Mary mitten in einem echten Mordfall – und gerät diesmal selbst ins Visier des Mörders.

Lübbe

Davon stand nichts im Testament ...

Ellen Barksdale
TEE? KAFFEE? MORD!
DER DOPPELTE MONET
/ DIE LETZTEN WORTE
DES IAN O'SHELLEY
DEU
ISBN 978-3-404-18336-4

Cottages, englische Rosen und sanft geschwungene Hügel - das ist Earlsraven. Mittendrin: das »Black Feather«. Dieses gemütliche Café erbt die junge Nathalie Ames völlig unerwartet von ihrer Tante - und deren geheimes Doppelleben gleich mit! Die hat nämlich Kriminalfälle gelöst, zusammen mit ihrer Köchin Louise, einer ehemaligen Agentin der britischen Krone. Und während Nathalie noch dabei ist, mit den skurrilen Dorfbewohnern warmzuwerden, stellt sie fest: Der Spürsinn liegt in der Familie ...

Lübbe

Die Cotswolds sind ein guter Ort zum Sterben

Matthew Costello / Neil Richards
TIEFER GRUND
Ein Cherringham Krimi
Aus dem Englischen
von Sabine Schilasky
320 Seiten
ISBN 978-3-404-17654-0

In der Nacht der Abschlussfeier an der Cherringham High School ertrinkt der junge Lehrer Josh Owen in der Themse. Und alles spricht für einen Unfall unter Drogeneinfluss. Die neue Schuldirektorin will der Sache auf den Grund gehen und bittet Hobbyermittlerin Sarah diskret um Hilfe.
Nach vielen gemeinsamen Ermittlungen mit ihrem Freund Jack muss diese nun zum ersten Mal einen Fall auf eigene Faust lösen. Dabei ahnt sie nicht, dass sie einem dunklen Geheimnis auf der Spur ist, das auch ihre eigene Familie in Gefahr bringt. Glücklicherweise kehrt Jack nach Cherringham zurück. Wird er Sarah auch diesmal wieder unterstützen?

Lübbe

Ein weihnachtlicher Wohlfühlkrimi mit Tante Dimity

Nancy Atherton
TANTE DIMITY UND
DAS HERZ AUS GOLD
Aus dem amerikanischen
Englisch von
Barbara Röhl
272 Seiten
ISBN 978-3-947610-08-2

Weihnachten steht vor der Tür, aber bei Lori will sich dieses Jahr einfach keine festliche Stimmung einstellen. Da kommt die Einladung zum jährlichen Weihnachtsfest auf Anscombe Manor gerade recht. Als im Laufe des Abends ein Schneesturm aufzieht und das Herrenhaus von der Außenwelt abschneidet, müssen alle Gäste in dem historischen Gemäuer übernachten. Lori und ihre Freunde erkunden das Anwesen und entdecken dabei eine Geheimkammer und einen alten Schatz, unter anderem ein exquisit verziertes Herz aus massiven Gold. Wo kommt es her und was hat es damit auf sich? Mit Tante Dimitys Hilfe macht sich Lori an die Lösung des Weihnachtsrätsels.

bePRINT

Eine Leiche zur Mitternacht

Frances Brody
MORD IN GUTER TRADITION
Kate Shackleton ermittelt
Aus dem Englischen
von Sabine Schilasky
384 Seiten
ISBN 978-3-404-18005-9

Der Banker Everett Runcie wird tot in einem Hotelzimmer in Leeds aufgefunden. Wurde er ermordet? Runcies Witwe beauftragt Kate Shackleton herauszufinden, wie ihr Mann ums Leben gekommen ist. Ihr Freund, Chief Inspector Marcus Charles, der den Fall für Scotland Yard untersucht, ist darüber nicht sonderlich erfreut. Zumal sich der Mord rasch zu Kates bisher kompliziertesten – und persönlichsten – Fall entwickelt ...

»Kate Shackleton ist eine wunderbare Detektivin« ANN GRANGER

Lübbe

Eine Hochzeit, ein paar Kriminalfälle und viele seltsame Verwicklungen

Mario Giordano
TANTE POLDI UND DER GESANG DER SIRENEN
Kriminalroman
DEU
384 Seiten
ISBN 978-3-7857-2674-7

Es ist so weit: Die Poldi heiratet Montana. So jedenfalls der Plan. Die Hochzeitsvorbereitungen laufen auf vollen Touren, bei manchen liegen die Nerven bereits blank. Aber – man kennt das – Sizilien ist kompliziert, immer kommt was dazwischen. Ein unbeliebter Unternehmer verschwindet. Fiel er etwa in die Hände der Mafia? Und auf der Isola Bella vor Taormina wird die Leiche einer jungen Frau angespült. Die schöne Slowakin ist an einer Überdosis Ketamin gestorben. War es Selbstmord? Ein Unfall? Für die Poldi steht bereits fest: Mord. Zwei gute Gründe, die strapaziösen Vorbereitungen einer sizilianischen Hochzeit erst mal ad acta zu legen und stattdessen dem Jagdinstinkt zu folgen ...

Wenn eine alte Dame den Geist aufgibt

M. C. Beaton
AGATHA RAISIN UND
DAS GEISTERHAUS
Kriminalroman
Aus dem Englischen
von Sabine Schilasky
256 Seiten
ISBN 978-3-404-17916-9

Als die Lokalzeitung über ein Geisterhaus im Nachbardorf berichtet, ist Agathas Neugier geweckt. Während sie herumschnüffelt, stellt sich allerdings heraus, dass dort keineswegs Gespenster ihr Unwesen treiben. Stattdessen spielt jemand der alten und allseits unbeliebten Hausbesitzerin Mrs. Witherspoon geistreiche Streiche. Und dann ist die alte Dame plötzlich tot. Für Agatha heißt es nun: in die Hände gespuckt! Denn schließlich macht es viel mehr Spaß, ein Verbrechen aufzuklären, als eine Spukgestalt zu jagen!

Lübbe